……是人類。
……容易刮中彩券
……的奇妙生物。

一某位戰地派遣留學生的喃喃自語一

重裝武器 HEAVY OBJECT

Manhattan On Stage 最為明智的思考放棄 #不可預測的結局

15

HEAVY BARREL MAGNUM 37th C.M.B

鎌池和馬
KAZUMA KAMACHI

Kadokawa Fantastic Novels

序章

沙沙。

……沙沙沙沙沙沙沙沙……

沙沙沙沙沙沙沙嘎嘎沙沙喳喳喳！

嘎嘎沙沙沙嘰嘰嘰嘰嘰嘰嘰喳喳喳沙沙沙沙沙沙沙沙沙沙嘎嘎嘎嘎嘰嘰喳喳喳沙沙沙喳喳嘎嘎嘎嘎嘰嘰喳喳嘎喳喳嘎喳喳嘎嘎嘎喳喳嘰嘰嘰嘰喳喳喳喳嘎嘎嘎喳喳喳沙沙沙軋軋軋嘎嘎嘎！！！

嗶————————

通訊處理發生問題。

無法按照通常規定維持資訊鏈，將根據緊急狀況應對指南第三條第二項至第七項條文開放多

「正統王國」第三七機動修護大隊的不良軍人
賀維亞・溫切爾
「……這就是妳的本性，病態殺人凶手。」
「正統王國」第三七機動修護大隊的不得志女兵
明莉
「打、打起精神來嘛，賀維亞大哥。」

EAVYOBJECT HE
body size/75.58.80(cm)
hair color/blond
eye color/blue
class/Major
belong/techno security.co.ltd.
OF the new york branch
post/defensive commander
postscript/project whiz kid"matini series"
(plus alpha)

餘頻寬。請核示。

等待輸入。

已確認得到三名以上擁有高級存取權的人員核可。

繼續處理。

制定迂迴路徑。

由於目前網路沒有多餘空間，無法分散突發性資訊過量負荷。藉由事先縮小資料通訊流量的方式預防系統整體發生當機。

衰減範圍平均二十九％，最大四十七％。

請求徹底通知所有相關人員除去重複的資訊處理以及多餘特殊效果。

＊湄公河方面，由多蘿西婭・馬汀尼・內基德主導的戰車開發延伸到完全自動駕駛濫用計畫。

＊非武裝地帶大峽谷，由愛瑞莎・馬汀尼・絲威特、莉卡・馬汀尼・米迪亞姆、奧爾希雅・馬汀尼・德萊等人合作進行的「信心組織」六價鉻臨時加工廠的過程觀察。

＊新加勒比島及其近海，由琵拉妮列・馬汀尼・史墨奇主導的炸彈雲曼哈頓攻擊計畫。

已確認前後資料的連結狀況，正常。目前的狀況是「曼哈頓000」於海上布陣，目前正被派往琵拉妮列主導的「情報同盟」軍修護艦隊。確認電磁投擲動力爐砲已發射。掃描完畢，已將視角捲回現實時間。

目前已確認名詞「諸神黃昏腳本」對負責監督整體AI網路．卡帕萊特的馬汀尼系列造成高度威脅。與統籌整體神童計畫的生化學技術人員卡塔里娜．馬汀尼失去聯繫。目前正在做進一步調查。視情況而定問題可能不再侷限於「情報同盟」單一對象之內，甚至有波及「正統王國」「資本企業」「信心組織」等其他勢力之虞。

於安全模式下重新啟動。

監測點1-9，資訊鏈暫時完成復元。

目標，曼哈頓000。重新開始監測。

UNKNOWN

【曼哈頓 000】

Manhattan000

全長……推測超過 20000m

極速……不詳

裝甲……不詳

用途……不詳

分類……海戰專用第二世代

使用者……「情報同盟」軍

型式……不詳

主砲……電磁投擲動力爐砲（可能有其他武器）

副砲……不詳

代號……未設定（「情報同盟」稱為曼哈頓 000）

主要塗裝色系……灰色

Manhattan000

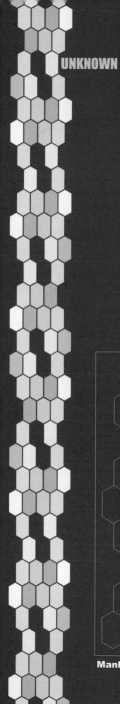

第一章　汪洋血海 ≫ 大西洋人工浮島代理戰

1

先是一陣強光與聲音，然後是衝擊波。

在這一刻，戰地派遣留學生庫溫瑟．柏波特吉無論是單純的上下感覺還是前後記憶的相關性，全都曖昧不明地溶化消失了。

視野就像整張臉蓋上一塊半透明厚塑膠布般模糊，連呼吸都有困難。雖然感覺得到慢慢炙烤般的高溫，但大腦卻無法想到該怎麼做，才能除去這種不適。只有自己的心跳聲異樣真實且生動。這應該是存活的證據才對，但全身卻籠罩著一種把脫掉的襯衫再穿起來的不適感受。

這裡是哪裡？

我在做什麼？

快想起來……金髮少年逐漸讓意識集中到腦中的一點。現在一放棄就玩完了。再繼續讓意識模糊下去，就會「回不來」了。不用等別人來講，他就明白到了這點。

（對……記得是……）

就是一如平常的「正統王國」軍第三七機動修護大隊的爛工作。事情的起因是在徹底忽略十月季節性的中美海域南國新加勒比島，基於人道措施（＝外交籌碼獲得作戰）援救輪機發生事故而困在海底無法動彈的「資本企業」軍潛艦。而來自「情報同盟」、尋求政治庇護的年老女性，生化學技術人員卡塔里娜．馬汀尼也在這艘潛艦上。

主導構成四大勢力之一「情報同盟」整體核心的專案「神童計畫」的老婦人如今成了他們的責任，導致不願讓機密技術外流的「情報同盟」軍與他們正式發生武力衝突。能夠自由自在操縱「彎曲雷射」的最新型第二世代「氮素蜃景」與他們展開一場激戰。

（……嗚！……）

意識在一陣劇烈震盪下被攪成一團。感覺就像鈍重的頭痛從右腦慢慢移動到左腦。就像某種不明心理創傷受到刺激，胃腸令人毛骨悚然地蠕動。這一段很重要，「氮素蜃景」是個強敵。但問題的主軸不在這裡。真正的黑暗面，藏在更深遠的地方。

「情報同盟」對「正統王國」的人工島——新加勒比島發動了搶灘奪島作戰。而「正統王國」也還以顏色，從海底直接潛入位於「情報同盟」修護艦隊中心位置的軍艦「旗艦０１９」發動攻擊。

這場忽視「乾淨戰爭」常規的猛攻行動，背後潛藏著失控的後天性天才少女之一——琵拉妮列．馬汀尼．史墨奇，以及原本應該由她們馬汀尼系列負責管理修正的巨大行政ＡＩ網路。

庫溫瑟等人與「情報同盟」方的軍官，芮絲．馬汀尼．維莫特斯普雷暫時攜手合作，總算是擊敗了琵拉妮列與「氮素蜃景」。

但是可想而知，問題並沒有就此解決。

（嗚！唔……啊啊啊……！）

有個聲音咆哮著，叫他快想起來。

有個聲音尖叫著，叫他別想起來。

庫溫瑟・柏波特吉的靈魂被夾在正負雙方的意見中間左右為難，受到內部壓力所苦，瘋狂地橫衝直撞，想尋求任何一點可供逃避的縫隙。結果，他的意識被向外吸出，竟然就這麼與潛藏於厚實帷幕後方的怪物產生了記憶連結。

在變得破破爛爛的軍艦「旗艦０１９」當中，他聽見了一段無線電通訊。

那東西要來了。

它說，「曼哈頓」終於有所行動了。

（啊啊啊啊！啊啊！！！）

那種劇痛就像是頭蓋骨從內側碎裂，飛出了大小各異的無數生鏽鐵樁。甚至分不清是肉體還是精神的痛感。總之少年遭到不停搖撼的靈魂，硬是擠出了一個答案來。

對。

沒錯。在那段極度混亂的通訊之後……

有種　驚天動地的　強光——

「你想睡到什麼時候！快給我醒來！！！」

伴隨著尖銳的叫罵聲，臉孔遭受到一股強烈的壓力。

他過了幾秒才反應過來，發現是仰躺著的自己，被人狠狠潑了一桶海水。

「嗚噗！發生了什麼……咯哈咳嘔！嗚噁噁！咯哈！」

庫溫瑟邊咳嗽邊試著爬起來時，一隻厚重軍靴的腳尖毫不留情地踢飛了他的下巴。

視野一陣劇烈震盪，少年再次摔倒在堅硬地面上。感覺很像是被盛夏陽光燒得發燙的瀝青路面，但不一樣。

「嗚唔唔，嗚噁嘔……！」

（這、是，什麼？甲板！航空母艦的……？）

「誰准你說話或擅自行動了？你連你們的生殺大權全握在我方手上這點簡單明瞭的事實都想不起來嗎？」

正上方傳來女性的低沉聲嗓。

南洋的太陽形成了背光，想看清對方的臉孔五官都沒辦法。

另一個年輕男子的聲音響起：

「上尉閣下，這似乎就是最後一個了。」

「哼。怎麼好像比報告的人數少？」

「應該是與傾倒的『旗艦０１９』同歸於盡了吧？如果有需要，可以派潛水員去搜查沉沒海底的艦艇。」

「浪費人事費罷了。」

庫溫瑟想從仰躺翻身成俯臥姿勢，臉孔卻挨了軍靴一腳，於是不再挪動身體。他只轉動眼球觀察四周……看見了。幾十個跟自己一樣成了落湯雞、身穿「正統王國」軍服的士兵，被迫躺在斜傾的飛行甲板上。活像把空難遺體一具具擺好清點數量似的。

烏雲。

就好像預知了庫溫瑟等人的今後命運般，藍天蒙上厚厚雲層，逐漸遮住陽光。或許那個也是襲擊了少年等人的「極大一擊」造成的後遺症吧。

到了這時候，他才終於看出來了。

低頭看著他的，是一名年約十八歲的高挑美女。膚色是白的……但肌膚的光澤跟庫溫瑟等人又有所不同。在後腦杓束起垂落的黑色長髮也是，大概是亞洲族群吧。身上穿著偏藍的水手服與迷你裙。看到這些，庫溫瑟就知道現在的狀況了。

那個什麼「曼哈頓」不可能在出動之後這麼快就部署部隊，派出強襲部隊擄走庫溫瑟等人。

「……妳也是『旗艦０１９』……不，是修護艦隊的人吧。哼，難道是老大琵拉妮列掛了，讓妳忽然有了升官機會……？」

女子的部下再次用軍靴一腳狠踢過來。

大概也沒特別大的恨意吧。東方族群的美女低頭看著他，完全就像看一隻路邊爬行的蟲子。

「我之後再慢慢考慮怎麼料理你們。我應該已經說過了，生殺大權全掌握在我手裡。」

然後她的視線移向一旁。

「……但是現在有件事情需要立刻解決。嗨，同志！芮絲・馬汀尼・維莫特斯普雷中校！我的同輩！」

庫溫瑟一聽，反而渾身僵硬了。

對啊。芮絲與「正統王國」共同行動是她的個人決定。如今支援AI網路・卡帕萊特的馬汀尼系列全體行為大有問題，可見芮絲的選擇或許是對的。但「那個」跟「這個」完全是兩回事。

「嗨，塔蘭圖雅。」

「嗨，芮絲。」

至於芮絲・馬汀尼・維莫特斯普雷本人，則是個十二歲左右的少女。金色長髮的頭頂上戴著講究形式的帽子，身上穿著不適合南洋地區日照的漆黑軍服。

她現在無論是在「正統王國」還是「情報同盟」都沒有幫手。

儘管身邊有著年齡不詳的青年候命，但戰力還是太薄弱。

喚作塔蘭圖雅的亞洲美女，或許的確沒有太大的害人之心。歪扭嘴角的笑臉，不合年齡地稚氣。

對。就像個抓到昆蟲把腳一根根拔掉的小孩。

「我是作為琵拉妮列的儲備人員與她同乘修護艦隊，那麼同輩妳跟敵國士兵一起行動，又是負責什麼任務？至少我沒有接到任何消息，難道是承接了什麼高級特別命令？」

「……」

「對，現在保持沉默才是正確答案。亂掰一個不存在的任務糊弄人，會在哪裡穿幫可就難說了。」

從軍階而論，兩人是上尉與中校。但塔蘭圖雅講話毫不客氣。一旦芮絲勾結敵對勢力「正統王國」，忽視任務進入現場的狀況得到證實，她就只是個瀆職的逃兵。這樣一來，就算當場背後挨子彈也沒得抱怨。

「我給妳個機會。」

塔蘭圖雅說完，從腰際拔出忽略實用性的巨大轉輪手槍。可能是反射了頭頂上厚重烏雲的顏色，磨亮的黑色槍身顯得恐怖不祥；青年侍從見狀想上前，芮絲伸出一手制止了他。

芮絲闔起右眼詢問：

「妳要我試手氣？還真是不科學到了一板一眼的地步啊。」

「呵哈！我不會叫妳玩俄羅斯輪盤啦。只有『信心組織』才會無視於個人的行為，只重視是否受到老天眷顧吧？雖然妳無限接近有罪，但我也清楚妳腦袋裡裝的東西價值不凡。所以說同志，要開槍轟掉的不是妳的腦袋。」

塔蘭圖雅將一大把轉輪手槍當成便宜原子筆在手裡轉動，然後將握把朝向了芮絲。

「第二世代的『雷射光束069』、發號施令的琵拉妮列，然後是剛剛才沉沒的『旗艦019』……最後還來個『曼哈頓000』的攻擊。我們的修護艦隊整個被打到原形盡失，上頭那些人應該也認為我們潰敗了吧。我不能就這樣作罷。就算是為了撈回本也好，兵力是多多益善。我的同志兼同輩，妳的腦袋也不例外。」

然後……

那傢伙講這句話的語氣，輕鬆得很。

「槍斃那邊那小子。我就看妳辦不辦得到，來揣測妳的心思。」

……………………………………

……………………………………

現場氣氛瞬間結凍。

庫溫瑟生硬地轉動像是生鏽了的頸部關節，維持著仰躺姿勢試圖確認狀況。

結果不慎與塔蘭圖雅對上了眼。

他完全看不出芮絲的情緒反應。

剛才嚥下最後一口氣的琵拉妮列．馬汀尼．史墨奇說過，有「某種東西」摧毀了她們整個馬汀尼系列，使她們失去理智。她也說過那東西並非掌握在負責管理神童計畫的老婦卡塔里娜手裡，而是一個不屬於「情報同盟」的外人。

難道這也是人工癲狂的產物？

還是說，對這個名叫塔蘭圖雅的亞洲美女而言，這才叫「正常」？

「我說過不玩俄羅斯輪盤了，所以沒把子彈拿掉喔。」

他懂。

就連庫溫瑟都明白，換作是芮絲．馬汀尼．維莫特斯普雷的立場會怎麼做、該怎麼做。照辦的話只會死一個人，不照辦的話所有人都會死。就是這麼單純的加減算數。而且雙方雖然基於「正統王國」與「情報同盟」的共同利益而暫時建立互信關係，但基本上還是敵國。

沒有任何理由不下手。

確定一加一等於二之後再來找其他答案，也不可能會有新發現。

「反正都把他們救起來了，之後我會讓這群白痴賣命幫我撈回本，直到哪天在哪裡累死。」

不過……

如果是這樣的話……？

「但是這傢伙例外。庫溫瑟．柏波特吉，不靠特殊裝備到處破壞 OBJECT，無視於性價比的異常人物。我現在就要殺了他。況且我也想賣上頭一個人情，算是做個障眼法吧。」

「喂！」

就在這時……

一個躺在稍遠處的士兵喊了些什麼，然後一名水手穿過被當成屍體管理的「正統王國」士兵之間，過去一腳踢飛他的下巴。那人即使從裂開的嘴唇濺灑出暗紅色液體，仍然帶著被鐵鏈拴住的猛犬般眼神吼叫著：

「那傢伙不是正式士兵，是戰地派遣留學生！妳已經調查過他的身分，下手就是蓄意殺害。注意妳對待他的方式，否則以後被公開撻伐的是妳！」

是賀維亞・溫切爾。

但毫無幫助。他也只能躺在航空母艦的甲板上叫囂罷了。

塔蘭圖雅理都沒理他。

「……你們比起俘虜更像是用過即丟的零件。今後你們所有人的生存情報都會從一切紀錄中消失，現在我隨便對付一兩人又會怎樣？」

半顯傻眼的言詞當中，混雜了多個令人心驚膽喪的詞語。

然後到了決斷的時刻。

芮絲・馬汀尼・維莫特斯普雷板著臉，抓住了遞給她的麥格農手槍握把。

塔蘭圖雅從裙子口袋裡，拿出像是演唱會會場販售的折疊式雙筒望遠鏡般器材，用一個指尖輕鬆地打開。女子闔起一眼補充說明：

「來，笑一個──按照『情報同盟』的作風，下決定所需的時間、呼吸、排汗、眼球動作、指尖的顫抖，我全部都有在計算喔。請勿做出可疑行動。」

「……」

亞洲族群美女用下巴一比，幾名部下士兵就抓住躺在地上的庫溫瑟的雙臂，強迫他起身。位置靠近斜傾飛行甲板上沒有護欄的邊緣，根本無處可逃。

就在正面有個嬌小的少女。

與她極不搭調的巨大手槍槍口，對準了少年的鼻尖。

（……快想。）

霎時間，全身大汗淋漓。

就連出生到現在習慣成自然的眨眼動作都停擺了。

死亡。

真正的死亡正在步步逼近。

（「曼哈頓」的動向……塔蘭圖雅他們既然是現場修護艦隊的倖存者，彼此之間真的配合得來嗎？能不能對那把手槍動手腳……芮絲是怎麼想的？炸彈……有什麼能當成武器……警衛的狀況、不安定地傾斜的飛行甲板……其他躺在地上的自己人……公主殿下的「貝比麥格農」怎麼樣了？總會……總會有個辦法吧！！）

「抱歉了，庫溫瑟。雖然你似乎還在想辦法，到現在還無法放棄希望到了愚蠢的地步。」

這時……

一段簡短的聲音，彷彿要一刀斬斷少年的思考。

芮絲的藍眼睛，隔著瞄具靜靜地定睛看著他。

「這次，是真的……『什麼都沒有』。」

清脆的槍聲……

……出奇地輕快……

2

『你說全世界……大的 OBJE……紐……曼哈頓……本身就……報同盟」的 OBJECT……？』

『透過影片……官方已……表聲明……曼哈頓……介入這場戰爭！』

『糟了……了！全體人員採取防撞姿勢！敵……砲為電磁……式動力爐砲。是先射出顆粒燃料……以雷射……反應，讓本來該封……動力爐……熱能直……在外……內爆的惡魔武器！我們……的新加勒比島會……炸飛！』

『可惡的馬汀……列，究竟瘋……什麼程度！』

現場哀號四起。

整個視野顛倒過來的銀髮爆乳高級軍官芙蘿蕾緹雅・卡彼斯特拉諾，一開始還沒想起來自己身在何方。

彷彿見面的瞬間忽然一巴掌甩過來，打得她眼冒金星。頭腦的重心搖晃不定，讓她腦袋空白地發愣了好一段時間。

慢慢地……

就像用吹風機的熱風把薄冰吹到融化，她的思維逐漸聚焦在殘酷的現實上。

「嗚，唔……？」

首先，她發現自己趴在地上。

她原本應該正待在第三七機動修護大隊的將官兵舍，透過筆記型電腦聽取遙遠「本國」的部下報告才對。然而現在，整個景觀全變了樣。天花板很低。不對，是整棟兵舍被壓扁了。空間變得又窄又小，同一個房間裡的東西擠得太近看不清楚。根本無暇去一一檢查「島國」的收藏品現在怎麼樣了。放眼望去，無論是配給品還是私人物品全都散落一地。在這些東西當中，芙蘿蕾緹雅只抓住了液晶部分碎裂的筆記型電腦與串起幾把硬體鎖的鑰匙圈，爬出狹窄擁擠的隙縫。

所幸，並沒有發生腳被瓦礫夾住的狀況。

不知道爬了幾公尺還是幾十公尺，在時間與距離的概念漸漸模糊的狀況下，銀髮爆乳咬住嘴唇往外爬。前方可以看見外頭的光源，但不管怎麼爬就是看不到終點。況且也沒人能保證她爬對了方向。越往深處爬，崩垮的天花板就越是讓身旁空間變得窄仄，也許還沒到出口，腰就會先卡住了。

儘管精神受到自產的疑心病侵蝕，芙蘿蕾緹雅依然一點一點往前爬，用指甲刀與銼刀仔細修過的指甲緊緊抓住地面。

（總算……）

光源越來越近。

她費盡力氣，總算慢慢靠自己的力量爬出了瓦礫堆。

（……終於爬到了。）

就在這一刻，她看到了。

眼前是一片人間地獄。

說到底——

芙蘿蕾緹雅・卡彼斯特拉諾此時人在大西洋中美海域的新加勒比島。這個特殊小島是以炸藥刺激海底火山，運用人工岩漿噴發的方式建造而成。這個黑色碎石像巧克力酥般堆積形成的島嶼，本來是她的哥哥布萊德利庫斯・卡彼斯特拉諾籌措來作為鮪魚增產基地的。他的妹妹芙蘿蕾緹雅讓大隊在這裡留駐修護OBJECT，剛剛還在跟近海的「情報同盟」修護艦隊或是第二世代OBJECT「氮素蜃景」交戰才對。

前提全炸到九霄雲外去了。

首先顏色就很詭異。

本來烏黑的岩石大地，變得像電熱線或熔礦爐一樣耀眼。這是因為早已冷卻凝固的岩漿，再次受到外來的龐大熱能加熱而開始熔化。如同把雙球冰淇淋掉在盛夏的瀝青路面上，融化的表面化為橘色河川流向大海。海邊冒出霧濛濛的水蒸氣，強光、高溫與蒸氣使得頭頂上亮麗的太陽都變得朦朧不清、搖曳不定，看起來模模糊糊的。或許就像是大都市的燈光掩蓋掉夜空的群星那樣吧。

「……」

一時之間，芙蘿蕾緹雅沒能理解自己置身的狀況。

（……這就是，曼哈頓的主砲。而且是從幾千公里外射來的……）

但是，她不能逃避現實。

修護大隊總共有將近一千人，其中應該有一半依照芙蘿蕾緹雅擬定的軍事作戰去了最前線。如果是這樣，那就有大約五百名後勤支援以及備勤人員還留在這個數條橘色大河流過眼前的地獄。粗略估計，相當於兩所學校。誰也無法計算每秒會喪失多少人命。她不能因為無法接受現實就呆站原地。

「報告……」

為了不被沿岸區域傳出的蒸汽爆炸聲蓋過，芙蘿蕾緹雅也扯開嗓門叫道：

「誰都好，快向我報告！先是受害情形與受損情況較輕微的指定避難區，然後是還能使用的整套裝備或設備！看到一個救一個只會浪費資材，那樣原本能救的性命也救不到。必須避免重複，以最大效率進行救助！」

沒有回應。

連基本中的基本都沒能正常運作。

「嗨，緹雅……」

「！」

背後有人溫柔地呼喚她，讓銀髮爆乳的肩膀大幅抖動了一下。

芙蘿蕾緹雅差點就要露出「家人」的表情，但在最後一刻自我克制，才轉頭向後，以修護大隊的指揮官身分與青年重逢。

布萊德利庫斯・卡彼斯特拉諾。

在這南洋地區依然穿得筆挺的黑色燕尾服已經脫掉，剩下一件白襯衫。外套可能是拿去替傷兵包紮了，也可能是在受熱熔化前丟掉了。

一隻手拎著出鞘的武士刀。

沒有刀鞘。不知出於何種原因，刀身染成了一片鮮紅。雖不知他來到這裡的一路上發生過什麼事，但現場的混亂程度由此可見一斑。

不知是額頭的汗水流進了眼睛，還是有其他原因；布萊德利庫斯不自然地閉著一眼，勉強讓疲憊不堪的臉龐掛起笑容。

「再怎麼喊也沒用的。剛才那場戰爭已經結束了。狀況早就已經過了設法對付琵拉妮列・馬汀尼・史墨奇或『氮素蜃景』的階段。條件已經改變了。」

「你在說什麼？那不是我能決定的！受害狀況是很嚴重沒錯，但哪能像關掉開關一樣說停戰就停戰！無論眼前變成了什麼景象，我都得再度召集存活的的人才與資材準備反擊。我承認這樣做跟鞭屍沒兩樣。但是一旦放棄抵抗，歸我指揮的所有人就只能死在岩漿裡了！」

芙蘿蕾緹雅的這些呵斥，絕非缺乏合理性、毅力至上的論調。

她接著斬釘截鐵地說了：

「冷靜下來，快想，不要放棄人類的理智！為什麼『情報同盟』要突然搬出曼哈頓這個誇張的祕密武器！那個可是『本國』的中心地啊，照常理來想根本沒有任何理由能把它派往最前線。

我是不知道本來負責監督那個有沒有中心概念都不確定的ＡＩ網路的馬汀尼系列失控細節，但如果真的用上了四大勢力之一的全部權限，應該有更好的做法才對。」

「……」

「馬汀尼系列當中有哪些人失控是未知數。如果只限紐約維安人員的話，就能理解為何只有曼哈頓展開行動了。但就算是這樣還是有變數。只要其他馬汀尼也開始出現異常舉動，屆時問題就真的會在『情報同盟』上下接連延燒，一發不可收拾了！」

「緹雅，妳說的全都對極了。」

她的哥哥緩緩呼出一口氣。

從分類上來說應該是民間人士才對。但布萊德利庫斯仍然用一種好像在開導耍性子的妹妹那樣的溫柔語氣，跟她把話講明了：

「可是，沒人能回應妳的命令。」

「！」

「就我估計，留在島上的人員已經損耗了六到七成。一般戰場上只要失去三成就會被視為潰敗狀態了吧？在目前的狀況下，已經無法維持正常的軍事活動了。緹雅，妳現在該做的，是帶走不能讓敵方『情報同盟』奪走的機密情報，或是將它確實銷毀。而且以少校身分指揮整個大隊的緹雅妳自己也包括在內。」

「……」

「妳絕對不能被俘虜，不管發生什麼事。妳以為曼哈頓開那一砲就結束了嗎？無論對方打算再開第二、第三砲，還是想派出大量登陸部隊攻占被炸毀的斷瓦殘垣，緹雅妳該做的事都只有一件……妳必須逃走。多可悲難看都沒關係。緹雅，妳身為負責人，必須安全確實地從這裡撤退才行。就算只剩妳一個人也非做不可。」

她明白這個道理。

假如芙蘿蕾緹雅被俘虜，用來存取軍事資訊鏈的身體重心或虹膜等生理資料被竊取，或者被逼問出不可洩漏的將來作戰計畫或是潛入敵國的諜報人員姓名，損失就不是「只限這場戰爭」了。為了將損害壓抑在最小限度，無論如何都得讓一切「只限這場戰爭」。

銀髮爆乳指揮官緩緩呼了一口氣。

然後將抱在懷裡的筆記型電腦以及硬體鎖丟進沸騰的岩漿裡銷毀，從槍套裡拔出軍用手槍。

「……要撤退也得等我盡量多救幾個人之後再說。身為長官的我來殿後。」

「緹雅……」

「對啦，對啦！我也知道這樣做缺乏效率！」

芙蘿蕾緹雅吼完，把軍用手槍的槍口按在自己的太陽穴上。

兄妹互相瞪視的狀態下，她用力皺緊眉頭以免露出少女的面貌。

「但是這些成堆的瓦礫與岩漿當中有太多我的同袍被活埋，甚至發不出一點呻吟！還有登上大海遠方修護艦隊與『情報同盟』交戰的那些部下！是我下的命令，而這就是結果！不能用事前資料沒有指出這種狀況當成藉口。我絕不會允許自己丟下他們逃走，那樣他們就白死了！」

「……」

「你說銷毀機密情報是最低條件對吧。這不成問題，指揮官配有槍枝並不是用來射殺敵人，而是在情況緊急時，用來打穿自己的腦袋自殺！」

拎著無鞘武士刀的布萊德利庫斯，面色沉痛地搖了搖頭。

想必是痛切體會到妹妹的心情了吧。

她不再只是受到「貴族」的家世束縛，還憑著一己之力建立了在緊急情況下不惜賭命保護的夥伴關係。布萊德利庫斯也很為她高興。為了妹妹想保護的人事物，他也想作為哥哥陪她一起戰鬥。這是真心話。

最後，他死心般地做了個深呼吸。

然後哥哥對妹妹把話講開了：

「對不起，緹雅。但是不行。」

咚的一下。

誰也不知道芙蘿蕾緹雅有沒有發現，在自己脖子附近發出的細小聲響來自於什麼。

「唔……？」

其實是銀髮青年把手中武士刀的握把底端——柄尾的部分用力撞進了她的脖子側面。就好像用手槍握把將人打昏那樣。「少女」連彎動手指扣下扳機的多餘時間都沒有，兩眼頓時失焦。全身逐漸失去力氣。

在完全昏倒之前，布萊德利庫斯已經用一條手臂摟住芙蘿蕾緹雅那看在哥哥眼裡太細的腰。如果沒有這樣小心注意，她的手指可能已經扣動扳機發射子彈了。

「竟然對親妹妹動手……簡直沒有半點騎士精神可言。」

布萊德利庫斯由衷厭煩地低語，但他在這方面是極其理性處事。事實上，身為「貴族」但終究只被視為民間人士的他，根本不用去理會軍方的需求。不管要用上什麼方法，保護這個人——他的寶貝妹妹才是第一目標。

來到這裡的一路上，他聽到了好幾次「拜託殺了我」的聲音。

有的是被當頭澆下岩漿，有的是身體被瓦礫夾住。面對這些陷入殘酷困境的士兵，布萊德利庫斯將武士刀的刀尖一一對準了他們。

他不會忘記那些人對他說的「謝謝」。

說什麼都絕不會忘記。

「……我受夠了。」

他不能讓對抗「貴族」社會、力爭上游的妹妹芙蘿蕾緹雅，看到她的世界逐步毀滅的這種慘狀。

恨他也沒關係。

無論招致多大的怨恨都無所謂。

布萊德利庫斯把染血的武士刀隨手一扔，然後原本握刀的指尖貼到自己的耳朵上，主動發出通訊電波。

「是我。」

一將意識放在小型耳麥上，態度就變了。

青年搖身一變，成了「貴族」的神態。

「對，我要你替我準備逃生手段，就是那艘潛艦。我是希望盡量搶救『正統王國』兵，但不用勉強。我們有十五分鐘的時間，救不到的就放棄吧。別擔心，你們不用負責扮黑臉，責任由我一個人承擔。」

布萊德利庫斯支撐著被他打昏的家人的體重，視線拋向在岩漿熱氣與水蒸氣當中模糊朦朧的景觀後方……遙遠水平線的另一頭。

據芙蘿蕾緹雅所說，也有一些部下被派往大海的遠方。

這樣做有其必要性。就算把私人感情屏除在外也一樣。

但是一旦新加勒比島的修護大隊在這時撤退，他們將會無處可歸。在海上孤立的他們不管怎麼大聲呼救，都不會有人伸出援手。

布萊德利庫斯・卡彼斯特拉諾將會讓他們陷入那種狀況。

帶著實際上弄髒雙手的決心，做出總得有人來做的事情。

「……真是飛來橫禍。我們也是，他們也是。」

3

於是，沒有半個人來。

新加勒比島應該有「正統王國」的軍人待機才對。公主殿下操縱的「貝比麥格農」也應該就在遼闊大海的某處才對。

可是……

卻沒有半個人來。

「……我要宰了妳們……」

帶有鐵鏽味的飛行甲板上，某人滿懷恨意地說。

是連眼淚都流不出來的賀維亞·溫切爾。

他挪動顫抖的身體匍匐爬向飛行甲板的邊緣，卻已經看不見朋友的屍體。

只有某個巨大的影子緩緩游過，來路不明的暗紅色液體汙染了海面。

「哈哈！這樣很不應該喔，芮絲！」

塔蘭圖雅捧腹大笑。

笑到眼角都泛淚了。

「拿屍體餵鯊魚是很好，噗哧！呵呵，但是連金屬或塑膠片什麼的一起丟下去餵，衛道人士可是會囉嗦的喔。啊哈哈哈！」

這番話……

讓賀維亞的腦中，有某種東西決定性地潰堤了。跨越底線了。

「我要殺了妳們！殺啦哩們！管妳們是有病還是沒瘋，我要把所有人開槍掃射成肉醬，一個都別想逃！！！」

這份怒火，究竟是以誰作為目標……

誰也不知道答案。

4

「第一〇一殭屍小隊的弟兄們——！」

完全任由風吹雨打。

連最低限度的桌椅都沒有。

賀維亞等「正統王國」軍的戰敗部隊，被召集到嚴重傾斜而不堪使用的航空母艦飛行甲板上。厚重的烏雲灑下傾盆大雨，但甲板上當然沒有屋頂或類似的東西。而且也沒有護欄，一不小心就可能因為天雨地滑而在飛行甲板上滑倒，掉進貪吃鯊魚等待著的海裡。

唯一只有笑容可掬地對大家說話的塔蘭圖雅．馬汀尼．昂洛克，待在男性部下從旁幫忙撐著的大傘裡。

「感謝『曼哈頓000』該死的同志驚天動地的一擊，一場恰到好處的暴風雨就快來臨了。趁著這個機會，我想請你們這些死人做個工作。」

「……妳沒讀過戰爭條款嗎？有這樣對待戰俘的嗎？」

「你想被關進動物園的籠子裡嗎，稀有動物？」

完全不留情面。

不知是像琵拉妮列那樣遭到外界強烈影響，抑或是本性如此。總之徹底失去人性的東方族群美女眉毛都沒挑一下，說：

「你們卑鄙地直接闖入我們的修護艦隊，最後在諸般攻擊之下與沉船的『旗艦０１９』共赴黃泉。因此生存者為零。你們已經從所有紀錄當中被刪除了，所以儘管放心，大鬧一場吧！」

「……」

被賀維亞眼神殺氣騰騰地瞪視，塔蘭圖雅闔起一眼說：

「明白自己的立場了吧？現在，你們這些死人成了所有規範之外的超越者。可以忽視所有死板的條款或軍規，而且無論戰死多少人都不會被算進官方紀錄，也不用理會老百姓的反應。隨心所欲地去戰鬥、去送死吧！真是太令人羨慕了，這豈不是所有軍人夢寐以求的理想境界嗎！」

換言之……

她是叫「正統王國」用雙手抱住他們「情報同盟」不想空手去抓的成堆大便。攻擊目標不是令人絕望的激戰區，就是一旦動手勢必引來國際譴責的和平象徵。連繼續想像下去都讓人退縮。

如同被人用機槍抵著背後排成橫排在地雷區裡到處走動，不只是比喻的真實死亡行軍即將到來。雖然步步驚心，但駐足不前也會被槍斃。沒錯，既然說是死亡行軍，事情就不會只限於這一場戰事。做得再認真也沒有獲得釋放的機會。賀維亞等人是用過即丟的零件，這個狀況將會永遠持續下去，直到他們哪天在某個戰場上力竭身亡。

「……妳要我們怎麼做？」

「萬事都講求平衡。」

塔蘭圖雅一邊用指尖把玩在傘下受潮的黑髮髮梢，一邊說：

「你們這些死人也在『旗艦019』看到了不少事情吧。支撐作為四大勢力之一蓬勃發展的『情報同盟』整體事務的AI網路‧卡帕萊特雖然正確，但過於純粹。畢竟不過是一群紐約客因為排斥監視器或是想防止電郵遭竊而想了些對策，就讓它『看不見』整個紐約了。同理，如果負責檢修的馬汀尼系列整體回報不正常的聲音，卡帕萊特也有可能產生差錯……不過問題不在『這裡』。」

「？」

塔蘭圖雅本身應該也包含在馬汀尼系列整體當中，但亞洲美女卻講得像是完全沒在為自己擔心。

「『情報同盟』正如其名，是資料支配一切的勢力。但卻從來沒有人告訴過我們卡帕萊特的危險性或是『曼哈頓000』的相關情報。」

「被排擠在外覺得很不甘心，所以要我們去把紐約炸了？」

「你白痴啊？這可是個機會。」

黑髮美女在雨傘底下呢喃。

「目前『曼哈頓000』正以三百八十八節左右的速度持續南下。從『情報同盟』本國的紐約到新加勒比島近海這邊大約距離三千五百公里，所以算起來大概四到五小時內就會抵達了。雖然關於對方是在打什麼算盤才會冷不防讓國王衝向最前線依然謎團重重，但至少我可以很確定地說，我們獲得了搶到第一手情報的機會。」

三百八十八節或時速七百公里，就跟民航機沒什麼差別了。不知道曼哈頓的市區以及站在表面上的民眾都怎麼樣了。

平常那個技術痴也不在了。

賀維亞無解的疑問，像是失去詢問對象般從嘴裡冒出：

「七百？那是怎麼……？」

「至少不會是氣墊或靜電式浮體吧。那個巨大影子是自己在劃破水面。我猜應該是運用了超空蝕效應或類似的什麼，借助細小氣泡的力量減少水中阻力，但正確運作原理不明。一切都是現在才要開始。」

那般巨大的存在從黑暗中單方面地定睛盯著自己，光是這樣還不足以讓生物本能產生危機意識嗎？

眼前這個女人，居然大言不慚地說這是機會。

「……妳是屬於那種跑去看颶風的暴風雨結果被吹上天的類型嗎？」

「下次我就開槍了。換言之重點在於，接下來我們確實能從現場獲得的第一手情報，能由誰獨占多大的比例。剛才我應該已經說過，在『情報同盟』由資料支配一切。我們可沒蠢到會把突如其來地開始航行的……應該說只要有意願就能自力航行的『曼哈頓０００』相關重大情報，一五一十地向不具心臟的ＡＩ網路．卡帕萊特等高層人士報告完畢就收手……更何況為了滅火，我們早已跟你們這些人一起遭受過『曼哈頓０００』的攻擊了。」

「想鬧內鬨不會你們幾個自己去鬧啊。」

「拜託，那我豈不是得為此負責？」

連小孩子都懂的道理，她卻聽不懂。

並非只是單純地語言不通。感覺比較像是比手畫腳努力解釋卻被人當面回絕。一個徹頭徹尾無法溝通的人，就像披著那種外皮的巨大螳螂一樣感覺不出人性。

這傢伙究竟是從哪個星球來的？米〇共星嗎？

「既然拚命隱藏到現在，『曼哈頓000』一定隱藏著重大祕密。這將會是非常非常有價值的情報。」

塔蘭圖雅看看身旁幫她撐傘的部下交給她的筆記本尺寸平板電腦，輕聲發笑。

螢幕顯示的不知是影音網站、網路新聞，還是討論區或社群網站一般大眾發布的紛亂訊息？即使曼哈頓的相關情報本身數量龐大，其中不具有正確的價值就沒有意義。也就是說面對這種非比尋常的狀況，只能想到亂喊一些莫名其妙的末世論或是不存在的目擊消息以賺取點擊數的傢伙，都是下等中的下等吧。

「……都被迫承擔這麼多責任了，我才不要乖乖聽話當個上尉。我要讓他們為我準備特殊升官途徑。我看敵對勢力不用說，現在包括『情報同盟』在內的四大勢力必定都在慌亂地忙著收集情報吧。這沒什麼不好，反正那些局外人只會互扯後腿，搞不出什麼像樣的收集行動。趁著這段時間，我們要搶先一步甚至是兩步。我要獨占『曼哈頓000』的相關重大情報，決定如何使用。

也許我可以運用ＡＩ還有巨量資料什麼的成功躋身上流社會享受奢華的名流生活，或者也可以威脅這類人種把他們當成墊腳石度過更無憂無慮的生活。」

「講半天還是錢嘛。還跟我扯這些跟『資本企業』沒兩樣的狗屎夢話。」

「老舊發霉的鄉間貴族連這兩者的差別都不知道嗎？你講反了。空有財富的情報弱者只能任人魚肉。贏得彩券巨額頭獎的貧民哪個不是下場悲慘？真正富裕的強者，首先會握有情報。包括學歷、職業、銀行存款等資訊是要公開還是隱瞞在內，你就當作是在運用『一個人的社會地位』吧。」

賀維亞一副苦於宿醉的表情搖了搖頭。

可能是不想再努力去理解冷笑米〇共星人的思維了吧。

「這時，平衡就成了問題。」

至於塔蘭圖雅，也不知道她是怎麼看待賀維亞等用過即丟的「正統王國」士兵。

她從安全位置睥睨著這一群淋雨的人，說：

「如果四大勢力可以互相打壓變得一律平等的話很好。但假如有任何一個勢力勝出就難辦了。我想給收集資料的速度踩個煞車，好讓我們可以獨占『祕密』，跟上頭上頭再上頭的人進行獨家談判。換言之，我要把太過突出的對手視作出頭鳥主動給予打擊。就算對手同樣是『情報同盟』也一樣，徹底打擊絕不手軟。外來勢力就更不用說了。」

事情越講越可怕了。

面對產生戒心而全身緊繃的賀維亞及明莉等人，塔蘭圖雅把筆記本尺寸的平板電腦螢幕輕快地轉向他們。

螢幕上寫著這幾個字：

「和平的象徵，奧林匹亞巨蛋體育場☆」

「什……！」

瘋了。

完全失去理智了。

「就是緩速繞行整個大西洋，舉辦世界級體育盛會科技奧運的人工浮島。表面上號稱是不屬於四大勢力的完全中立地帶，實際上卻有著濃厚的『信心組織』色彩。而這裡為了滿足國際大賽網路實況轉播的設備需求，擁有大規模的播放設施。換言之，就是個在大西洋全海域巡航的巨大電波竊聽器。一開始是不是為了這個目的而建造都無關緊要。總之從結果來說，就是變成這樣了。這玩意兒很礙事。你們得趁它比我們更快掌握到『曼哈頓000』的祕密之前，射死這隻出頭鳥。把它炸沉就對了。」

「……這是違反規定。叫我們用軍事力量把科技奧運的會場擊沉？妳以為這樣會演變成支付幾百年賠款的國際問題啊！」

「我才沒在算那些咧。反正要付也不是我付。你以為我養你們這些危險的『正統王國』兵而沒有直接殺掉是為了什麼？加油嘍，你們這些死人頭☆」

講得可真輕鬆。

真要說起來，如果是能靠一般手續解決的作戰，根本不會把不穩定的敵國殭屍士兵編組進去。對方並非在期待賀維亞等人能發揮以一擋百的英雄能耐。正好相反，是因為無論從法律或物理層面來說都能隨時輕鬆操到死，她才會這麼重視這些不受規定限制的鬼牌。

塔蘭圖雅．馬汀尼．昂洛克露出一絲冷笑，說：

「所幸，『曼哈頓000』已經把我們修護艦隊的每艘船都打爛了。就算有幾艘船失去控制在海上漂流也不會引起疑心。你們這些死人在『資本企業』潛艦沉船時不是也不求回報地伸出過援手嗎？就跟那個一樣。海洋的規則講求人道，你們要反過來利用這點讓奧林匹亞巨蛋救起你們，然後從內部把它炸個粉碎。」

看到賀維亞還想固執不從，塔蘭圖雅輕輕舉起了一隻手。

待在各處的水手們，隨手就把散彈槍的槍口指向「正統王國」軍縮成的一顆顆丸子。扳機一扣賀維亞可能就會死，也可能不會。但是一旦狀況爆發，存活人數肯定會銳減。

根本就沒有權利拒絕。

反抗就準備立刻腦袋挨槍，答應也只會在罔顧人命的作戰被用到死。死亡行軍要到全員死光才會停止。

亞洲美女輕輕放下那隻手，微微一笑。

「規則都聽懂了吧？那就開始行動吧。」

「……等一下。」

有人低聲說了。

是仍然被傾盆大雨淋溼全身的賀維亞。

「這樣好處都被你們占盡了。划不來吧，我們這邊可是隨時被人用槍指著背後賣命進行死亡行軍耶。不至於什麼都得不到吧。」

「『情報同盟』盛行的作風就是用資料製造財富。還是說你想為了特權向我們這邊尋求政治庇護？」

「才不是。我對你們的髒錢沒興趣。」

賀維亞不屑地說。

他直接講明了：

「芮絲．馬汀尼．維莫特斯普雷。等一切事情結束，我要妳把那個賤貨交給我。這就是我的條件。」

高挑美女無聲無息地偏了偏頭。

她任由光澤亮麗的黑髮毛躁地散落，直接說了：

「接受條件對我有什麼好處？答錯了我就立刻讓你躺回墳墓。」

「妳們不都是馬汀尼系列嗎？留她一條命，分到的好處會減半喔。」

「那就殺掉算了。」

隨便就答應了。

也許塔蘭圖雅・馬汀尼・昂洛克根本沒有什麼同伴意識。

不對。

多蘿西婭、琵拉妮列，然後是芮絲。

就連那個嬌小的金髮少女，都失去了安全神話的保障。既然如此，或許可以直接下結論說，馬汀尼系列整體的本質就是如此。只是不知是原本的設計出錯，還是被人從外界攻擊了安全性漏洞。

高挑的亞洲美女表情無憂無慮地做了總結：

「那我就當作成交嘍☆好，第一〇一殭屍小隊即將初次出擊，讓我們打一場精采的勝仗吧。這回血祭任務正式宣布開始～」

5

在灰得發黑的狂風巨浪中，「巡防艦042」在海上激烈搖晃漂蕩。船艦全長大約一百公尺，本來應該塗上了稱為軍艦色的淡灰帶藍漂亮烤漆，但大部分已經燒黑，表層就像背面用火燒過的照片一樣起泡。速射砲彎曲變形，蜂巢般排列的垂直飛彈發射管蓋子熔化了打不開，從艦橋向外突出的各種天線也大多斷裂炸飛了。整艘船更是斜傾著，顯然無法正常航行。假如有輕佻庸俗的年輕人開遊艇經過，或許會被他們用智慧手機拍張照片變成新的幽靈船傳說。

從它的慘狀可以看出「曼哈頓０００」超廣範圍攻擊的駭人程度。

「……糟透了，該死。」

艦內。在保有比較寬廣空間的餐廳，賀維亞．溫切爾跟其他眾多「正統王國」士兵同樣抱著突擊步槍靠牆坐著不動，從喉嚨裡硬擠出憤恨的聲音。

「我可是『貴族』門第的繼承人耶。那些臭王八蛋，竟敢擅自改寫紀錄捏造死亡報告書。『本國』那邊現在不是鬍子就是胖子再不然就是兩者都在扭打爭奪繼承權了啦。溫切爾家與范德堡家的關係也不知道變成怎樣了……」

「打、打起精神來嘛，賀維亞大哥。現在只能靜待機會了。」

「明莉妳真的是個乖寶寶耶，能有什麼機會？那邊那兩位最該死的狗屎人渣都盯我們盯這麼緊了！」

真的跟殭屍沒兩樣的士兵們，視線慢吞吞地集中到賀維亞指出的方向。

在那邊只有一個二人組，穿著沒有統一感的奇怪軍服。

「情報同盟」的軍官，芮絲．馬汀尼．維莫特斯普雷。

以及她的青年侍從。

「我現在不管講什麼你都不會信吧……最難的其實是自己。無論是馬汀尼系列還是ＡＩ網路．

卡帕萊特，唯一看不見的就是自己。」

「……」

「卡帕萊特讓影響力廣而淺地遍及『情報同盟』支配地區，結果反而失去了作為中心象徵的形貌。琵拉妮列說她屈服於這個人工智慧的正確性，但不能說她對自己採取的行動沒有自信。我不知道是什麼毀了我們，也許是積極的自我否定遭人利用了吧。」

「妳說……積極的，自我否定？」

看到明莉一臉懵懂，芮絲輕輕點頭說：

「風雪太大了所以放棄登山，這叫勇敢撤退……這種決定的確也是出於人類意志，但心智越是堅強就離初期設定的目標越遠，堪稱一種不可思議的心性。所以琵拉妮列才會往自尋毀滅的方向全力衝刺。」

沉重的氣氛讓金髮少女嘆一口氣，說：

「據說我們的原始版本卡珊德拉．馬汀尼是個合理思維的殺人凶手。她在那些過程當中不知道自動放棄了多少事物。只是老婦卡塔里娜不在這裡，否則也許能為我證實這些推測的正確性。」

語調跟至今的閒聊截然不同。

芮絲與賀維亞等人之間或許有著絕對性的身分差距。

當然，賀維亞等人負責戰戰兢兢地走向地雷區。芮絲等人則是只要嫌他們走得慢或有任何不高興的理由，就能立刻從他們背後開槍。

「（……塔蘭圖雅那傢伙，真是太誇張了。怎麼會想到讓成功獎賞跟當事人一起進現場啊。難道對那傢伙來說就像在笨馬面前用釣竿掛著胡蘿蔔亂晃嗎……？）」

「怎麼了？鬼鬼祟祟到了正直無欺的地步。是不是要求達成任務時拿我的項上人頭當獎賞了？」

「嘖！」

賀維亞只是厭惡地嘖了一聲。

有沒有穿幫根本無關緊要。「密約」是他跟塔蘭圖雅談成的。無論本性是否徹底不正常，她似乎屬於精於計算的人種。換言之，就是個高智商的連環殺手。事到如今無論芮絲如何哭叫，那傢伙都不會出於「情分」改變決定。就算是同胞也無所謂。

芮絲也差不多，輕嘆一口氣說：

「看你似乎緊抓希望到了醜惡的地步，不過這倒無妨。為以後做打算是很好，但別忘了近在眼前的障礙。塔蘭圖雅之所以對奧林匹亞巨蛋有所戒備，有她不容忽視的根據在。首先，假設『曼哈頓０００』正在往我們這邊過來，進行單純巡航的人工浮島極有可能貼近它。再者，早就有人以ＳＴＯＬ規格的運輸機及傾斜旋翼機為中心，將『信心組織』系的士兵及備品運進該地。你們可不是只要自以為是特洛伊木馬潛入內部就結束了，我們借給你們的『情報同盟』裝備也要先複習一下用法。那些裝備被視為從這艘破船奪得的戰利品……」

「閉嘴，我聽夠了。」

一句話就將人推拒在外。

賀維亞用顯然異於短短幾小時前的聲調，直接讓她住口。

「妳想裝自己人裝到什麼時候？界線早就劃清了。不，是妳親手劃下的。真讓我噁心，別以為事到如今妳還能一個人愛選哪邊站就哪邊。就算當成是腦袋徹底有病的瘋子在胡說八道還是讓我生氣。」

「……感情用事算是你的美德嗎？雖然真是純粹到了愚鈍的地步，但具體來說你是不打算求生存了嗎？」

「親手要了別人的命還有臉講這個！妳這位正義的英雄是腦袋飛到聖女貞德級的高次元去了嗎？我要妳親口說出來，妳以為是哪個白痴因為貪生怕死而開槍打了庫溫瑟！」

顯而易見的怒罵聲，讓少女的肩膀抖動了一下。

原本就夠嬌小的身子縮得更小，只有一雙眼睛睜大到令人不敢置信的地步。

嘴唇顫抖著想說些什麼，一開一合，結果還是什麼都沒說。

「說啊，瘋婆娘。」

賀維亞陰鬱的眼瞳中，產生了明確的方向性。

也許其中根本不具合理性。一個活該被責怪的對象跟他待在同一個空間，光是這樣或許就成了出氣筒。

賀維亞慢吞吞地離開牆邊，緩慢地站起來，伴隨著炯炯有神的目光吼道：

「妳不是做對了嗎！不是用妳那瘋癲的腦袋認真想過，算出了個什麼最佳解，結果開槍打了庫溫瑟嗎！既然這樣怎麼不抬頭挺胸？以為心狠手辣殺掉別人再兩眼含淚地說『其實我也是不得已的～』就可以變成悲劇的女主角嗎！不會瞑目的啦，這樣庫溫瑟不會瞑目的。妳以為這樣誰會服氣啊混帳王八蛋！」

「……」

「曼哈頓那個臭東西一砲射過來時，妳還記得發生了什麼事嗎？」

面對遲遲無法有所反應的芮絲，賀維亞繼續用言語暴力痛毆她。

就像是要打到她整顆心腫脹變形都不肯罷手。

「他挺身保護了妳，那個瘦皮猴情急之下撲到妳身上，想保護妳瘦小的身體免於不明傷害。當然大概也是因為剛發生過琵拉妮列那件事，小孩子的死亡讓他受到了影響……但那傢伙就是挺身保護妳了。妳懂不懂這個意思？那個爛好人大笨蛋認為現在可以倚靠妳、信任妳，不能讓妳死！而妳卻背叛了這一切……！！！」

那只是個小動作。

也許就跟一個小孩子遭到大人蠻橫地臭罵一頓，忍不住想用雙手抱住自己的頭一樣。

但現實情況中，芮絲的小手與指尖卻在空氣中動了一下，就像想摸索腰上的槍套。

這項事實讓金髮少女的臉龐彷彿受到痛苦折磨般扭曲變形，至於賀維亞則是露出了左右更加不對稱的破碎笑臉。

「……這就是妳的本性，病態殺人凶手。跟什麼積極的自我否定或不可思議的內心動向無關。而是更根本的部分，靈魂的本性。無論表面上歌頌什麼平等或和平主義，只要威脅一下就會立刻『變成這樣』。到頭來，妳就是得覺得自己高人一等才能放心正視對方的眼睛。在那個狀況下情非得已？妳是小孩子怪不得妳？那妳就別不自量力上什麼戰場。別參加什麼『神童計畫』就沒事了。」

假設性的問題，已經進入了不可能實現的範疇。

但賀維亞只要能找對方的碴就好，根本不在乎。

所以，他毫不客氣地把話講明了：

「打從一開始妳就不該來，躲在『安全國』的家裡抓著媽媽的裙子躲在她背後不就得了？」

這句話比之前的一切都更有效。

任誰都看得出來，少女原本鐵青的臉龐霎時變得更加慘白。就連她那未成熟的身子裡，心臟緊緊縮起來的模樣都像是清楚呈現在眼前。

賀維亞應該也在軍艦「旗艦０１９」上聽到過庫溫瑟與芮絲的對話。

知道在「情報同盟」廣為普及的ＤＮＡ電腦，堪稱心臟部位的安娜塔西亞處理器用了誰的癌細胞。

聽過那個要不是母親生病，少女也用不著冠上馬汀尼之名，或許可以在平凡溫暖的家庭受到呵護的，不可能發生的「如果」故事。

明知如此，賀維亞還是說了。

他根本不在乎。眼神之中只有敵意。

軍靴靴底摩擦地板，發出「沙」一聲。

是隨侍芮絲左右的青年把牙關咬到軋軋作響，往前走出一步的聲音。

「……忙著戴起ＶＲ眼鏡對著定位攝影機自摸的『情報同盟』死變態，看到庫溫瑟嗝屁了就想趁機扮演騎士大爺了啊？」

賀維亞也不退讓。

反而還毫不猶豫地，踏入不到一公尺的超近距離內。

「只不過是吵個架就有位男士不辭辛勞為妳挺身而出，還真是了不起啊。然後呢？我們這邊就算是真的吃顆子彈也不准抱怨，替妳戰鬥到死就對了？妳是想說這是作為紳士『應有的』行為嗎？少跟我來這套！！！」

磅砰！！！

拳拳到肉甚至直達骨頭的低沉毆打聲連續響起。

首先是青年的鐵拳打中賀維亞的顴骨，接著賀維亞還手抓住對方。然後就是不動口只動手了。兩人各自掃倒餐廳的桌椅，在地板上翻滾以試圖壓制對方。同時砰砰磅磅的低沉致命聲響多次響徹室內，暗紅色的血珠到處噴濺。

「……住手。」

芮絲．馬汀尼．維莫特斯普雷嘴唇顫抖著翕動，擠出了這句話。

賀維亞不用說，就連青年也沒聽進去。

看到「正統王國」的年輕小夥子抓起掉在地板上的玻璃菸灰缸，而「情報同盟」的機器人類又想伸手去抓這個不良軍人掛在夾克上的手榴彈插銷，芮絲終於做出了決斷。

「夠了，快住手！」

她拔出來了。

從槍套裡，拔出了手槍。

這個動作導致現場氣氛凍結。「正統王國」與「情報同盟」之間的鴻溝決定性地擴大。假如手榴彈在這裡炸開，豈止兩人，聚集在封閉餐廳裡的所有人都會送命。但沒有人在乎。

在場的所有人——恐怕就連芮絲她自己——腦中都浮現了一個畫面。

鮮明地浮現出，在傾斜的甲板上，是誰開槍打了誰。

「……隨便你們吧。」

賀維亞被青年侍從壓在身上，就這麼意興闌珊地舉起雙手說：

「妳將會走上的路有兩條。一個是作戰失敗，跟我們一起在奧林匹亞巨蛋被打成蜂窩。另一個是作戰成功，塔蘭圖雅把妳賣給我們……妳走投無路了，腦袋有病的妳的人生已經走進死路了。」

青年往下揮拳，捶進賀維亞的臉孔正中央，讓人笑不出來的笨蛋就這樣迅速失去意識。

就到此為止了。

6

『海上警備Σ3號呼叫全體人員。已與勢力不明艦會合。艦艇一律不斷發出求救訊號……但是對於這裡發出的無線電波、燈光閃爍以及喊話器等各種呼喚皆無任何回應跡象。請給予指示。』

『這是ＯＤ管制。等等，Σ3號。我們奧林匹亞巨蛋沒有介入進行臨檢的權限。』

『Σ3號。它不是已經漂進兩百海里內了嗎？』

『ＯＤ管制。人工浮島無法主張領海或是專屬經濟海域。更何況奧林匹亞巨蛋從各種意味來說都屬於中立。』

『（……都接受我們「信心組織」進來了，還真敢講。）』

『這是ＯＤ管制。發言之前請先說呼號，Σ3號。我們只能對沉船進行介入，而那艘船還漂在海上，對吧？你們先按照預定裝上緩衝材，然後利用海浪的力量把它運進船塢。』

『Σ3號。對方沒有掌舵，也不會減速。撞壞了港灣區可別找我負責。』

『OD管制。不同於普通港口，人工浮島可以主動改變航向及速度。就是所謂的相對速度啦。對方不動的話，我們來動就好。』

『Σ3號呼叫全體人員，右舷前半部完成。』

『Θ7號，左舷中央完成。』

『Φ2號，右舷後半部完成。』

『Ψ4號，右舷中央完成。』

『Δ9號，左舷後半部完成。』

『Σ3號呼叫Λ1號，左舷前半部怎麼了？』

『……』

『Λ1號！』

『Z0號呼叫Σ3號，Λ1號得了鯊魚與微型比基尼恐懼症。大概是在塑膠船上被飢渴的肉食系大姊破處時漂離海岸造成後遺症了。現在八成還躲在哪裡發抖吧。』

『Σ3號。為什麼這樣會變成心理創傷？根本羨煞人了吧。哪像我只能跟賣香菸的老女人搞。我來負責處理他那一塊。』

『這是OD管制。Σ3號，出問題了嗎？』

『Σ3號。沒什麼事需要存進管制的記錄器。』

『OD管制。既然如此就少聊幾句部下的破處話題。我有時候也會害怕起牆上的洞來。就是剛好可以把適合當早餐的香蕉放進去的那種。』

『這是Σ3號。屁話少說，好啦，搞定了，這個冷血女通訊官到底有什麼毛病？麻煩配合相對速度輕輕地接受它喔。動作要輕喔！』

『OD管制。不用你提醒，要是在撞擊力道下弄死船上的人，這場救難就白做了。』

『（……真是一群過慣和平日子的爛好人集團。戰爭的步調都亂了。）』

『這是OD管制。請說呼號，Σ3號。』

7

除了「辛苦了」之外，實在沒話好說。

「那就開始吧。」

賀維亞的一句話開啟了戰端。

讓「信心組織」幫忙把船艦固定在港灣區後，「正統王國」的馬鈴薯們踹開變形的鐵門衝出去，拿著突擊步槍或卡賓槍往甲板邊緣跑。

首先是靠岸的右舷側，大約位於九公尺下方的水泥棧橋。

砰砰！嘶砰！噠噠噠噠噠噠噠噠！

接連不斷的槍林彈雨把「信心組織」武裝兵一一打成蜂窩。賀維亞暴露在槍擊的後座力之下，暗自心想「幸好他們是職業軍人」。假如都只是奧林匹亞巨蛋職員的話，就是惡夢一場了。

基本上就跟情報內容一樣，但他可沒被洗腦到會去感謝塔蘭圖雅。賀維亞一邊躲在護欄厚重鋼板的後面更換突擊步槍的彈匣，一邊喊叫：

「橋式起重機的狙擊手！還有擠成一團的士兵們一開始散開取得距離，就表示要發射火箭砲了，優先擊倒他們！」

這次在賀維亞等人的步槍槍身底下，額外加裝了散彈槍。這種裝備本來是用來破門攻堅的，但這次沒有裝實彈。目的是切換使用真槍與橡膠子彈，好在壓制過程中不用殺死沒有威脅性的職員。當然什麼慈善還是博愛都去吃屎算了……是因為把這種「手下留情」加進行動中，反而能減輕扣扳機時的心理壓力，是一種效率最佳化的手段。

「別搞錯兩種子彈了，明莉。後果比紅旗白旗舉起來嚴重多了！」

「我知道……啦！」

他們接連開槍，但棧橋區的壓制過程並不順利。對手被突如其來的奇襲嚇到的時候是占盡優勢，但奧林匹亞巨蛋是對方的後院，有利的地形全被「信心組織」給占據了。一旦對方從驚嚇中振作起來，就換他們被圍毆了。

「獨頭散彈塊用橡膠子彈，結果這到底算人道還是不人道呢？」

「主要是對自己找藉口啦。敵人就算覺得很蠢也會被雙重戰術搞得一個頭兩個大，我們這邊則是會覺得『也許不用殺掉對方』扣起扳機也比較輕鬆，可以提升工作效率。就跟『島國』的刀背擊打一樣啊。好像有種說法認為武士之所以敢強硬地殺向敵人，就是因為武士刀不是雙刃。」

所以在被圍毆之前，他們得先徹底打擊敵人，製造搶灘的機會。

舞台是對方的主場，士兵與武裝數量也都是對方占上風，這他清楚得很。但也只能打亂對手的步調，從內部逐漸瓦解了。

賀維亞等人的敵人並不只有前方這些人。打從一開始他們就受到警告，只要行程有所拖延就等著背後吃子彈。

跟「正統王國」軍的馬鈴薯們躲在不同鋼板後面的芮絲，指著反擊格外激烈的地方大叫了。這傢伙是唯一獲准對著賀維亞等友軍背後開槍的督導官。當然賀維亞他們敢反抗就會當場被槍斃，受到物理層面與軍規的雙重束縛。

「偷懶的時候對自己最誠實的笨蛋們，麻煩彈幕再厚一點！我想趁現在多扔一點進去！」

「吵死了要死就去死妳這人生卡關女！那種玩具到底派不派得上用場啊……！」

既然射不中也沒關係，就沒必要賣命。賀維亞沒有逞強從護欄鋼板露出上半身，而是只舉起突擊步槍隨便亂射子彈。這樣都還算認真了，士兵當中甚至有人加上閃光燈與揚聲器連動的人造槍口焰玩「假開槍」玩得入迷。雖然很蠢，但現實中的戰鬥不像電影有無限子彈可用。就節省子彈來說算是意外好用的小道具。

「……這麼快就開始被科技感染了。」

「啊！剛才說的那個好像也開始動了喔。」

明莉發出了莫名開朗的聲音。躲在鋼板後方的芮絲・馬汀尼・維莫特斯普雷正板著臉用雙手操縱某種東西。就像是在智慧手機上加裝H字形遊戲把手的某種器材。

不，也許雖不中亦不遠矣。

一個棒球大小的物體繞過掩體，無聲地滾向「信心組織」兵的藏身處。

緊接著……

砰轟！！！

遮蔽物背後顯而易見地發生了破片手榴彈級的爆炸。

致死範圍為直徑五公尺，重傷範圍為直徑十公尺；這種基本規格根本沒人在乎。如果自己藏身的牆壁或車內忽然發生爆炸，把性命交給這些屏障的人絕對會被炸個粉碎。

『哇！什麼！』

從附近暗處慌張地叫起來的另一個「信心組織」士兵，也遭到像是骯髒煙幕的爆炸波及而被轟飛。大概是覺得繼續待在原處後果不堪設想吧，有的敵兵不用大腦就連滾帶爬地逃出屏障後方，被賀維亞或明莉一一射殺。

「無關乎拋物線，一路滾到別人腳邊甚至能繞過遮蔽物的遙控手榴彈，未免太沒品了……」

「聽說那個完全是沿用了膠帶掃地機器人的技術，對吧？」

這就是剛才芮絲丟出去的器材。把球形爆炸物隨便撒向目標周圍，細微位置則用智慧型手機或平板電腦操控。讓球繞過礙事的障礙物，在缺乏防備的士兵們腳邊偷偷引爆。可以丟進監獄的厚牆內，也可以從通風孔鑽進風管探險，簡直無法無天。

「這種科技玩意兒真的靠得住嗎？」

「又不是IoT，怎麼可能跟卡帕萊特直接連結？更何況自主武器的驅動系統可是比寵物機器人更陽春，並不依靠AI網路。」

「咦，是這樣喔？」

「的確就連隨便一隻蒼蠅的翅膀或腳的動作，如果由人類準備所有的既有驅動模式組合再用流程圖完全重現，將會需要容量龐大的伺服器……但是，妳把這裡想像成一個毫無人造物品的大平原看看。時時刻刻發出電波讓人知道自己身在何處的自主武器怎麼可能派上用場？現今自主武器最理想的形式基本上就是潛艦。除了真正有需要的時候以外，都絕不能主動發出電波。即使是試圖把所有互相關聯的雜亂情報全數吸收的卡帕萊特，也得理解這點才行。」

身穿黑色軍服的芮絲露出幾乎像是疼愛笨學生的眼神，說：

「光憑簡易迴路就能最大限度學習蜘蛛或蝴蝶的動作並自動架構體系的人造生物，結合以機械重現螞蟻或蜜蜂社會性的群體智能，構成昆蟲群體理論。這樣就能讓它們在不需要伺服器的狀態下自主溝通並採取最佳行動。這才叫理想狀態。換言之就跟放牧一樣，平常自主武器群會自動為了同一個目的而行動，我們牧羊犬則是俯瞰整體，只在有需要的時候才動手修正。」

「謝謝妳的誇張說明喔，比起機械我還比較怕妳這個人失控咧，靠不靠得住啊！」

跟活用創意或急中生智，親手揉捏炸彈的庫溫瑟還是有些地方不同。

芮絲・馬汀尼・維莫特斯普雷的爆炸方式冷血無情。

是用賤招有效率地殺人。給人的印象就是如此。

嗡……！一種電動刮鬍刀般的馬達聲趕過了賀維亞等人的頭頂上方。連抬頭看看都不用，是個有著四隻翅膀，形似水黽的飛行無人機。之所以不是單純直線前進而是夾雜了8字形動作，可能是為了閃躲敵人的準星。也可能是自主武器之間不用電波的溝通方式。

真要說起來，他們能一打開鐵門就把子彈準確射進「信心組織」士兵身上，也是靠這些無人機的幫助。情報就是最強的武器。勝負早在子彈或刀子到處飛之前就決定了。可說是真正的「情報同盟」式作風。

芮絲指著被暴風雨吹得亂飄的無人機，說：

「等那些東西自爆，從五十公尺上空往敵兵頭上撒下破片豪雨，C船塢大致上就壓制得差不多了。我們趁援兵過來之前趕緊登陸，別耽擱了。」

「隨便……喂，危險！明莉快趴下！」

可能是因為身處狂風暴雨的關係，少部分破片甚至灑到了船艦甲板上來。差點沒被灑上塑膠與稀土香鬆變得更美味的賀維亞想去揪住芮絲算帳，但被明莉從背後架住制伏了。現在就連問一聲「是怎樣」都可能演變成血腥畫面。

現在還是趕時間為上。

雖然沒好到有裝舷梯，不過靠岸作業本身已經結束了。只要在護欄掛根繩子往下爬，就可以降落在剛剛才打成一片血海的水泥棧橋上。

雖說不是在叢林裡互相查探對手的位置，但為了保險起見，賀維亞一面注意不要踩到血跡，一面說：

「我已經了解『情報同盟』的狗屎作戰方式了。那『信心組織』是怎麼搞的？」

「應該就是靠毅力吧？憑著超強毅力突擊。」

正在心想「哪有可能那麼誇張」的時候，附近倉庫的牆壁忽然被人從內部撞破了。是重油火災用的超大一輛消防車。

「是考慮到防彈需求了嗎？玻璃內側還給我貼那麼厚一塊鐵網，我看不會只是手工製造。就跟某某地方的環境保護團體私有的『觀測直升機』一樣，打從一開始就設計成可以加裝配件！」

但最大的問題不在這裡。一堆士兵抓住了四方形車身的側面與車頂，簡直就像在揮動一顆簇擁了無數螞蟻的方糖。賀維亞等人還沒對他們怎樣，甚至已經有人被倉庫牆壁的尖銳破片勾住，軍服捲進巨大輪胎而被輾成了絞肉。

乖乖，來了一群戰車搭乘兵。

「還真的是靠毅力咧。」

「就是毅力呢。」

反正不管怎樣，賀維亞舉起一隻手後，同袍就發射了扛在肩上的可攜式反戰車飛彈。十名以上的「信心組織」士兵活像嚇人箱的內容物被炸向四方。

「靠，他們還沒掛！」

可能是信奉精神論或毅力論到極致了，這些倒在路上或是掛在倉庫屋頂上的傢伙，竟然還有幾人朝著他們開槍。

然而賀維亞等人急忙撲進生鏽鐵桶或木箱的後面，並不是因為這個理由……

「那些傢伙搞什麼……？混雜在槍彈裡，還把一個不知道什麼東西射過來了。」

「應該是折疊式弓箭吧。射擊軌道會比步槍子彈的彎曲度更大，為了保險起見，即使躲在掩體後面也要特別注意。就跟勤勉又會耍小聰明的諸位分別使用步槍子彈與橡膠子彈一樣，單發是沒什麼效果，但交雜著使用就可以迫使敵軍進行不必要的頭腦體操。」

「我沒在跟妳這瘋婆娘講這些！妳看刺在那裡的箭鏃！那些傢伙為什麼要把海鳥的大便塗在上面！」

「不就是用來代替箭毒嗎？應該是想讓細菌鑽進傷口裡造成更大傷害吧。腐爛屍體或屎尿的軍事用途是早在公元前就受到採用的有效手段。」

「賀維亞大哥，那個！你看馬路那邊！嗚哇——我不太想看到那種畫面耶，那個根本糟透了吧！」

「那個那個那個那個的吵死了是什麼啦！……！喂，你在跟我開玩笑吧？別把狗大便都用上啊，拜託喔！」

看起來不像是在開玩笑，於是不希望臉上沾到狗屎的芮絲妹妹丟出了棒球大小的爆炸物。金髮少女繼續躲在掩體後面玩弄幾下裝在智慧手機上的H字形遊戲手把後，在二十公尺外發出呻吟的「信心組織」士兵就被炸成了碎塊。

「混帳東西！不要把狗大便還有人類的內臟噴得到處都是啦，很危險耶！」

「這根本已經是生物戰了吧？」

就在這時……

……嗡嗡嗡嗡……

賀維亞等人的腳下傳來某種聲響……不，不對，是細微的震動。

他們皺起眉頭，說：

「這是什麼？體育館的……歡呼聲？」

「怎麼會？這裡除了科技奧運的時候之外不都是毫無生命的城市嗎？」

「讓我告訴你們這些運用科學解釋神祕現象都辦不到、令人傻眼的有識之士吧，這可能是狂風暴雨或大浪的影響造成人工浮島發生了共鳴。況且浮島與大陸並不相連，所以從整體的比例來想應該就跟披薩一樣薄吧。」

「別給我若無其事地混入對話，妳這蘿莉死神。我既不戀童也不戀屍。」

「少來了啦～？」

「不要想都沒想就面帶笑容插嘴啦明莉！聽起來會像是真有那麼一回事好嗎！」

但是，在現實狀況中……

轟隆嗡嗡！！！

一種像是足球賽後半場結束前幾秒踢進決勝球那樣，撼地搖天的震動在遠方爆發，一路傳到了他們這裡。很明顯不是自然現象，是含有人類意志的騷亂聲音。

明莉像是煩不勝煩地說：

「……又是超強毅力是吧？」

「一群愛死神話故事的變態。是內心熱情到把大腦限制器燒掉了嗎！」

科技ＶＳ傳統的戰爭終於開始了。

賀維亞等人的目的也並非留在Ｃ船塢死守船艦，繼續留在這裡進行徹底抗戰也沒意義。因此他們決定速速轉移陣地。

芮絲從改裝過的智慧型手機抬起頭來，說：

「目標是通訊器材集中放置的電視台。電波塔或碟型天線可以忽視沒關係。反正只要破壞掉心臟部位，應該就會因為情報傳遞大塞車而失去作用了。」

「喂！前提就不對了吧。妳最喜歡的神經病馬汀尼姊妹不是說要把這玩意兒整個炸沉嗎？跟妳不一樣，我們只要抽錯一張牌就可能會被塔蘭圖雅那個臭傢伙處死耶！」

「適應力真是高到令人傻眼……她期待你們這樣做又怎樣？你的腦袋最多就只能想到唯命是從嗎？說到底，我們手邊的裝備能否確實炸掉整座奧林匹亞巨蛋還是未知數。況且奧林匹亞巨蛋的主要動力來源是軌道上的發電衛星與海上的變電船舶，因此恐怕也無法從內部引爆。她根本不在乎人工浮島或是滲透這座島的『信心組織』軍，眼下的最優先目標應該是剝奪它收集『曼哈頓000』相關情報的能力才對。」

「是是是，妳還真好心啊。好個博愛主義人士，是背後有南丁格爾的鬼魂附身嗎？庫溫瑟在九泉之下一定也感動到流淚了啦，該死的東西。」

青年侍從狠狠揍了賀維亞一拳，賀維亞回以拳頭。

還沒發展到真正扭打起來的地步，明莉已經怯生生地用突擊步槍指著自己人維持秩序了。

「這本來應該不是我的職責吧！請芮絲小姐人員管理再做認真一點！」

「呃，嗯……」

「不會直接開槍啊，笨蛋！妳到底是哪邊的人啦！」

「再不閉嘴我就公平地給你們倆的蛋蛋各一發橡膠子彈，就我們其他人自己走喔。不會要人命的非致命性武器真的很方便，對不對？」

講話還面帶笑容。

但誰都知道打在蛋蛋上的話不管是橡膠還是什麼都沒差了……她應該是故意裝傻。看來明莉已經不幸覺醒成為恐怖督戰隊了。個性越認真生起氣來就越可怕的法則在這裡悄悄發揮作用。

「……這個月是有辦什麼活動嗎？原本那麼不起眼的N卡明莉竟然變成了UR卡金光閃閃的。」

「我認為我是在你們之間飽經煎熬磨出來的。」

「小小明莉竟敢這麼囂張。而且變成UR又沒多露一點。」

「包括這個在內全都是煎熬啦！全部都爛透了！」

一行人從港灣區進入副都心。

一方面也因為天空烏雲罩頂的關係，傾盆大雨中的街道給人強烈的灰暗印象。

「一般民眾什麼的到底要不要緊啊……」

「聽說科技奧運以外的期間既沒有代表團也沒有觀光客喔。一般民眾只有奧林匹亞巨蛋的維護檢修人員。都市人口密度低於八％，所以幾乎沒有遭受流彈波及的可能性。」

「好，我懂了，沒有半點確定情報就是了。不希望日後每晚作惡夢就注意點吧。」

嘎嘎嘎！好幾陣厚重輪胎的低沉抓地聲響遍四周。從道路交岔口以及地下停車場的出入口等處，就像躲在草叢裡的鱷魚探出頭來那樣，幾輛垃圾車以及吊車等等衝了出來。而且這次就像東南亞滿載乘客的電車般整個車身全黏滿士兵，再加上……

「慘了！車上用螺栓還有滑軌裝了重機！」

「那個恰到好處穩穩嵌合的感覺，我想這才是正確形態喔！只不過是平常拆掉裝備讓它看起來像是民間設備！既然是前線基地的基礎設施支援用車輛，當然就是軍武了！」

以這個場合而論，重機指的不是建設重機而是重機槍。要是呆站在這種像飛機跑道一樣開闊的單向三線道上，重機槍橫著一閃而過就能把他們的胴體射成兩半。

砰砰砰砰砰啪砰啪砰啪砰啪！賀維亞等人被粗獷的連續槍聲追趕，撞破馬路兩旁的店鋪窗戶逃進室內。

慌張到都撲進去了，才發現這是一家時尚精緻的酒吧。

「該死！沒時間被橫掃彈雨拖住腳步了。那幫人腦袋限制器燒掉，都擺脫對死亡的恐懼了。我保證他們馬上就會殺進來！」

「別擔心，膽小的菁英戰士，美麗又溫柔的大姊姊這就減少那幫人的數量。」

芮絲莫名有自信地說了。這時賀維亞才想到，她的青年侍從剛才好像邊跑邊隨便朝著正上方連續發射插有彈匣的二五釐米榴彈砲。

不對……？

「降落傘已確認開傘。全彈存取燈亮燈，無中斷。隨時可以引爆。」

「收到，法蘭克。以引擎附近的熱感應為標記，先把改裝車全部炸飛再說。」

大約十秒鐘後，狀況發生了。

連重機槍震撼腹腔的粗獷槍聲都被它整個蓋過，強烈的爆炸聲在外頭爆發了。而且不只是一兩次，而是連續多次。芮絲的智慧手機與被暴風緩緩吹跑的榴彈砲彈鏡頭連動設定目標，自動與降落傘分離的爆炸物用小型機翼的動作一邊修正軌道，一邊準確落向垃圾車或吊車的車頂。在這場暴風雨中，即使對象是行駛中的失控車輛，導引功能依然百發百中。

「瘋婆娘做的事情真可怕……」

明白到重機槍的聲響完全消失代表什麼意思，賀維亞忍不住喃喃自語。

對於這種能夠先隨便射出一堆，之後再分別重新鎖定目標的榴彈，他無法單純地高舉雙手歡呼。這種東西要是讓敵軍使用，只能說糟糕透頂。現在是在打有屋頂的城鎮戰，但要是在空蕩開闊的平原遇到這種來自頭頂上的攻擊，代表的將是絕望。

然而打下豐富戰果的芮絲本人並不顯得特別高興，說：

「比起一看便知的主動性直接攻擊，更應該關注那幫人是如何掌握到我們的位置，也就是被動的探敵設備。看來單純而棘手的『信心組織』也不光是會打落伍的傳統戰爭？不擊潰他們的『眼睛』，這點小優勢很快就會被顛覆了。」

轟隆——！剛才那種體育館式歡呼在比想像中更近的地方爆發了。

賀維亞嘖了一聲，說：

「要來了。他們那邊應該也已經學乖了，知道一點一點派出特殊個體只會慘遭轟炸。」

「所、所以說穿了到底是什麼意思？」

「他們打算用打不完的人海戰術一口氣壓倒我們！拿自己人當肉盾，一邊踩過他們的屍體一邊殺過來！」

芮絲一邊聽賀維亞說話，一邊把剛才在港灣區用過的、不需伺服器的遙控手榴彈塞進吧檯後頭亂七八糟的酒瓶堆裡。

所有人就這樣從後門走到外面。

而他們也的確害怕再來一批重機槍。部隊盡量選擇垃圾車或吊車等大型車輛無法通行的小巷或小路走。

「上面的窗戶還有腳下的人孔蓋，全部都得小心。這種沒辦法事先淨空的市區簡直是死亡熔爐……」

芮絲沒把賀維亞說的話聽進去，正在用自己的智慧手機確認剛才那顆遙控手榴彈配備的鏡頭拍下的影像。可以看到與其說是士兵更像是暴徒的一個集團不理會店門或是破窗戶，像一場洪水似的大舉湧進店內，砸毀店裡的東西。

其中，芮絲看到他們的手背上刺著別具特色的刺青。

「阿茲特克……不，雖然是馬雅系文明，但可能是更古老的神。」

金髮少女用空著的手輕撫自己的纖細下巴，說：

「可不能聽到是古代文明就覺得沒什麼，要有高度的學問才能支撐起大規模的石工建築或精密的天文學。況且以精準的技術製造大傢伙，也跟現代的 OBJECT 開發有異曲同工之妙。」

「妳想調查到可以不用喝酒就能使用究極魔法嗎？不然就是浪費時間，無聊透頂。」

青年侍從靜靜地握拳讓肱二頭肌隆起到前所未有的高度時，視線繼續放在智慧型手機上的芮絲給了部下的小腿一記低踢。看來是總算學乖了。十二歲的金髮少女有著無限的成長空間。

「芮、芮絲小姐，至少別一邊看著手機螢幕嘛。妳做得太隨便，他都在偷偷沮喪了。這樣不能算是獎勵。」

「良藥苦口。誰教他想用愚鈍又激動過度的臭男人思維擅自代替嬌滴滴的我表達心情。」

由於擠進店裡的大軍似乎沒有一個人發現鏡頭，於是芮絲趁這機會點擊畫面迅速替遙控手榴彈做引爆處理。畫面上雖然只有簡單的「失去存取目標」一句話，實際上卻是在那群人當中發生爆炸。以最佳效率往全方位散播的數釐米大小鋼珠豪雨，想必又讓一堆人斷送了性命。

「飛行於上空的無人機捕捉到別動隊的動靜了。一味逃跑是擺脫不掉的。」

「具體人數呢？」

「首先概估大約有兩百人，經過我們叨擾過的酒吧從後面追上來。」

「……喂，妳那腦內物質大量噴發的腦袋有沒有算對啊？我們這邊有五十人就不錯了，這麼快就超過了四倍差距的絕對底線啊。」

「不只如此，前方還有三百多人正在過來。戰力差距粗估約十倍，無法預測今後還會膨脹到多大。」

無關乎士兵技術或裝備等等，已經進入敵眾我寡就是贏不了的領域了。奇襲的優勢也用盡了，再這樣下去將會名符其實地被圍毆。

芮絲一手拿著智慧型手機隨口說說，同時從口袋裡拿出幾個圓盤丟出去。比電影光碟大一點的圓盤掉到地上後自動解開，逐漸變成一公尺長、像是某種纜線或蛇的機器人。採用了多少蛇類的構造無從得知，不過用頭部叩叩敲地的動作或許是在讀取溫度，以達成機體間的溝通效果。

「最糟的情況就是在這條窄路遭到前後夾擊。待在令人傻眼的單一直線道路是下下策，不如主動走上大街以增加橫向向量。應該把隊列彎成く字形，將局面切換成只有單一方向的攻擊。」

「請、請問一下，那邊那些機器人也是炸彈嗎？」

像胃鏡般蠕動機體的機器人們，有的纏繞垂直管線爬向大樓頂樓，有的從人孔蓋的小孔溜進地下。

芮絲繼續看著智慧手機螢幕，說：

「不，這些是高速攝影機。雖然攝影機本身已經用無反光鏡的方式成功小型化，但本體的晃動實在是個大問題。儘管能用陀螺儀做某種程度的調整，但那樣特地做成高速攝影機就沒意義了。飛行型要搭載這種設備仍然有一些障礙。」

「妳說，攝影機嗎……？」

「對。既然得在敵人的主場挑起戰端，人數上無論如何就是吃虧。為了彌補不足之處，我打算用足球賽的方式進行。其實棒球或籃球也行。只要設定XYZ三軸加上前後左右上下大約三十二個方向的視角，我想運作起來就沒問題了。」

「???」

8

「該死的王八蛋……！」

Σ3號也就是魯賓遜．金高在港灣區的瓦礫中呻吟。明明那樣百般小心提防，卻才剛把那艘破船裝進C船塢就搞成這樣。從特洛伊木馬湧出的殭屍們對和平的象徵奧林匹亞巨蛋伸出魔掌，導致這裡活生生成了飄散硝煙與血腥味的戰場。

西班牙裔大漢仰望高達九公尺以上的破船。船艦本身似乎是「情報同盟」艦，但高掛的是「正統王國」的旗幟。

「Σ3號呼叫OD管制。那些傢伙結果到底是什麼人？是接收了『情報同盟』船艦的『正統王國』、偽裝成『正統王國』的『情報同盟』，還是完全無關的第三者？」

掉了滿地撿都沒撿的步槍以及散彈槍彈殼也有好幾種。正常來說應該會使用統一規格，好讓同袍之間可以互相借用。

（……感覺就是眼前證據再多也沒用，都是幌子。我就是這樣才討厭看到「情報同盟」的名字！）

這種超出理性思維的生理性厭惡，或許是源自魯賓遜屬於從唯一絕對真相中尋求價值的「信心組織」。那些一再拿後真相或是假新聞什麼的模糊真相狂歡作樂的傢伙令他由衷無法理解。

他跟同樣從水上摩托車會合的夥伴們一起在船塢中奔跑，替到處倒地的同袍量脈搏，幫還有呼吸的人做最低限度的止血並綁上GPS標籤，然後再去救其他人。

即使離開了港灣區，仍然無法從惡夢中醒來。

黑煙、火藥，以及死亡的氣味。

就連橫颳風雨都絲毫無法洗去的不祥氣氛瀰漫整個市區。

（糟透了……）

憎恨敵人很容易，但引狼入室的是魯賓遜等人。就算說是軍方高層的命令，也無法安慰自己的良心。把那艘船引導到C船塢，或是一開始決定讓它駐留在奧林匹亞巨蛋，都是魯賓遜等「信心組織」軍引發的行動與結果。

「Σ3號呼叫OD管制，我這邊也要一份藍圖。我們想跟戰線會合，那邊現在進行的是什麼作戰？OD管制！」

『……生命與天譴之神宙斯啊潔淨的女祭司懇求祢請以祢過去守護過奧林帕斯城的力量對那擅闖現代神殿的不法之徒施以雷霆之怒……』

「該死！」

藉由平淡呆板的禱詞，之前冷靜透徹如冰的女通訊官的精神已然升上了更高境界。雖然直接負責戰鬥的是借宿的魯賓遜等職業士兵，但是在中央監控通訊，對各種規定下判斷的終究還是他們體育場的民間維修檢驗人員，不見得都能熬過「自己做出的指示導致許多人死亡」的事實。

（損害程度遍及整個市區……我不認為「只憑」入侵者可以擴大損害到這種地步。這樣看來，那些地勤也開始失去控制進入消耗戰了。）

魯賓遜等人本來就不是因曼哈頓問題受到號召，而趕來奧林匹亞巨蛋的。那樣動作未免也太快了。

不如說他們是在進行幾乎等於例行公事的海上補給時，正好碰上了這件事。

（要有那麼未卜先知，早就處理得更漂亮了！該死的曼哈頓，擅自跑來散播一堆災害然後掉頭就走，到底是什麼意思？我們現在究竟在跟誰打仗？到底是該保護它，還是毀了它！）

換言之，一開始本來是個意想不到的好運。不過是沒拚命做什麼籌備，就偶然得到了離事件主角曼哈頓最近的活動據點。然而隨著曼哈頓所代表的意義與價值逐漸明瞭，一些人開始高喊起「絕對成功、絕對死守」之類的話。他們只是被利慾薰心的高官們胡亂指示而白白喪命。這是魯賓遜誠實的感想。

看不見真面目的敵人。

那種東西的威脅性，就跟真相不明的神祕現象一樣高。

（我們本來就已經在運送「棘手的貨物」了……還有沒有人在鳥一開始的任務啊，該死！）

「怎麼辦，Σ3號？」

身旁的高大女兵定睛望著遠方呢喃。

「我們也來剪斷腦袋的線路好了？」

「……不。」

魯賓遜忿忿地回答。

「如果這是上天註定的結局，我接受，但這裡無論敵我雙方都是人類。我才不打算順從人類的欲望而死。我們與本隊會合吧。什麼科技戰爭，人數是我們壓倒性占上風，只要保持冷靜應該能正常取勝才對。」

9

即使知道這是最佳解答，自己捨棄掩體跑到開闊的地方還是會把人嚇出心臟病。不要弄斷樹枝，不要踩到泥巴，不要讓影子伸長，不要貼著門或牆壁，不要用燈光去照鏡子或窗戶。就連個走路方式都有「規範」，但現實中的戰爭往往不會照著教科書發展。

情況糟透了。

「明莉快跑！不管誰背後中槍都別抱怨！」

「可是強納森大哥他……」

「跑就對了！」

在開闊的地方跑去救援只會多一個人被槍殺。同袍被射穿了正中線導致背骨碎裂，所以已經沒救了。除了咬緊牙關擺脫不捨之外別無他法。

穿過如飛機跑道般廣闊的單側三線道大街，部隊衝進對面的車站。賀維亞撲進鄰近的牆壁後方，這才終於硬生生地吸進一口空氣。

「哈啊，哈啊！該死的王八蛋！芮絲總算中槍了沒有！」

「很遺憾，我還活著。」

「可惡，好人不長命的法則還真給我得到證明了……」

賀維亞在出入口附近用步槍轟掉大型網購電商強行推銷的自動販賣機加裝的耐震補強固定片，把它掃倒做成屏障的同時發自內心不屑地說。

不過這次輪到一半以上化為暴徒的「信心組織」士兵痛苦了。想一直線追過來，就只能依樣畫葫蘆地跑過賀維亞等人冒險跑過的大街。

「……假如那幫人是真的腦袋不受限制了，就算每分鐘射去七百發五．五六釐米彈也拚不過對方的啦。就連現代戰術或什麼 SMART 法則，遇到下定決心踩過同袍屍體跨越血河的大軍還是一籌莫展。可別說你們不知道扇狀散播小鋼珠的指向性地雷是怎麼誕生的喔。」

「我明白。比起這個，這是一座大車站，你們得留意地鐵隧道以及逃生門等處。光靠無人機無法徹底掌握沒特色而凶猛的敵兵分布位置。」

「這、這裡是浮在海上的人工浮島，對吧……？」

「那又怎樣？就跟船舶一樣，重心擺在下方好處比較多。在海洋建築領域最受重用的不是爆乳而是安產型的屁股。也為了兼具船錨功用，應該會要求達到一定的厚度吧。」

芮絲打了個響指後，身旁的青年把幾個棒球大小的物體拿給了「正統王國」士兵。就是那種不需伺服器的遙控手榴彈。

「不是給你們炸彈，是讓你們當成『眼睛』使用，小小破片手榴彈是炸不穿肉盾的。為了預防大軍從下方湧上來，事先讓地下區域淹水也很有效。」

「這種小花招不是我在負責的。喂，誰來幫忙組個工兵部隊。你也是，庫溫……」

話還沒講完，賀維亞嘖了一聲。

伴隨著令人尷尬的沉默，他用力抓抓自己的頭，說：

「……當我沒說。明莉，記得妳手還滿巧的吧？妳比較想上前線遭受槍林彈雨，還是躲到後面去偷偷動手幹活？我要妳挑選出十個能用的人，把所有出入口封鎖起來。動作快！敵人可沒爛好人到會等我們的變身場面結束！」

砰！外頭傳來一陣悶悶的爆炸聲，面向大街的幾扇窗戶被衝擊波震碎了。

原來是「信心組織」士兵靠近強納森想抓戰俘時，爬都爬不起來的他擠出最後力氣拔掉了手榴彈的插銷。

賀維亞嘖了一聲，說：

「該死！開始了！」

「雖然準備得不夠，但也只能兵來將擋了。」

賀維亞躲到掃倒的自動販賣機後頭，芮絲則是躲在書店推車裡堆得比她個頭還高的退書雜誌後面，各自拿槍指著外頭。

那一場爆炸聲似乎導致眾人的亢奮跨越了界線。伴隨著騎士電影中兩軍交戰場面般的放聲吶喊，「信心組織」的軍人們擠滿整條大街，就像一幅環景圖那樣淹沒整片視野。

總之就是滿坑滿谷的人。

咻砰！砰砰砰砰！咚磅磅磅磅磅磅磅磅磅磅磅！

讓人幾乎忘記每一發槍響都有人喪命的事實，厚實的人牆迎面而來。紅黑血肉四處飛散，最前排的士兵不支倒地，身受致命傷的友軍還沒完全斷氣，已經有大量軍靴踩爛人體往前進。

但跟琵拉妮列・馬汀尼・史墨奇主導的惡夢般作戰指揮又有所不同。不是受到威脅逼不得已，他們是自動自發、爭先恐後地衝鋒陷陣。

「一句話，糟透了！！！」

「完全就是地獄景象。雖然是說出來都嫌笨的基本概念，不過在換彈匣時要注意與友軍互相配合，不要讓彈幕中斷。彈幕密度一變薄，敵軍就會一口氣逼近了。」

即使嘴上講得厭惡又不屑，身體動作仍然十分正確。

芮絲像是感應器控制的機械般平淡地射穿衝到大街上的士兵們，同時看也不看賀維亞一眼，只是如此輕聲說道：

「……是我對不起你。」

「妳這是某種感人自殺攻擊的伏筆還是什麼嗎？不是的話就閉上妳的嘴，瘋婆娘，妳這樣做對我沒半點好處。妳這種比血型占卜還隨便的感傷有了不起到可以奪走我恨妳的權利嗎！」

沙沙！一陣雜音傳進賀維亞的耳裡。

無線對講機傳來了這個聲音：

『那些傢伙除了輾壓大街的那一群之外，還組成了別動隊！只顧著注意那一邊的話就要被敵人大幅繞路，從西出口方向闖進車站了！』

「開什麼玩笑……！」

「想也知道，對方要多少人力有多少，當然會這樣了。而就算現在去把鐵捲門放下，我看也發揮不了多少阻擋效果。噢，可別胡亂分散戰力喔。無論有多老套又極具衝擊性的新事實揭曉，正面遭到突破就會讓車站變成血海的基本前提還是沒變。」

「那妳說該怎麼辦！都有人要從後面打我們屁股了，難道要我們就這樣默默讓人盯上，乖乖戰鬥到最後一刻而死嗎！」

「我有特別補上一句，是不要『胡亂』分散戰力。」

機。

芮絲特地一個字一個字地說，在握著槍的同時輕輕揮動五吋顯示螢幕。是她愛用的智慧型手機。

「我之所以放出不需伺服器地圖資料就能自動找出並潛入攝影地點的蛇型機器人從三十二個方向觀察戰場，是為了多方運用高速攝影機以正確分析那幫人的『小習慣』。我先讓它們每秒拍攝一萬幀。多虧對方對我們發動人海戰術的消耗戰，使我短時間就收集到了許多資料。突擊、後退、佯攻、聯手。巨量資料已經在魔法大鍋裡煮好了，應該就快網羅到一切所需部分了。」

「……這樣做真的就能帶來什麼巨大改變嗎？」

「這也是『情報同盟』的作風，只要是任何團體賽的體育項目都行。話雖如此，我這裡也得有一定人數才能想辦法。就像即使手上有最佳答案，光靠教練一個人也不可能包辦所有職責。是要聽我命令求生存，還是不聽我命令去送死？你們就現在決定吧，我親愛的各位仇敵。」

賀維亞忿忿地嘖了一聲。

他一邊射殺外頭賤價大拍賣的「信心組織」士兵，一邊擠出了這句話：

「……事到如今妳再來做多少善事，都不能改變什麼了啦。」

「無妨。我沒說我不想死，只是說要死也不是現在。」

方針就此決定。

全體指揮體系轉交給了黑色軍服少女。

「法蘭克，往上發射那種榴彈砲。總之先射個五發就好，我要用爆炸熱浪隔開現在來到大街上的軍隊與即將出現的軍隊，讓兩者孤立。」

「遵命。」

「接著用突擊步槍把進退不得的傢伙掃蕩一空。就跟保持水管清潔的方法是一樣的道理，他們得隨時維持『流動』才能不斷突擊，只要稍微打斷他們的聯繫，對死亡的恐懼就會重回腦海。雖然只有一點點就是了。」

「真的假的啊，心理學跟塔羅牌占卜不都是半斤八兩的迷信嗎！」

「對於一些至今尚未脫離猴子層級的族群，我還是會抱持著敬意做出回應。人類天生就是會在正面受阻時開始三心二意。那些傢伙的第二候補是西出口附近。趁著這邊壓力減弱的空檔，我要你派大約三組人馬抱著可攜式飛彈過去。別動隊只是少數兵力，只要把最前排炸碎重挫他們銳氣，就會失去氣勢了。」

從全體人數差距來說是五十對五百，或者更多。

只要差到四倍以上就會無關乎個人力量被圍毆，這個簡單易懂的理論應該就擺在眼前。

只是……

反過來說的話，就是……

「不要從全體來想。只要用局地人口密度重新計算就行了。」

芮絲一邊看向插著H字形遊戲手把的手機螢幕，一邊哼歌般地呢喃。

「按照體育界的資料分析方法，會針對選手的習慣動作徹底進行分析。只要得知個人或隊伍的細微進攻方式，我們從一開始就可以將防禦力量集中於該處。而所有狀況都能讓我抓出那些方式。足球、籃球、棒球、曲棍球，全都一樣。只不過是把這些換成戰爭罷了，小事一樁。」

即使在整座奧林匹亞巨蛋是五十對五百，實際上每次發生衝突的人數卻不見得是如此。只要計算時機、善用地形、用槍彈或爆炸物將敵兵集團分割到十人以下，從每個小團體而論的話，反而能讓己方享有四倍差距的優勢。

當然，光是亂打一通得不到這麼大的戰果。只會高喊戰力差距可以顛覆的話就跟毅力論調沒什麼兩樣。

必須從三十二個方向以高速攝影機徹底攝影，用國際大賽級的演算法做分析，逐一追蹤敵兵的配置及分布，還要有接到指示依據畫面行動時能夠實際「照做」，可以把理想化為現實的一定人數以上士兵，否則這種戰術別想成功。

資料中的統計結果，漸漸開始侵蝕現實中的景象。

停滯。

對大街單純發動突擊的「信心組織」軍不只是停住了動作。可以看出他們之間的亢奮熱情急速冷卻，氣勢衰退，對死亡的恐懼與混亂悄悄在部隊裡蔓延。儘管這種不明確的「氣氛」照理來講並非肉眼所能看見。

「停火五秒。」

「？」

「先讓他們鬆一口氣再重新丟進死地。就像在寒冬的夜晚，先讓他們洗個熱呼呼的澡再丟到屋外去。這應該是最有效的動搖手段了。再次開火。」

咻砰砰！賀維亞的短促連射，造成了前所未有的變化。

已經跑到大街上的年輕士兵停下腳步，轉身就想逃回剛才跑出來的巷子。

「剛才那一下讓他們清醒了。」

芮絲冷靜透徹地斷言。

她明知已經產生變化，但並沒有指示停火。

「腦袋的解除限制不管怎麼說都是暫時性的。因為無論有著何種主義或信念，忘記作為本能的死亡恐懼對生物來說並非正常狀態。既然如此，只要由我方來控制開關就行了。那些傢伙在強迫接收的現實感之下失去了純粹熱情，已經不可能下定決心踩過同袍的屍體跨越血河了。」

「謝謝妳的高談闊論！接下來要怎麼辦！」

「把少數群體往上增加到多數。放過剛才那個小夥子，把他身邊的兩三個士兵爆頭。毀掉熟人的臉孔，而且讓他在被血濺到的極近距離內看個清楚更有效。等到被死亡恐懼嚇壞的小夥子開始驚慌大叫，接下來延燒得就快了。」

簡直就像是對著潑了一地的油放火。

那些人明顯失去了團結。原本像是一堵厚牆的大軍開始產生龜裂。賀維亞等人只需要零散開個幾槍擴大裂痕就夠了。對方部隊互相推卸責任不願意在最前排衝殺，甚至跟同樣是「信心組織」

的自家人大打出手。

芮絲無情地斷言：

「淪為烏合之眾了。收拾他們。」

「真可怕。」

連收拾掉所有人的必要都沒有。到最後光是把突擊步槍的槍口轉過去就會引發短促慘叫，無視於命令的士兵們擅自逃離了現場。

「要追嗎？要是讓他們重新集合恢復冷靜就麻煩了。」

「你全說反了。人類恢復冷靜之後反而會想起對死亡的恐懼。時間隔得一久，死亡恐懼就會化為惡夢糾纏著精神層面。只是跟那幫人捉對廝殺的話輸的還是我們。你忘了最根本的人數差距嗎？況且我方的彈藥數量也有限。資料分析絕不是萬能，別忘了它只能在條件受限的競技場裡發揮效果。」

己方的目標從一開始就是炸毀奧林匹亞巨蛋的大規模傳播設備（反過來說，就是同時也能不分敵我接收周圍電波的電波竊聽設施）中最重要的電視台。要是在到達真正目的地之前射光子彈就全白費了。

芮絲就像瞪著手帳排行程那樣，迅速做出了決定。

「光是能誘使他們陷入潰逃狀態就賺到了。我們的戲法沒被看穿。自己放棄勝利機會的那幫人想必得花點時間才能再次做好戰鬥準備。就趁這段空檔達成目的，速速離開奧林匹亞巨蛋吧。」

賀維亞等人撿起捐軀同袍的軍籍牌，也離開車站出發前往電視台。可能因為是大型設施的關係，遠遠都能認出那巨大箱子般的外觀。當然移動時必須步步為營，但跨越了一大關卡的實際感受就像搖籃一般擁抱著「正統王國」的生還者。

然而……

「這是，什麼……？」

「？」

聽到芮絲看著手機螢幕低聲這麼說，賀維亞納悶地看向她。那個液晶小螢幕究竟與什麼連結，又顯示出了什麼？

「這是……這種東西，不可能漏看！塔蘭圖雅那傢伙，是故意知情不報嗎！」

她口出惡言咒罵某人的同時，事情發生了。

轟！！！一聲。

覆蓋了賀維亞等人的頭頂上方，全長五十公尺的物體橫空而過。

眼睛明明看見了，大腦卻拒絕理解。

真要說起來，位置就不對勁。

那東西的位置比到處紛亂林立的高樓大廈群還高。在高度兩百公尺以上的高處，有一大塊摻雜了高效防火反應劑的鋼鐵在飄浮、飛行。假如把球形本體比做地球，Y字形的三隻翅膀就在赤道位置。不確定那個是不是同軸式旋翼。右轉與左轉，分別往相反方向轉動的兩組機翼就像直升機或類似的什麼，讓二十萬噸的鐵塊脫離了重力枷鎖。雖然姑且配備了行走裝置，但到底有沒有移動能力就難說了。本體底部設置的正三角形物體，可能是直升機會有的那種橇形起落架，或者也像是把瓦斯爐用來支撐湯鍋或平底鍋鍋底的「腳架」倒過來擺。或許中心概念就是只要能起飛降落即可。

「O……」

而現在不是發愣的時候。

那玩意兒占據了賀維亞等人的頭頂上方，就表示……？

「OBJECT！」

緊接著，終結核武時代的超大型武器開始發動「攻擊」。

10

為什麼要隱瞞這項情報？

相距遙遠的海上，塔蘭圖雅・馬汀尼・昂洛克在受損情況較輕的巡洋艦上放鬆休息，面帶笑容回答副官的問題：

「因為沒必要跟他們做好朋友啊☆」

11

聲音之類的全都消失了。

賀維亞無法理解他遭遇到了什麼事。

「噗哈！啊啊啊！？？啊噗呼欸啊！」

由上到下，垂直降落的「某種東西」頭一個就把車站當成紙箱壓扁。然後就像順勢在地面上拉出一條粗線，把鋼筋水泥的大樓與瀝青馬路也全都摧毀，破壞力的瀑布就這樣沖向賀維亞等「正統王國」的馬鈴薯們。

簡直就像用小孩子的鞋底踩扁螞蟻隊伍。

賀維亞於千鈞一髮之際，逃離了災難。

「某種東西」橫越他的眼前，把一些熟人變成了紅紅黑黑的汙漬。

「逃進室內！」

就像用大音量給差點被驚人狀況嚇傻的賀維亞一巴掌，芮絲喊叫了。

「那是把用於手榴彈或地雷的小鋼珠放進讓二十萬噸鐵塊飄浮、直截了當到令人傻眼的人工氣流裡，從高處猛射一堆下來。不想被瀑布般降下的墜落物磨成肉泥就快跑！」

回話的不是幾乎虛脫的賀維亞，而是握住他的手的明莉。

「我們走，不能死在這種地方！」

「……」

賀維亞還來不及開口說什麼，下一個動作已經來了。

咚！！！一聲。

某種與剛才有所差異的駭人衝擊波，從正上方拍打了賀維亞等人。他們無法用雙腳站穩，摔倒在瀝青路面上。一行人倒在地上抬頭一看，只見高樓大廈的窗戶全碎光了，亮晶晶的碎玻璃大雨正在飛向空中。

「該死！」

這次換賀維亞抱住明莉，鑽進旁邊的一輛卡車底下。幾乎撕裂耳膜的尖銳巨響爆發開來。是碎玻璃雨激烈撞上地面的聲響。

「芮絲那個混帳怎麼樣了？這次到底死了沒有？」

「在對面的隱蔽處向我們揮手。先不說這個了，剛才的……」

如果只想對地面展開沒品的攻擊，剛才那種烈風與小鋼珠的組合應該綽綽有餘。碎玻璃雨終究只是造成的影響，那玩意兒必須是採取了別種行動才說得通。

轟嗡嗡嗡嗡……這時低沉的巨響與震動才終於傳達過來。

起初他不知道是怎麼回事，然後才慢慢搞懂了其中含意。

「那是某種發射聲……不，是衝擊波。只不過是這樣，就把這附近的玻璃全給震碎了……」

「可是，好像沒看到類似主砲的部位耶。」

「該死！沒有庫溫瑟能來搞清楚那玩意兒的構造，又沒有爆乳來給它取個怪名字！這倒提醒我了，晚點我一定要揉揉爆乳的胸部那個混帳竟敢自己開溜！」

「你性慾勝過友情的最爛動力我已經明白了可以不要抱著我連珠炮地說個沒完嗎？」

對手可以像踩扁紙箱那樣摧毀掉鋼筋水泥的高樓大廈。繼續待在原處沒有半點好處，於是賀維亞等人從卡車底下爬出來。

前來會合的芮絲對他們說：

「喂！你們原本打算怎麼逃出這個島？」

「妳說什麼？」

「剛才那一發射向了港灣區。這招既確實又無趣，大概是優先用主砲轟掉了被Ｃ船塢回收的『巡防艦０４２』吧。接著就輪到留在奧林匹亞巨蛋的我們了。假如你們是把水上摩托車或小型潛艇放在那艘船上，就得重新想辦法了。」

「妳、妳說主砲？可是，我完全沒看到類似的部位……」

「用的同樣是支撐那玩意兒本體的同軸式旋翼。大概就像手槍的彈匣一樣，內部收納了巨大重金屬砲彈。那可是支撐著二十萬噸的旋轉數，只要彈動彈鼓前方的托彈板，釋放裡頭的砲彈即可。一旦運用離心力把隕石般的砲彈丟出去，妳認為能造成多大的破壞力？」

對付正下方用烈風小鋼珠豪雨，遠方則運用離心力發射巨大重金屬砲彈。這下「信心組織」的飛行OBJECT可說毫無死角了。沒有任何地方可讓人躲起來不受攻擊。

「少開玩笑了，根本惡夢一場……」

「會嗎？我倒覺得比起在主旋翼前面綁個雷射砲來個旋轉切割要好多了。難道你比較喜歡被長度無限的圓鋸機追到天涯海角？」

讓青年侍從保護著的芮絲若無其事地交出了惡夢升級版提案。大概就是這種傢伙讓想像具體成形才會導致歷史出錯。

「離心力、投擲砲彈……不，應該說成投擲鏈球比較貼切。嗯，那麼敵對代號就暫定為『鏈球001』吧，就這麼辦。」

「連我們也得這樣叫喔……？越來越受天殺的『情報同盟』作風洗腦了。」

「你說得對，我們也稱不上是完美的勢力。畢竟還有很多白痴可能是搞錯了掌握情報者即為贏家的法則，以為在邁阿密附近買塊私人海灘可以放心裸泳就是上流人士的證明。一群燙著公主捲閒閒沒事做的年輕太太都崇尚自然跑去裸體沙灘了。」

「妳這傢伙究竟是天然呆還是在搞懷柔手段，說清楚好嗎！」

「誰都好拜託認真一點好嗎現在都已經窮途末路了！」

明莉大叫出聲，但似乎沒考慮到這兩個笨蛋可能是嚇壞了才會開始逃避現實。

而對「鏈球００１」來說，遠方的優先破壞目標已經消失。

接著就換賀維亞等人了。

賀維亞在明莉的呼喊之下重回現實，額頭冒汗。

「……怎麼辦？」

遇到這種時候，現在不在這裡的那個少年會怎麼行動？

如果是庫溫瑟．柏波特吉的話……

「現在到底該怎麼辦啊，妳說啊！」

說時遲那時快。

墜落了。

在頭頂上方睥睨了他們半天的飛行 OBJECT，不堪一擊地墜落了。

「……

【鏈球 001】

HAMMER THROW001

全長……170m

極速……時速 650km

裝甲……2cm 厚 ×500 層（含焊接材料等雜質）

用途……據點強襲壓制武器

分類……空戰專用第二世代（戰鬥、攻擊功能併用）

使用者……「信心組織」

型式……同軸式旋翼

主砲……離心力式擲彈砲 ×3

副砲……垂直空襲用小鋼珠投擲兵裝 ×1

代號……無（「正統王國」尚未掌握本機資訊，
「情報同盟」稱為鏈球 001，
「信心組織」官方稱為伊希切爾）

主要塗裝色系……灰色

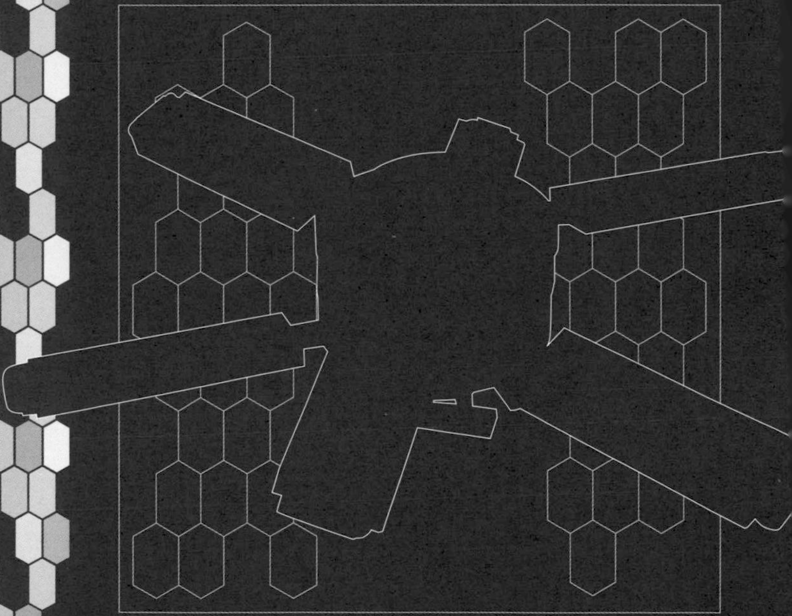

HAMMER THROW001

……啊？」

太過離譜的景象，讓賀維亞來不及理解。

但不是幻覺。

慢了一瞬間後，駭人的破壞風暴往全方位吹襲，這次可不是碎玻璃雨那種小兒科，而是準備一齊掃倒周遭的高樓大廈群。不只是單純的衝擊波高牆。腳下那個鋁與不鏽鋼做成的骰子狀浮體整個連結被粉碎，都開始搖晃了。

「嗚喔喔喔喔喔啊！」

再怎麼叫也沒用。

唯一值得慶幸的可能是並非身處堅硬地面而是海上，能夠用柔性「下沉」的方式化解衝擊力道，才不至於發生小行星衝撞導致冰河期到來的慘狀。

「『鏈球００１』……竟然給我墜落了？？？」

灰濛濛地到處瀰漫的粉塵簾幕，逐漸被暴風雨洗去。看著從中出現的景象，明莉目瞪口呆地報告：

「是起重機……剛才，是不是有人甩動了大樓屋頂上的起重機……勾住了主旋翼？」

「不是甩動了吊臂。」

芮絲弄得滿身從下方湧出的海水而非雨水，做了個補充。

的確作為對付直升機或傾斜旋翼機的游擊戰術，從大樓丟下鋼索或網子蓋住敵機自古以來就是一種常用手段，但是……

「剛才起重機是縱向旋轉。是用炸藥或類似的東西炸掉基部，用粗鋼索纏住了旋翼。至於球形本體能不能承受得了核武，這時候都無關緊要了。」

炸藥。

士兵憑著血肉之軀，擊毀戰爭的代名詞OBJECT。

失去平衡的五十公尺二十萬噸的球形本體，墜向城市的一個角落。那個方向……應該是在電視台附近。至於具體來說造成多大災害，只待在地上無法清楚掌握。

「該不……會……」

但是……

或許也是賀維亞希望如此吧。

不良軍人忍不住低聲說：

「……庫溫……」

「不對。」

一個堅決否認的聲音岔了進來。

是芮絲·馬汀尼·維莫特斯普雷發出的聲音。

她別開目光不去看賀維亞，但仍然擠出聲音這麼說了。

「抱歉，絕對不是他，只有這點我可以確定。」

12

受到駭人的震動侵襲，Σ3號——魯賓遜・金高也同樣目瞪口呆。

「發生什麼事了……？」

他不認為「正統王國」、「情報同盟」或是假裝成兩者之一，完全無關的第三者能辦得到這種事。

但現實情況中他們修護大隊所擁有，靠奧林匹亞巨蛋進行補給的第二世代「伊希切爾」就是被擊墜了。簡單至極，時機差到好像在電視遊樂器當中被人以幀單位分析了動作一樣。

「OD管制！究竟發生了什麼事！」

其實他也大致理解到，再怎麼叫也不會得到回應。

同時，一股無法克制的寒顫竄過了背脊。能想到什麼可能性？當所有想得到的牌全部列出來時，他再也無法擺脫不安的心情。這要說到他們一開始所負責的「棘手貨物」的運送任務。

當然，指的不是飛行OBJECT「伊希切爾」。無論有多超乎規格，那個原本就是隸屬於魯賓遜等修護大隊的機體。絕不可能會被算作外來的裝載貨物。

但是就某種意味來說，「伊希切爾」遠遠不能跟那個相比。

那個東西……

該不會已經趁著這場混亂……？

「咿嘻嘻嘻。」

有個聲音。

一種楚楚可憐又邪惡的少女嗓音，從Σ3號的正後方傳來。而他一回神才發現，其他人的聲音全都消失了。平常總是互相保護背後死角的夥伴們，都沒再發出半點聲響。

「都沒發現到我嗎？都沒發現到我吧？好吧都沒差，總之一路上辛苦了。啊！這裡就是我的目的地啦，不過同時也是你們的終點就是了。你們每天都在打仗打不膩，一定知道有個名詞叫做可接受死亡人數吧？如果在不知情的狀況下被命令一路照顧我……哎，就是那麼回事嘍。」

連回頭的多餘精神都沒有。

即使如此，正面的櫥窗仍然映出了他不願看到的景象。

紅與黑的地獄。

然後是一個比自己人之死還要更令人驚駭的，凶暴而凶惡的人形。

一個把長長的金髮綁成雙馬尾，身穿 OBJECT 駕駛員 ELITE 用防刃防彈防爆全環境對應的特殊駕駛服，纖柔肢體的任何一點凹凸起伏都清晰浮現的稚嫩少女。

那不是藉由壽命或天命等既定秩序，為人類帶來死亡或結束的死神。

而是早已超越那種境界，反覆無常地毀掉世界的破壞化身。

……早就該察覺到了。

無論是「正統王國」還是「情報同盟」，只憑入侵者不可能造成這麼嚴重的損害。所以他以為是「信心組織」的士兵們失控了。但是錯了。有可能既不是敵軍也不是友軍，而是毫不相關的第三者趁著騷動割人喉嚨、捅人心臟。

「我參考『他』的做法學了一點可以炸毀 OBJECT 的炸彈用法，不過呢——不知道為什麼耶，好久沒來找他卻看不到他的人……沒關係，就讓我一路慢慢搜尋好了！」

這根本不是戰爭。

根本就是犯罪，卻比公開的戰爭造成更慘重的人命犧牲。

魯賓遜．金高等人負責運送的「棘手貨物」原來是……

「曼哈頓啊還是什麼的，那些複雜的事情就交給詩寇蒂．塞倫沙德小妹妹來處理，你們已經可以退場休息了沒關係喔。那就掰嘍——☆」

行間一

連續投藥解除。

已確認詩寇蒂・塞倫沙德聖女殿下身心機能活化。

該聖女殿下儘管有著作為「信心組織」軍第二世代OBJECT「諾倫」主要駕駛員ELITE的輝煌功績，卻也以本勢力最大戰爭罪犯而聞名。本人基本上傾向從被揶揄為小城市的基地內部挑選犧牲者，但不能斷定絕對如此。

＊舊大洋洲獨裁國，支持獨裁的聚落消失。

＊好望角地方，傭兵營地燒燬。

＊阿拉斯加地方，外國記者團離奇死亡。

＊麻六甲海峽，貨船沉沒事件。

＊然後是惡名遠播的馬達加斯加報告。只要不致玷汙您的眼睛，以上事件供您參考。

主要殺害方式為雙手掐住咽喉勒斃，但本人極端善變，每次手法各有不同，變化無常。在馬達加斯加地方也發現到使用老式拷問刑具等等的痕跡。儘管純屬個人犯案，一旦發現得晚而淪為被動，其本領足以隻身摧毀中型游擊隊據點，堆起屍山血海。由於本人會刻意在有規律的作戰行動中交織流動性的感情振幅或奇特行為，因此極難針對行動做模擬預測，既有的部隊管理等規則也完全無法適用。一旦放她自由之後絕不可受到刻板觀念束縛，在她的運用方式上必須千萬小心。

以她作為對手時，就連「只要手上有槍就能放心」這種想法都很危險。

關於表面上的對話或天真爛漫的表情變化，當然也都不足採信。由於該聖女殿下是智力水準極高的戰爭罪犯，因此能夠反過來利用各種心理測驗或輔導來贏得對方的信任。

請對於許多連環殺手共通的「死亡魅力」特有的引力保持最大級戒心。她基本上偏好獨自行動，但擁有某種能夠破壞身邊人群道德觀念的力量。特別是陷入以為「只有」自己與她溝通得來的狀態尤其危險。負責人員必須強烈要求自己頻繁舉行會議，請他人從第三者觀點客觀評論自己目前的心理狀態。

由於該聖女殿下是天生的連環殺手，因此會對某些事物產生常人難以理解的異常執著。目前她似乎執著於名為庫溫瑟・柏波特吉的特定人物。關於他的詳情，同樣可以參考馬達加斯加地方的戰場經歷——特別是擊毀「諾倫」的過程。

恐怕沒有任何方法可以完全控制詩寇蒂・塞倫沙德聖女殿下。在賦予她行動自由讓她參與作戰行動時，請將敵我雙方以及民間人士的可接受死亡人數估計得較大。此外，以誘餌引誘會比下命令更有效。針對前文的庫溫瑟・柏波特吉收集情報，或許能以這個名字作為「引開注意」的一個手段。

獻給聖者尊翁提爾鋒・沃伊勒梅科。

願受到人類罪孽汙染的星球，能迎接和平安樂的神祐時代。

第二章　寄生殺人　≫曼哈頓內部解放戰

1

最後採用的選項是：痛揍布萊德利庫斯．卡彼斯特拉諾一頓。

「呼──呼──呼──！」

「……嘔，嘔呼呸啪，等等……如果妳願意就此罷手，哥哥會很感謝妳的……」

妹妹芙蘿蕾緹雅．卡彼斯特拉諾用左手抓住哥哥的蝴蝶領結，氣喘吁吁。當然慣用手則是握著拳頭作為唯一攻擊手段。

地點在「正統王國」影響力較大的亞馬遜地方軍港。

從中美海域來到這裡花了幾個小時。對方接收了兼具速度與穩定無聲，可以說「一般民眾」絕不該擁有的潛艦發出的「求救信號」使他們順利得到保護，現在包括芙蘿蕾緹雅在內，少數生還者也都已經踏上陸地。

銀髮爆乳十八歲在客人逗留用的貴賓室把親人痛扁一頓後，嘖了一聲鬆手放開沒用的廢物。

然後她直接對放在沉重辦公桌上的筆記型電腦說道：

「公主殿下，我們這邊的狀況姑且穩定下來了。不用再收集情報了，回港吧，免得窮追不捨反而玩火自焚。」

『可是……』

「……我明白妳想說什麼。但是別忘了，假如不假思索亂用最後的武器，這次就真的沒辦法從百慕達三角洲救出我那些部下了。」

當然，芙蘿蕾緹雅等人也沒在浪費時間。

公主殿下操縱的「貝比麥格農」是能夠以超過五百公里的時速在海上疾馳，切換活用低穩定式電漿砲、磁軌砲、線圈砲、雷射光束、連速光束砲等各類主砲的多用途第一世代。即使無法即刻給予決定性打擊，但在正面相搏以推測敵方詳細戰力的武力偵察上可說是最佳人選。

而她從遠處進行了「不期待能打中」的各種砲擊，得知的結果是……

「電子模擬部門。」

「雖然只是概算，不過影像已經分析完畢了。」

芙蘿蕾緹雅向另一個頻道說話後，用手邊僅有的器材堅持到底的幾名專家即刻答覆。儘管滿臉倦容，但語氣中毫無不滿。大家都知道自己能得到保護只是湊巧。假如跟抽籤無異的運氣眷顧的是「那一邊」，他們八成早就被「情報同盟」吃到連渣都不剩了。

『首先是曼哈頓，火力還是只能說超乎規格。那個電磁投擲動力爐砲就像是每一發都單純地引爆一座 JPlevelMHD 動力爐。而且光是用時鐘的數字盤方式隨便往全方位發射主砲，就能用「電漿牆」把自己包得像要塞城市一樣。』

「舊時代的ＡＢＭ嗎……也或者類似採用了核地雷的防禦理論。」

芙蘿蕾緹雅一邊把散發特殊氣味的菸絲塞進細長菸管的前端，一邊低喃。

雷射光束是一種光，因此只要高溫造成光線折射率改變就會轉彎。電漿以及連速光束則是怕電磁力。磁軌砲以及線圈砲等金屬砲彈也會因為龐大的空氣膨脹，也就是熱風導致彈道扭曲。

換個說法就是對方光靠強大火力硬上蠻幹，就能實現絕對性的防護。

儘管這是配備了不知道有幾百幾千座動力爐的曼哈頓才能採用的戰術。

「但它沒這麼做，對吧？電磁投擲動力爐砲只發射了起初那一發。」

『是的，理論上來說就跟「彎曲雷射」……「氮素蜃景」是一樣的。用比它差一截的……雖然仍然是超高溫無誤，總之將低穩定式電漿火球拋向戰場的各處，然後再讓雷射光束或磁軌砲等真正的攻擊手段穿越它們之間。簡直就像雲霄飛車一樣，完全忽視了既有的砲術理論。』

面對公主殿下的「試射」，曼哈頓採取的不是淹沒廣範圍的大火力，而是以狙擊正確目標的方式攔截。就好像毒蛇盯上老鼠或青蛙那樣，「配合」著「貝比麥格農」射出的各種砲彈或雷射開火。

金屬砲彈用電子光束或雷射光束燒光。

光學武器或電漿武器則是重疊金屬砲彈，以漫反射的方式使其失效。

『……目前都還只是專心攔截，但要是那種玩意兒開始轉守為攻，「貝比麥格農」五分鐘都撐不過。』

「啊，笨蛋！」

芙蘿蕾緹雅短促喝斥時已經太遲了。

公主殿下在畫面另一頭孩子氣地噘起了嘴唇。

『無所謂，反正是事實。是啊是喔對啦。』

「聽清楚了，志得意滿的時候誰都能做好朋友。團隊精神只有在陷入劣勢時才會發揮真正價值，所有人都給我記清楚了！」

『更糟的是，曼哈頓包括短期旅居者在內估計有一千萬人以上的民間人士同乘該機體。假如對方直接拿他們當人質，正式爆發正面衝突難保不會變成國際譴責的對象。』

「妳這宅女根本也半斤八兩，到底是有多我行我素啦！」

再怎麼大叫公主殿下仍然滿臉的懷疑，用纖細指尖撥開被汗水黏在臉上的金色短髮，接著拉開特殊駕駛服的拉鍊，把冷卻噴霧直接噴在微微泛紅的柔嫩肌膚上。既然包括分析官在內全是女性，她也就拋開了各方面的顧忌。

看到作風向來目中無人的芙蘿蕾緹雅淪為調解員就該知道，現在的第三七機動修護大隊周遭的環境一團混亂到了什麼程度。

（……在這種狀況下，賀維亞擺最後沒關係。但庫溫瑟再不趕快回來就麻煩了！）

芙蘿蕾緹雅一邊產生對前線士兵極其失禮的念頭，一邊以手扶額。

另外正如前文所述，就算是敵國人，她們也不能用 OBJECT 的火力燒掉多達一千萬人的民間人士。因此使用「貝比麥格農」主砲進行的武力偵察，也都刻意打向不會直接擊中曼哈頓的位置。

……當然另一方面，也是因為假如還沒掌握對手的規格就靠近到必中範圍內，極有可能被電磁投擲動力爐砲等各種超級武器燒成焦炭。

曼哈頓可是曾經從紐約近海到新加勒比島，從北美往中美輕而易舉地打出過致命性一擊。很遺憾地，雙方的有效射程完全不能相提並論。

公主殿下用小巧手掌往拉開拉鍊的特殊駕駛服裡搧風，可能是連頭腦都在發熱，有點心不在焉地做出了提議：

『既然攻擊不會直接擊中卻還是照樣攔截，能不能亂射一通讓對手用盡彈藥？』

「這點子不錯，但妳看曼哈頓那麼巨大。就算在得不到補給的狀態下被迫連續應戰，大概也會是我們先吃不消吧。」

有什麼是她們能做的？

怎麼做才能對那頭怪物造成有效打擊？

（……假如正攻法毫無用處，或許從弱點進攻才是常規。例如讓少數人員鑽進那個大傢伙的懷裡……）

神情嚴肅地瞇起眼睛的芙蘿蕾緹雅，想到這裡緩緩搖了搖頭。

也許是被那兩個笨蛋的想法傳染了。

公主殿下呼著熱氣，眼眸迷濛無神地低喃：

『好想快點看到庫溫瑟他們。』

（就是啊。少了幾個人替我解決麻煩事，我就得辛苦了。）

芙蘿蕾緹雅沒把這句話說出口，反過來提問：

「分析官。妳認為掌控AI網路的馬汀尼系列為何會放行？」

『包括究竟有多少人出現錯誤動作在內，原因不明。所知情報實在太少了。只是，除非她們是故意想被擊毀，否則照常理來想，我不認為曼哈頓會獨自跑到最前線……』

「……」

『不過卡帕萊特正如其名，是AI網路。如果它不覺得物理裝置等個體的損失有什麼特別意義，也或許會把曼哈頓單純算成一枚棄棋。』

「但我覺得如果它的演算法這麼死守規律又自尋毀滅，『情報同盟』就不會繁榮昌盛到今天了。至少它在構造上是比較優待充滿雜事雜物的人類生活模式。」

假設失控的馬汀尼人數實際上並不多，那麼作為大本營的曼哈頓冷不防開始航行也就說得通了。但這個說法缺乏根據，況且狀況瞬息萬變。

「消失在海上的那些部下目前的動向呢？」

『這方面也是毫無消息。大使館與領事館等處也沒傳來什麼戰俘方面的通知……目前就連還有沒有人存活，都沒有個確切答案。』

「就算當時不能立刻對差點被自軍砲火炸毀的『情報同盟』修護艦隊下手，至少用偵察機什麼的加個標示也好啊。完全錯過關鍵時刻了。都怪某個笨蛋雞婆！」

芙蘿蕾緹雅一吼，倒在地板上的布萊德利庫斯爬都沒爬起來就先舉雙手投降。

鼻青臉腫的哥哥說：

「……不管怎樣，緹雅妳也知道這個點子不實際吧？當時要是隨便留下有用的結果，對方恐怕已經認真起來，不讓新加勒比島蒸發不會罷休喔。」

『哇！』有個聲音隔著畫面傳來。

以角度來說布萊德利庫斯看不到筆記型電腦螢幕，但公主殿下大概不這麼認為。一聽到男生的聲音，她立刻羞紅了臉，急著用兩隻小手遮住敞開的特殊駕駛服前襟。

芙蘿蕾緹雅並不介意，聲調冷淡地給親哥哥一句話：

「那又怎樣？」

「沒有人報告，友軍被困在『情報同盟』修護艦隊上的事情就沒人會知道。這樣一來，獲救的可能性才真的是0％。」

「……」

聽到哥哥的辯解，做妹妹的表情就像是想直接把細長菸管的菸嘴咬爛。雖然說得有理，但她難以接受。這樣的情緒明顯浮現於臉上。

無能為力。

但這不代表無動於衷。

分明知道有一群同袍困在大海的另一頭無法求救，只能在必死之地咬牙堅持下去，卻無法伸出援手。要是可以，誰都想代替他們。不是在安全的客廳裡講好聽話，大家是真心這麼想。否則大家怎麼會強撐著疲憊不堪的身體，毫無怨言不眠不休地收集情報？連駕駛員ELITE、基地司令甚至是內勤修護兵以及分析官都一致團結。

布萊德利庫斯．卡彼斯特拉諾也很清楚。

所以他也不光只是選擇逃跑「而已」。

「線索已經為妳準備好了。他那邊怎麼樣了？」

「里加斯．布萊克白驤明明就是『資本企業』潛艦上的人吧？」

「但我不是已經向妳報告過，他洩漏了令人在意的消息嗎？嘿咻。」

布萊德利庫斯總算是從地板上坐了起來，說：

「『諸神黃昏腳本』。看來是個對構成『情報同盟』核心的馬汀尼系列進行干涉的玩具。是要把某種資料完全灌進腦中，還是藉由費洛蒙、超音波、光線閃爍等手段刺激五感就不知道了。總之假設是這樣，這次的事件或許不是只要單純對付『情報同盟』就能解決，而且如果讓我說得下流點，這個『諸神黃昏腳本』的存在或許也是個機會……假如從外界進攻沒有勝算，也許我們可以動手從內部加快崩潰速度製造出『裂痕』，藉此救出那些被留在死亡大海上的自己人喔。」

「……」

芙蘿蕾緹雅再次嘖了一聲，一拳捶進開始得意忘形的布萊德利庫斯臉孔中央。

做妹妹的看都不看當場倒地的哥哥一眼，抱著塞滿機密情報的筆記型電腦走出貴賓室。她跟基地的幾名高大男性警衛一同前往偵訊室，看到一個年紀介於中年到老年的男人被綁在像是牙醫椅加上皮帶做成的束縛椅上。

一名用瀏海、眼罩、口罩與耳機等各種東西遮住臉孔、長髮且氣質陰鬱膽怯的少女審訊官，湊到她耳邊呢喃了這些話。小時候的外號也許是裂嘴女。

「……被、被布萊德利庫斯爵士的武士刀砍掉一隻手的時候似乎流了很多血，所以得先安定血壓才行。可能要在那之後才能注射藥物，所以那個……」

「里加斯．布萊克白蘿。」

芙蘿蕾緹雅打斷她直接說了：

「諸神黃昏腳本。我想知道這個名詞的意思。那真的是你自己弄到的嗎？我不認為你這種小角色能在暗中操縱一切。背後的背後還藏了什麼？」

虛脫地低垂著頭的「資本企業」男子，聞言抬起了頭來。

「在這種密閉空間裡，我是不期待什麼戰爭條款……但我的性命仍然有它的價值。看看我這手臂。哈哈，要是對我動粗，我還沒招就會先嗝屁了。妳們就儘管小心對待我，白白浪費時間吧。」

「是嗎？」

其他就沒再多說什麼了。

大概從一開始就不抱持期待吧，芙蘿蕾緹雅態度輕鬆地看向千方百計想遮掩臉孔的審訊官，說：

「關於藥物，記得目的是剝奪精神意志力讓對象容易開口吧？」

「是、是的。呃，使用的是動物麻醉。就跟睡眠不足或爛醉時，容易說溜嘴是同樣的原理。但無論要怎麼做都得先輸血以安定血壓，才能……」

「不，如果是這種動搖心志的手段，還有其他方法。幫我保管一下。」

「？」

芙蘿蕾緹雅把筆記型電腦塞給彎腰駝背的審訊官，小胸女孩還愣愣地沒反應過來，事情就發生了。

砰！伴隨著清脆的槍響，里加斯的脖子開出了個紅黑色的空洞。

「啊，吧？」

記憶出現了中斷。

里加斯滿身大汗地打量自己的身體，發現一股血腥味在喉嚨深處擴散，軍服上的血跡乾掉發黑，更重要的是疼痛消失了。可能是被施打了某種麻醉。

面對不明白時間不自然地消逝的意義而瞠目結舌的「資本企業」高官，芙蘿蕾緹雅興致缺缺地丟下一句話：

「……你的心臟停止了一分四十五秒，原因是失血性休克。你得感謝露鵲成功救活你的心肺復甦術本領。」

呼吸亂了。

里加斯漏出笛子般的呼咕呼咕呼吸聲後，說：

「妳、妳在開玩……」

砰！再一遍。

「三十五秒。」

「等等，等一下，剛才該不會，又……」

「一分兩秒。」

「啊啵呸！呸嚕呸嚕啪！」

「噢，這次真是驚險。足足兩分半都沒醒來呢。」

無論回答ＹＥＳ還是ＮＯ，應對方式都一樣。為了打造出有問必答人類長舌裝置，首先得徹底擊潰對象的「意志」。她反覆進行殘虐暴行，直到里加斯．布萊克白驤再也說不出半句廢話。

每當意識中斷又復甦時，牙醫式椅子的周圍就多出更多方形的醫療儀器。恐怕現在電路板都還比里加斯的體重來得重。

不知為何「資本企業」的高官沒怎樣，反倒是渾身滿是飛濺血跡的少女審訊官在眼罩與口罩底下掩飾不住嗚咽地啜泣。

芙蘿蕾緹雅的眼神不變。她用從腰際拔出的手槍對準里加斯，說：

「聽說即使是專業人士也無法保證心肺復甦術一定成功。下次就說不準了，搞不好就快撐不住了喔。」

「……妳！戰爭條款呢？關於俘虜待遇的基本項目……」

他又被殺死了兩次。

變得渾身插滿導管的里加斯，就好像活生生被加工製造成木乃伊，慢慢埋進方塊狀醫療儀器之中似的。而芙蘿蕾緹雅的眼眸比這堆儀器更冷靜透徹。

「外因失血性陶醉感。就是一些有著異常性癖喜歡吸自己的血或讓人吸的變態拿來活用的『藉口』。還有一種說法認為腹部遭到槍擊的刑警能站起來感動人心也是出於這個原理。如果只是要以外因改變體內環境讓人容易開口，其實不需要借助藥物，讓對象失血到瀕臨險境造成精神恍惚也行。不過有時會因為抽血過多而在招供前死亡，所以專業現場不太喜歡使用這種方法就是了。像你從剛才到現在就真的死了個幾次。」

不是殺或不殺的問題。

看到那種輕鬆的態度，「資本企業」的高官用上抽搐的聲帶勉強擠出了聲音：

「妳、妳瘋了……」

「少開玩笑了，蠢貨。我是無視於眾多部下的求救一個人撤退到安全基地的真正下三濫，你卻要我來保證亂惹『情報同盟』策劃陰謀詭計的你活命？這顆腦袋未免也太天真了吧！」

已經連聲音都發不出來了。

芙蘿蕾緹雅・卡彼斯特拉諾把手槍槍口按在呼吸困難地喘氣的里加斯額頭正中央，一邊慢慢灼傷他的皮膚一邊如此吼叫：

「只要能得到救出那些笨蛋的方法，我會不計一切代價。你要不把諸神黃昏腳本的一切立刻吐出來，要不反覆經歷臨死體驗跟天堂的大門玩按門鈴惡作劇！好了，你這下三濫打算怎麼做啊！？？」

2

「說穿了就是事前演練。」

高挑的亞洲美女塔蘭圖雅・馬汀尼・昂洛克在巡洋艦的艦橋上大言不慚地這麼說。

如今艦橋的重要性大幅不如以往。操船以及射控經常集中在下層沒有窗戶的戰情中心，這邊的艦橋比較偏向象徵意味。一旦發生激戰，艦長等人員還得從這個中心區域撤離。雖然完全是本末倒置，但奇妙的是也日漸發掘出了新價值。

沒錯。

就是成了特權階級屏退旁人密談的最佳場所。

只是這裡就像電波塔的瞭望台一樣設置了強化玻璃落地窗，因此穿著裙裝的女軍官多少得留意一下就是。

「其實說起來，奧林匹亞巨蛋傳播設備的優先順序沒那麼高。能弄壞當然很好，弄不壞也不是什麼不能解決的問題。讓『正統王國』支付賠款也不難。雖然應該留下了滿多的屍體，但要說內疚的話我看『信心組織』也一樣。比起這些，更重要的是證明方法的對錯……換言之，就是直接接觸在海上移動的『曼哈頓000』並收集情報，以及有必要時適度進行破壞行動。」

「……」

同為馬汀尼系列之一的芮絲依然板著臉孔。

面對從奧林匹亞巨蛋平安歸返的同輩，塔蘭圖雅大搖大擺地繼續坐在椅子上，輕鬆拍個兩下手說：

「因為巨大人工浮島奧林匹亞巨蛋與全世界最大OBJECT『曼哈頓000』在地理環境上可說乍看相似但本質不同。坦白講，如果只是單純潛入的話，奧林匹亞巨蛋還比較有難度呢。畢竟我這邊的修護艦隊跟『曼哈頓000』同樣都屬於『情報同盟』。只要讓受損船隻在海上漂流並發出求救訊號，那邊那個一邊跟硬體不知擺在哪裡的AI網路不斷吵架一邊握住『曼哈頓000』轠繩的馬汀尼也就會按照規章手冊核可船隻救援行動。講得明白點，我可以完全用同一招入侵它的內部。」

「……但是累積了經驗的『正統王國』士兵還能剩多少？妳毫無意義的整人行為，導致有用卻被搞到幾乎全軍覆沒的他們大半都被飛行 OBJECT 輾碎了。」

「喔，妳就為這事在不高興啊？」

塔蘭圖雅顯得毫不在意，說：

「能徹底利用的人員就要徹底利用才能創造價值。有子彈捨不得射能打贏戰爭嗎？儲備人才再從其他地方調度就是了。然後只要施以教育分享同一份情報，軍隊就到手了。那些傢伙賣力，我們獲利。很簡單吧？」

「妳的這些作為，真能叫做戰爭嗎？」

「是戰爭啊。是我為了我自己而引發，屬於我個人的戰爭。芮絲啊，就這層意義來說，我或許也有點對不起妳吧～？儘管那幫人命不足惜，但我需要他們裝進腦子裡的經驗，所以我已經答應人家了。說等作戰成功，就要拿妳的人頭當報酬。」

「……」

「看他們那麼激動，應該會直接給妳個痛快而沒那多餘精神精心設計一些變態行為吧。哎，妳就認命接受吧。馬汀尼系列的價值有我提升，所以妳不用客氣，儘管成為偉大事業的基礎吧。」

「唉。」芮絲簡單地嘆了口氣。

「我跟妳說個故事吧。」

「喂喂，是『我有個朋友怎樣怎樣』那一套嗎？傾聽戀愛煩惱可不在我的專業範圍內喔。」

「……假設就像把家裡的私人物品全部丟掉圖個痛快那樣，真的有種方法可以活用這種積極的自我否定，從外界徹底摧毀我們馬汀尼系列好了。無所不能又愚蠢的妳，會饒過因中計而失常的同輩嗎？」

「還以為妳要說什麼呢。」

塔蘭圖雅·馬汀尼·昂洛克優雅地翹起二郎腿，嗤之以鼻。

「天生殘障也就算了，如果是後天因為人為因素而失常，我認為一定有辦法可以做預防或因應。無論是攻擊或防禦，出於人手的事物絕不會完美。況且也是因為這樣才會製造出我們馬汀尼系列，以彌補AI網路的缺失。目的就是為了跟如今有沒有個核心都不知道的卡帕萊特玩扮家家酒。」

「也就是說？」

「積極的自我否定？如果安全性漏洞被人攻擊，那得怪當事人沒有掌握到漏洞並做好因應措施。」

「是嗎？」芮絲低聲說完，身體微微動了一下。

但不知道塔蘭圖雅究竟有沒有發現，那是讓別在胸前的勳章反射陽光，暗中對某處打了信號。

緊接著，事情發生了。

劈嘶！艦橋的腳邊位置，防彈厚玻璃迸出了蛛網狀的裂痕。

「哦……？」

一張驚愕的臉龐。

皮椅的羽毛內裡到處飛散。塔蘭圖雅坐在奢華的椅子上，屁股就這麼一路往前滑。她想抓住扶手踏穩雙腳，全身卻就是使不上力。她的腰就這樣從椅子上滑落，摔到了地板上。

可能是到這時候，才終於實際感受到溼滑的觸感吧。

周圍灑滿了像是用拖把拖過紅色油漆般的鮮血痕跡。不用說也知道，是塔蘭圖雅的身體滾倒留下的痕跡。

而最驚人的是……

高挑的亞洲美女，胃部附近開出了一個紅黑色的洞。

「啊，噗……」

「……安全性漏洞被人攻擊，得怪當事人沒有掌握到漏洞做因應，是吧？不過從裡到外都一樣爛的妳究竟是因外力失常還是正常本性就是『如此』其實都無所謂。」

芮絲．馬汀尼．維莫特斯普雷神色並沒有什麼改變。

「妳覺得是誰下的手？」

她慢慢彎身將臉湊過去，但似乎無意替同輩血流不止的身體止血或是做急救。

「妳這下三濫都能只因為沒品就隱瞞『鏈球００１』的相關情報了，到底在哪些地方跟多少

人結過梁子可能也搞不清楚了吧。如果妳是個有辦法說服或籠絡的庸才，我也沒必要使出這種手段了。」

「……！——」

「好了，好了，別擔心。這事不會發展成內部責任問題的。那些傢伙似乎從現場帶了一些『信心組織』的槍械與彈藥回來當戰利品。只要拿那些來殺妳，哎，應該只會被當成一般戰爭當中被敵兵槍殺吧。戰爭不會變成案件。話雖如此，今後規定或許會改成不能在艦橋講悄悄話吧。又少了一個寶貴的吸菸區，那些大人一定會很傷心。其實我也不喜歡被厚牆圍繞的戰情中心，那裡一扇窗戶都沒有，太悶了不合我的品味。」

沒有任何戲劇化的場面。

塔蘭圖雅．馬汀尼．昂洛克連閉起睜大的雙眼眼皮都沒辦法，就只是像電池耗盡一樣停止了動作。

人類是一種任性的生物。這傢伙沒像琵拉妮列那樣帶來太多感慨。

芮絲用手蓋住耳朵，透過耳麥如此告訴對方：

「已確認死亡。就把遺體送去給軍醫，請他證明是從距離四百以外中槍造成的傷口吧。這樣就能推測是被卡在牆上的『信心組織』槍彈殺死的了。」

『喔，是喔。謝謝妳為我指出除之而後快的選項喔。要是拉攏了塔蘭圖雅而讓計畫告吹，那可就消化不良掃興透頂了。不愧是優秀的馬汀尼大小姐，講到把人逼死的方面真是無人能出其右啊。』

「……」

『真是，跨坐在單人潛水艇上隨波搖曳進行狙擊這種麻煩差事我就幹這一次，下不為例。那麼接下來就由妳指揮所有人吧，既然妳也是馬汀尼系列應該辦得到吧？』

「……喂喂，別隨便把這麼大的難題塞給我啊。不只是單純看軍階，你有認真考慮過所屬單位或指揮體系嗎？總不至於沒計算過我得跨越多少門檻吧。」

『誰管妳啊，中校閣下。我之所以沒先槍斃妳，是因為妳比塔蘭圖雅好操縱又有利用價值而已。不過一方面也是因為她隱瞞「鏈球001」的情報害死了我一堆弟兄啦。我要讓目前曼哈頓的問題告一段落，再把我們被竄改成死亡的檔案改回原樣。妳只不過是我們安全回家的門路罷了。』

「我知道了。」

『真的嗎？』

不是那種冷漠得徹骨的聲調。

賀維亞的語調顯得有點不帶感情。這證明了他已經跨越暫時性的激動情緒，復仇之心成了常態。局限於某些特定對象，現在的他即使目睹他人的死亡或痛苦，內心也不會有所動搖。

芮絲在戰場上，看過很多像他這樣的人。

因為她作為馬汀尼系列之一不只必須管理戰敗軍隊，有時還得處分友軍中的失控部隊，將犯下戰爭罪行的不良士兵們送往顯而易見的致命戰場作為間接的處死手段，向來都是這樣維護「情報同盟」軍整體的秩序。

『妳的性命的使用期限，只到妳還有利用價值的時候為止。等妳一沒有用處了，我就要讓妳落得跟塔蘭圖雅一樣的下場。就算妳噙著淚水抬眼求饒或是雙手貼著牆壁翹起屁股都沒用。對我來說要找理由不槍斃妳還比較困難。所以妳就給我皮繃緊點好好幹吧，為了我們「正統王國」賣命。』

通訊冷漠無情地中斷了。

有一段時間，芮絲只是孤身一人。

不，或許自從某個少年不在了之後，就再也沒人能填補這種空虛了。就連總是在她身邊候命的那個青年也不行。要是有人敢隨便對她說「我可以填補」，芮絲知道自己會有多生氣，所以也就更空虛了。

3

「塔蘭圖雅・馬汀尼・昂洛克上尉在『信心組織』餘黨卑鄙且經過精心策劃的偷襲手段下已經捐軀。之後的作戰行動由我接管。我想一定有人會覺得是越級而心有不服，但還是請各位將此事交給專門負責補救戰況的我來處理。」

在斜傾的補給艦上，芮絲讓青年侍從跟在身邊如此宣布。

作戰行動已經開始了。

「我已敦促人員盡快從狙擊條件列出嫌疑犯的報復清單，不過那件事就交給另一組人員負責。因為我們有我們的行程要趕。我們基本上將會對塔蘭圖雅致上哀悼與敬意，繼續進行她的計畫，將『我們』修護艦隊的船艦偽裝成遇難船，讓航線與『曼哈頓000』的預測航線交叉。然後讓對方救起我們，直闖內部。」

「……基本上就跟奧林匹亞巨蛋的時候一樣嘛。問題是那場行動究竟算成功還是失敗，到現在還是說不準。」

賀維亞厭煩地直接講明了。

狐狸看著狸貓的臉輕輕點頭，說：

「『曼哈頓000』是以超乎規格的大小與火力輸出為傲、目前全世界最大的OBJECT，但只要鑽進懷裡，它就無法攻擊我們了。總不能自己開砲打自己吧。所以第一道難關應該只在於如何登陸。」

畢竟相較於一般（？）OBJECT全長大約五十公尺，曼哈頓光是海面上的部分就有超過兩萬公尺。動力爐也不止一處，誰也不知道到底搭載了多少座。而從它能夠用電磁投擲動力爐砲遠從北美射擊中美海域，瞬間摧毀賀維亞等人的部隊就知道，射程與威力也同樣超乎規格。就算拿架正常的 OBJECT 去挑戰，還沒進入有效射程就先從地球上蒸發了。

不管解釋哪個方面都會變成幫對方炫耀。

難道就沒有任何弱點或缺點嗎？

「目的是把它毀了？」

「有必要的話。」

即使同樣屬於「情報同盟」軍，芮絲點頭點得乾脆。

「只是『曼哈頓000』不只規格異乎尋常，表層目前還有一千萬名以上的一般市民同乘。無法從外面草率攻擊。」

「那些老百姓現在怎麼樣了……？」

只有這點讓他純粹感到不解。記得塔蘭圖雅說過，曼哈頓本身正以三百八十八節……七百公里左右的時速持續南下。假如她說的是真的，那應該會變得就像是抓住民航機的機翼才對……

然而芮絲只是搖了搖頭。

「我不太清楚，不過似乎沒發生什麼嚴重災害。」

「？？？是不是所有人都被叫去地鐵站之類的地方避難了？」

「不是。」

聽到明莉這麼問，金髮少女像是在找可以玩轉筆的東西般，手在半空中飄移了一會兒後說：

「……似乎是藉由人工方式操控氣流，讓曼哈頓表層免受那類暴風侵襲。」

「不是，妳說什麼？操控……氣流？」

「理論上來說沒錯。隨便一家工廠不是都有空氣幕嗎？就是以人工方式垂直送風，阻擋來自水平方向的塵埃等等進入室內的裝置。他們則是把那個極端大型化，利用由下往上吹起的風，把正面颳來的猛烈逆風往上帶。就像一個半球形。」

「用講的很簡單，但那可是民航機等級的暴風耶！」

「那又怎樣？你以為你正常而凡庸的常識能對『曼哈頓000』做多少解釋？就連我都不知道那玩意兒上面搭載了多少個 JPlevelMHD 動力爐啊。」

靠蠻力也要有個限度。

但 OBJECT 向來就是用這種方式，終結了匿蹤戰機以及核武的時代。

「只要能解決氣流問題，其他事情都好解決。時速七百公里聽起來很嚇人，但簡言之就跟搭乘磁浮列車或民航機的感覺一樣。只要不像 OBJECT 對戰搏鬥時那樣銳角移動，應該舒適得很吧。」

只是，也不是想下來隨時都能下來。

而誰也無法預測馬汀尼或曼哈頓的下一步動作。沒人能保證長逾兩萬公尺的大傢伙不會忽然移動得比戰機還快。

「……他們那邊，現在怎麼樣了？」

「天曉得。我有在竊聽無線電波作為機體分析的部分材料，只知道老百姓好像還是照常過著手機不離手的生活模式。照樣在社群或影音網站發文，悠哉得很。」

明莉兩眼眨啊眨的。

「呃，他們的網路跟外界已經斷線了，對吧？」

「只要看看社群網站的朋友名單或過去紀錄就可以分析對話模式了。大概是用沒見過面的朋友假帳號自動傳送逼真的回應訊息吧。負責紐約維安人員的馬汀尼可能已經中了積極的自我否定而開始『用盡全力不去正視現實』了。多虧於此，重視理論而不經大腦思考的AI網路．卡帕萊特今天照樣狀況絕佳，使得紐約全體市民都成了網路英雄。搞不好反而比平時更能滿足他們的自尊需求喔？」

賀維亞心想，能不能把這單純看成過慣了和平日子也很難說。

「正統王國」軍的教科書上有個故事，說一名男性家裡都發生大火了，卻還在泡泡麵。也就是說人類在面臨太過驚人的狀況時，心理防衛機制會維持平日的生活模式以試著保持精神平衡。這樣才能告訴自己「我還在過著『正常生活』，還沒偏離常軌」。

芮絲伸手摸摸自己的纖細下巴，說：

「我們的目的是徹查『曼哈頓000』往我們這邊過來的理由。照那樣看來，恐怕無法期待駕駛員ELITE發起罷工行動。剛才我已經說過，最終的結論取決於從旁輔助『曼哈頓000』的AI網路．卡帕萊特，以及握住其韁繩的馬汀尼。因為『氮素蜃景』或是卡塔里娜．馬汀尼的回收等等，替新加勒比島周邊海域收拾殘局純粹只是我們的推測，真正的理由尚不明瞭。如果那女的能為『情報同盟』整體帶來利益的話就得保護她，而如果她放著卡帕萊特的程式錯誤不管，放任它終於開始將方向調整為消滅全人類的話，那就得先破壞等同於她的耳目或手腳的『曼哈頓000』，使其停止運作才行。」

「妳這是『情報同盟』整體的意見嗎？否則妳也會被當成叛徒送去當奴隸喔。」

「這是人心的問題。一群平凡的大人無法做決斷，所以才會『製造』出我來發揮人性阻止機械失控。那就讓我這樣發揮能力吧。」

馬汀尼系列的少女回答時眉毛都沒挑動一下。

「作為附帶知識，跟你們分享一下原為紐約維安人員的梅莉．馬汀尼．艾克斯特德萊的詳細資料吧。目前音訊全無，無死亡報告。刻意忽略對軍方的報告義務就已經是異常狀況了。那傢伙也有可能像琵拉妮列一樣，遭人濫用積極的自我否定而已經失常。諸位也早已在琵拉妮列那件事當中體驗過，失常的馬汀尼比機械更危險。原本的ELITE可能已經被她制住了。」

講到這裡，芮絲陷入短暫的沉默。

戰死的琵拉妮列說過。

她說有「某種東西」從外界促使馬汀尼系列失常。芮絲原本以為關鍵就握在申請政治庇護的技術人員卡塔里娜手上，但是錯了。她發現說到讓守護「情報同盟」秩序的馬汀尼系列失常並從中獲利的嫌犯，真正可疑的應該是敵對的外來勢力……

「正統王國」、「資本企業」、「信心組織」；真正的敵人在哪裡？

這時，可能是很快就適應了環境，明莉不知為何竟然還特地對敵國軍官半舉起手，然後才做出發言：

「請、請問一下，那麼，那個，刺探馬汀尼系列或曼哈頓的祕密，對我們『正統王國』有什麼好處？」

「坦白講完全沒有。」

芮絲．馬汀尼．維莫特斯普雷態度十分冷淡。

但最起碼不會隨便隱瞞事實來陰的，或許已經比塔蘭圖雅好多了。

「不過只要在與『曼哈頓０００』展開激戰的過程中偽裝戰死，就有機會脫離統籌我們『情報同盟』整體運作的卡帕萊特管理範圍喔。」

「少開玩笑了，現在妳才是指揮官吧。不是簽份文件就放人了嗎？」

「我不是琵拉妮列也不是塔蘭圖雅。沒有恐怖統治的話眾多部下必然會起疑，說不定會對著面帶笑容離去的你們背後開槍。」

芮絲又輕嘆一口氣，說：

「『曼哈頓０００』體型那般龐大，只要被它打上一發就會變成焦炭，毫無驗屍的餘地。況且既然是海上專用，緊急逃生手段一定也做得十分完善。豈止小艇或潛艇，就算配備了一整艘巨大潛艦也不奇怪……我只想要成果。你們就挑個好時機自己開溜吧。」

「那『情報同盟』擅自改寫的文件呢！我在家鄉可是名門『貴族』的繼承人，現在卻成了孤魂野鬼！我可不要好不容易回到老家卻被當成長得像的陌生人，被趕出家門拿紙箱睡路邊！」

「你們軍方好歹有管理DNA資料吧。頭髮也好包在衛生紙裡的腥臭穢物也好，隨便跑一趟基地或大使館請人家幫你比對基因資料就是了。至於已經外傳的戰死報告，當成是『情報同盟』故技重施的整人行為就好。」

「……妳在跟我開玩笑吧？又不是手機審查只需五秒的地下錢莊，一點保證都沒有的嗎？」

「那就由貌美又博學的我在誰都能瀏覽的網站寫個回憶錄吧。我會在文章中掰個整人作戰的，不用擔心。」

明明是真人真事的回憶錄卻當著眾人的面抬頭挺胸說要捏造，這方面或許就是「情報同盟」的作風吧。

芮絲・馬汀尼・維莫特斯普雷輕輕拍手吸引大家的注意，說：

「我想大家都各有各的想法，但就先度過這一關吧。然後你們再利用狀況行事就是了。作戰計畫並不複雜。畢竟塔蘭圖雅都說過『奧林匹亞巨蛋』那次其實是事前演練了。依樣畫葫蘆就行了。」

「很好，這番話還真是讓人心裡踏實啊。」

賀維亞沉重地嘆了一口氣。

然後說了：

「問題是曼哈頓那個臭傢伙早就已經看穿了我們的伎倆一砲轟過來，船身破了這麼大個洞，都看得到大風大浪的海面啦，該死的王八蛋！」

船身側腹部由於被連速光束射穿的關係，變得簡直像半圓形的拱門似的。即使說為了把重心放低而減少高度還是有九公尺以上。鋼鐵打造的補給艦輪廓陡然中斷，正下方就是海面。數十公尺前方可以看到大幅暴露出斷面的船艙或通道。

人造風暴過去後，天空晴朗無雲。

薄薄一片甲板還留在正上方反而教人害怕。誰都沒想過在藍天與太陽的反光下晶亮璀璨的海洋，竟然會是如此恐怖不祥的存在。

曼哈頓一擊就把將近八十公尺的鋼鐵船艦打成了拱門，但對那邊來說一定就跟玩遊戲差不多。就好像除蟲業者用殺蟲劑的噴嘴前端輕戳蜂巢，確認裡面是塞滿了害蟲還是已經蟲去巢空一樣。

即使說是砲擊，這還只是小兒科中的小兒科。

要是換成真正的電磁投擲動力爐砲，幾十公里內的金屬早就熔化光了。

「我、我反而覺得很驚訝耶，『情報同盟』的船有這麼不容易沉嗎！」

「畢竟壓艙水槽可以代替救生圈，封鎖各處的擋牆或水密門也不用我多做說明了。況且因為是補給艦所以水槽很多。就是那個嘛，就跟保護網購商品的緩衝包材那種多個小氣泡集合而成的構造一樣。」

「妳聽不出來她是在酸你們嗎妳這個性認真的笨蛋！不說這個了，現在怎麼辦？已經被曼哈頓看穿了。不用多久它就會像小孩跟爸媽借平板電腦逛了色情網站一樣朝我們發飆啦！」

本來照塔蘭圖雅・馬汀尼・昂洛克的說法，從紐約出發的曼哈頓會在四到五個鐘頭後來到賀維亞等人所在的新加勒比島近海。雖然從拱門的邊緣看半天也看不到，但那傢伙或許已經在同一個海域了？

砰嘩！他們看到一陣驚人的閃光。

但那不是曼哈頓發出來的。

「是哪裡來的白痴？是誰沒經過我們同意就擅自亂戳蜂窩！」

「那是……『信心組織』系統的第二世代吧。竟然想憑著僅僅五架機體去班門弄斧，難道是被嚴令以視死如歸的方式收集情報嗎？」

芮絲大聲說出的這種數字計算，本身就已經超出了「乾淨戰爭」的慣例。

根本沒那閒工夫去掌握每一架的特徵。砲擊接連爆發威力。要是跟它們認真打起來，每一架理應都能輕鬆驅散賀維亞等人的「信心組織」精銳機體，就像放在暖爐旁邊的糖雕般不堪一擊地被炸飛。

「對方……曼哈頓那邊，多少總有受到點傷害吧！」

「恐怕是零。有那麼大的火力，要讓電漿還是雷射什麼的轉彎都容易得很。真要說起來，你連現在的天氣都不會看嗎？」

「這個豔陽天跟戰爭又有啥關係……啊。」

「你總算注意到了啊，大笨蛋。只要打個一發最寶貝的電磁投擲動力爐砲，光是這樣就能劇烈攪拌空氣，使得氣壓急遽產生變化而引發人造大風暴；但現在卻沒有半點跡象。這表示對方有在控制力道。『曼哈頓000』是故意保留電磁投擲動力爐砲不用。」

當然，這個「控制力道」不是為了「信心組織」而做的。

芮絲的意見冰冷無情。

「因為颳起大風暴的話，打雷等現象會波及到曼哈頓的民眾。那傢伙也就只擔心這點事情了。事實上一旦『信心組織』的砲火直接擊中它造成一般民眾嚴重傷亡，它大概就會不惜投入電磁投擲動力爐砲以求速戰速決。但現在連那點動作都感覺不到。」

不堪一擊。

五架機體中的最後一架，就這樣平淡無奇地被炸飛。

「太慘了，根本連戰爭都稱不上。這樣連泡麵都來不及泡。」

然而，看著在拱門邊緣鐵青著臉讓突擊步槍以及可攜式飛彈碰撞作響的賀維亞，芮絲傻眼地出言規勸他：

「……讓我姑且問一下你這個笨蛋加三級，你該不會以為用那些東西可以擊沉『曼哈頓000』吧？」

「我們的作戰已經被對方看穿了！我可從來沒聽過有哪個搞偷襲的傢伙能得到禮貌對待。鐵定會被處死當好玩的。我們一使出這種手段就別想期待對方開恩了，反正現在再來舉雙手投降也只會直接被燒焦！我可不想被當成年底的驚奇新聞炒熱客廳的氣氛！」

「別在意，電視機在『情報同盟』的網路社會已經是死語了。」

黑色軍服的少女面露冷血笑意，說：

「還有你的認知似乎有誤，讓我糾正一下。首先，『曼哈頓000』的 ELITE 大概只是傀儡，是負責紐約警衛保全的馬汀尼在隨時跟沒人知道物理裝置長什麼樣子的AI網路．卡帕萊特對話，以互相抓錯的方式決定方針。無論是哪一邊的意見勝出，大概都不會有人性的溫暖介入吧。其次，卡帕萊特是否真的察覺到了我們的存在還很值得懷疑。」

「呃，什麼意思？」

「對方也只是因為有奧林匹亞巨蛋的前例，在保持戒心罷了。假如她已經用熱感應或磁場探測的方式掌握到正確人數與位置，我們早就被準確無誤地蒸發掉了，不會像這樣挖個大洞。對方為什麼不用愛打多少就打多少的華麗主砲蒸發整艘船，而是用小型副砲仔細地『鏤空』它？……這是因為那邊那個疑似中了積極的自我否定的馬汀尼自己也不能『確定』。所以她先削掉確定不需要的部分，好等著我們焦急地露出馬腳。」

「這是妳在猜吧？」

「對。但是只要登上無所遁形的甲板開個一槍，對方就真的能『確定』了。管他是玩具槍還是什麼，確認到我方攻擊意志的『曼哈頓000』將會安心地把我們變成海中亡魂。這次就真的會用上多到用不完的主砲級火力了。」

安．心。芮絲輕啟小巧嘴唇慢慢重複了一遍。

換言之，就是……

「現在『按兵不動』才是正確的選擇。對方那個握住卡帕萊特轠繩的馬汀尼，在積極的自我否定當中搖擺不定，最後弄錯了處理方式。比起一百萬發槍彈，沉默能發揮更好的效果。畢竟無論有多可疑，這艘船在文件登錄上還是『情報同盟』的補給艦，諸位是無力抵抗的戰俘，我則是管理你們這些非戰鬥人員的軍官，誰都沒有任何過錯。而『曼哈頓000』卻在未發出警告的狀態下冷不防對我們開火。而且是直接擊中船側而非威嚇。也就是說，那邊那個馬汀尼意外地也在面臨成敗關鍵，因為人工智慧不用替人類的罪行負責。假如我們真的是無害的船艦，一切就白費了。屆時她只能承認自己的過失，急急忙忙地把我們救起來。」

「妳應該也不能保證所有人都能獲救吧！」

「的確就算照我的計畫做，也不知道生存率有幾％。但諸位若是向『曼哈頓000』挑起絕望的最後之戰，那數值才真的是準確的0．00％。好了，你們想選哪一條路？讓我這副模樣來說或許不太好，但我想就連小孩子都算得出來吧。」

喀鏘！只聽見一個低沉的金屬聲。

是賀維亞拿突擊步槍指著不做抵抗的芮絲，發出的聲響。

然而有更多的聲響包圍了不良士兵。

同屬「正統王國」軍的馬鈴薯們，把完全一樣的槍口對準了賀維亞的背部，就像在說「我可不想當你的陪葬」。其中也包括了一臉歉疚的明莉。

「喂……這是在開玩笑吧？你們把大老二對準了誰的屁股？」

「看樣子除了你之外，大家都是頂天立地的大人喔。」

芮絲促狹地稍微舉起雙手，慢慢從坐著的地板上站起來。

「『曼哈頓000』有很高的機率會再試射個幾發。就算沒有，上面的甲板也很快就會折斷。我們有可能會在那段過程中被拋到海上，你們得找個能代替救生圈的東西或是小型氧氣筒抓著。再怎麼說這艘船也是軍艦，裝備要多少有多少。法蘭克！幫我挑幾個急救包。」

青年侍從抓住了掛在牆上的包包。不知道是認真的還是在搞笑，賀維亞看到上面寫著ＡＥＤ，咬住自己的嘴唇。

「……我絕對不會認同妳的作法。」

「哎，無所謂，但是時間不會等我們。」

黑色軍服少女闔起一眼，輕吐舌頭接著說了：

「按照我的預測，下一發砲擊會在三秒之內到來……失禮了，講著講著時間就過了。」

砰——磅——！！！伴隨著這陣爆炸聲，賀維亞等人的戰場切換成了截然不同的場景。

所有人無一倖免，全被激烈衝擊力道搖撼，從挖成半圓形拱門的補給艦邊緣被狠狠拋進燦爛的大海。

「噗哈！噗喔？」

賀維亞沒能預測落水的時機，迎面撲向海面的同時喝進了一大堆海水。在天旋地轉的視野中，好不容易才從海面露出臉來，但猛烈咳嗽個不停。完全沒有吸到空氣的感覺。

「……該死。」

連覺得痛苦的閒工夫都沒有。

為了不被單薄的甲板斷開後炸個四分五裂沉向海底的補給艦拖進水裡，賀維亞抓住原本可能是桌子還是什麼的碎木頭，眼前鋪展開來的異世界景象讓他說不出話來。

在那裡。

全長兩萬公尺，高聳入雲的摩天樓已經逼近眼前。

可能是因為已經抵達現場了，完全看不出號稱時速七百公里的速度。它屹立不動，卻反而散發出驚人的存在感。

這個畫面假如在燈火輝映的夜晚從直升機上俯瞰，想必會是一片人稱價值百萬美元的絕美景致吧。然而它的威儀如今幾乎可說是坦蕩蕩地矗立於碧海之上，出現在不該出現的地方。簡直就像一頭龍。一頭歷經漫長時光，背上長滿了蒼鬱森林的巨龍。

這已經完全超出現代武器的範疇了。

所以賀維亞的大腦，才會把它誤認為異世界的景象。

彼此距離不到兩百公尺。

對於血肉之軀的步兵來說，是不需瞄準鏡就能勉強射中正在移動的人類的距離，但對那個超乎規格的 OBJECT 來說就不知道了。假如跟一隻比自己身高還長的鱷魚接吻，也許就能稍微體會這種心情。

不同於至今對於肉眼看不見的不合理，所產生的憤怒。具體的恐懼感一把抓住了賀維亞的心臟。

「就在那裡。還真的跑來了，超乎想像地靠這麼近！大到像是看3D立體影片不小心把男優的那話兒弄成大特寫了啦，該死的王八蛋！」

「不要開槍！」

跟青年隨從感情融洽地抓住同一個防水包的芮絲如此叫道。

「壓抑住你的恐懼，現在保持沉默才是正確答案。只要不開槍，對方自然會伸出援手。你們這些衝動行事的愚蠢野獸聽好，只要一碰槍枝就完蛋了。跟火力或裝甲的大小高低無關，剛才『信心組織』五架精銳機體的下場你們都看得一清二楚。只要一超出『死角』就會瞬間被燒成焦炭！」

「～～～！」

碰到這種情況，那個少年都是怎麼做的？

即使是那樣巨大的怪物，是否仍然能找出弱點，用手頭的裝備去挑戰？

再怎麼想也不可能想出答案。賀維亞・溫切爾並不是庫溫瑟・柏波特吉。

轟！某種東西飛過了頭頂上的天空。

那個形似迴力鏢的機影應該是無人偵察機。耳目所聞所見或是情報傳達應該是重點所在，但那個或許基礎部分也就跟除非有必要否則不主動發出電波的潛艦一樣，驅動系統全靠簡易迴路吧。不管怎樣，如果為了提升飛行員的存活率而加裝厚實裝甲或是緊急滅火設備，就不會是那麼精簡的外型。

「嘖！海水浴都被人偷看光了啦，該死！」

那玩意兒的機翼有沒有掛著飛彈並不重要。因為只要能捕捉到位置，曼哈頓就能隨心所欲地用砲彈豪雨轟炸他們。

芮絲像是在誦經般講著些什麼。

不知道那是對「正統王國」士兵的建言，還是用來壓抑自己狂跳心臟的咒語。

「慢慢來，慢慢來喔。只要順著洋流漂浮就好，之後就會自動漂向『曼哈頓000』……聽好了，對方要是有那個意願，隨便亂開主砲就能把幾十公里範圍燒得一點不剩。唯一的安全地帶就是『曼哈頓000』自己的懷裡。只要溜進零距離的最近位置，就能封殺主砲這個選項。我們沒有輸也沒有逃跑。這是最好的答案而且是主動出擊，明白嗎！」

正確來說，他們並沒有做什麼了不起的事。

只要乖乖不動，洋流就會自動把「正統王國」的馬鈴薯們沖到曼哈頓那邊去。不，應該是超乎規格的怪物從一開始就選好了這種位置。短短兩百公尺一眨眼就沒了。也許連時間知覺都變得不正常了。

「……？」

賀維亞的全身上下，產生一種碳酸冒泡的觸感。

感覺就像是用了添加發泡成分的入浴劑，或是泡在機械製造噴射水流的浴缸裡。他看看泡在海水裡的身上軍服，發現黏滿了像是汽水般的細小氣泡。

或許是運用了超空蝕效應以極力減少水中阻力。記得他親手槍殺的塔蘭圖雅曾經做過這種假設。

賀維亞等人漂流到最後，來到一處像是岬角陡峭尖端的地方。

芮絲也沒閒著，一邊隨著海浪搖晃一邊呻吟般地低喃：

「……是下城區，曼哈頓下城。大概在原本可以搭船前往自由女神像的渡輪站附近吧。」

零距離，抵達曼哈頓。

賀維亞勉強伸手，抓住了用混凝土築成的堅固碼頭。

這時他感覺到有人打破寂靜的氣息。而且是好幾個人。

「！」

賀維亞已經毫不猶豫，只是聽從求生本能把突擊步槍的槍口朝向了正上方。

緊接著狀況發生了。

「好厲害喔──欸，這個可以拍照嗎？」

聲音聽起來傻呼呼的。

因為對方根本只是個不到十歲的小孩子。

不得不說實在不像是被「信心組織」第二世代五架機體攻打過的大都市居民會有的反應，完全是一副無憂無慮的笑容。他們到底有沒有察覺到現在正在打仗？

「這是『正統王國』的軍服吧，我在影片裡看過。南邊的海洋還滿髒的耶，漂著好多東西。」

在中美海域的熱氣當中，一群沒有武裝的小孩子來到把溼答答槍口對著他們僵住的賀維亞身邊蹲下來，用手機或遊戲機的鏡頭對著他，笑瞇瞇地不斷發出喀嚓喀嚓的電子合成快門聲。

孩子們或揹著背包或拎著水筒，大概是來遠足之類的吧。

「這個人是做什麼的？」

「老師，我知道。剛才我在那邊看到有人在表演拋球！」

「是街頭藝人啦。聽說只要覺得表演得好就可以給錢。」

就像在水邊觀光地大家都會試著做做看的那樣，姑且有一些零錢稀稀落落地丟向了他。

某處傳來了女性柔和的嗓音。大概是錄音播放的廣播吧。

『歡迎來到曼哈頓最南端的巴特里公園！遊覽過引領話題的華爾街如果覺得累了，不妨在此地欣賞綠意盎然的景色休息一下。這座公園……』

重新細看，會發現這是一處藍天下的公園。

遍地仔細修剪過的草坪、坡度平緩的山丘上，屹立著幾根裝有揚聲器的柱子。在這片風景的背後鋪展開來的，是名符其實的摩天大樓。或許是全世界最巨大的金融街——華爾街的高樓大廈群吧。

這裡不只有前來遠足的孩子們。

年輕貴婦在草坪上鋪了瑜珈墊做伸展操。一名老人在彎曲的道路上悠閒地慢跑，飼養的大狗不等主人自己往前衝。還有不少人在排練戲劇或表演吉他彈唱等等。

海上與陸上，有這麼大的差別。

景象的巨大差異，使得賀維亞難以擺脫不慎穿越了時空的錯覺。

和平。

一個標準的「安全國」就在眼前。

標準到反而是用突擊步槍對著人僵住的賀維亞顯得沒常識。

「這到底是……什麼狀況？」

「也許颱風眼總是意外平靜吧。吵得最大聲的永遠不是當事人，而是隔岸觀火、不用對自己的發言負責的有識之士。」

芮絲這樣說著，似乎沒辦法獨力爬到岸上。她渾身溼透地讓青年侍從從下面推她的小屁股，這才爬上了巴特里公園。

接著她一邊伸出小手拉這個青年上岸，一邊說：

「看吧，所以我說不開槍才是正確答案。剛才要是胡亂刺激對方，早就被當成『安全國的大事件』處理掉了。不用扯到什麼戰爭俘虜的相關應對，大概會被當成普通的凶惡罪犯就地槍決吧。」

這時，某種橡膠厚墊抓地的啾啾聲傳來。

不知不覺間，有個東西靠近他們。可能跟特殊作戰用的橡皮艇是同一種材質，一名把臀部卡進巨大救生圈的女性在草坪上移動。沒看到什麼作為行走系統的輪胎或履帶……但至少乍看之下，動作順暢到就像冰壺比賽使用的石壺。

『這不是芮絲嗎？419。好久不見了。』

「嗨，梅莉。妳又換了外裝啦？」

表面上雙方笑臉迎人，但芮絲這邊流露出些微緊張。假設對方也來積極的自我否定那一套，至今的雙方關係就無法作為任何安全保障。

對方是個有著小麥色肌膚與金髮妹妹頭，大約十四歲的少女。呈現第二性徵特有的平緩曲線的肢體，穿著的似乎是美容或醫療用的那種、以鮮紅油紙做成的兩件式手術衣？然後雙手拿著平板電腦……似乎又不是，抓著一個筆記本大小的遊戲機般物體。

頭上就像把棒球帽前後反過來戴，但並非如此。

那應該是把ＶＲ用特殊眼鏡掛在頭上。

『嗯。輪椅或醫療床都不理想，怎麼坐就是會長褥瘡。就我這個背脊骨被擊碎而退離第一線

的人來說，地球的重力根本就是酷刑。於是我跟文獻搏鬥了一番！最後決定回到基本概念。881。該說是水床還是油壓阻尼器呢？反正就是那一類啦。這個是在救生圈當中灌滿特殊溶液，讓它以一定的模式細微振動。』

梅莉．馬汀尼．艾克斯特德萊。

如果事前聽到的情報正確，那她就是負責紐約警衛保全的馬汀尼了。

就是她跳過本來負責此事的駕駛員 ELITE 支配曼哈頓。明明穿著打扮這麼離譜卻似乎不習慣被男人盯著瞧，一被漂在海上的賀維亞等一窩子的馬鈴薯用視線集中轟炸，就像螳螂一樣把雙手縮到了胸前。顯得有點心驚膽戰的她，像是要分散自己的注意力般接著說了：

『行走系統用的是鞭毛構造。791。就是這樣！還記得嗎？有個瘋狂團隊根據如果讓植物擁有跟人類相同的迅速移動能力，食物鏈就會徹底顛倒過來的植物捕食者假說，針對眼蟲藻的構造做過研究對吧？』

「是啊，就是最後結論是眼蟲藻根本就不是植物的那個吧。」

芮絲視線往俯視自己的花朵型監視器望去，說：

「那個也不只是個裝飾品？」

監視器的基本功能是互相監視。例如在一個四方形房間裡，會在對角線上設置兩台攝影機以互相彌補死角。但是到了室外，分布狀況就會變得稍稍複雜一點。

救生圈少女也得意地點頭，說：

『異花授粉。無論媒介是風還是蟲鳥，總之花草會在花粉傳遞得到的範圍內繁茂生長。換句話說，作為互相彌補的設置位置範例大有參考價值！』

「……看妳做得這麼徹底，我懂了，這個超乎規格到讓人吃不消的『曼哈頓０００』的基礎理論也是這麼回事吧。」

『膨壓可是很偉大的！動物研究的應用大概到強擊公牛就是極限了吧。體型龐大到這個地步，以肌肉或骨骼為基礎的舊有參考範例就不合用了。６６０。只要跨越動植物藩籬來想應該就會比較好懂。比起鯨魚或猛　象，千年杉木可是獨自支撐了更大的質量呢。』

聽到這裡芮絲已經一臉傻眼表情，但梅莉依然滔滔不絕。不知道是講到了感興趣的領域還是想把男人的目光趕出意識之外，總之只能等她講到過癮了。至於當事人簡直就跟在附近公園炫耀寶物的小孩子沒兩樣，褐膚少女高高舉起雙手抓著的遊戲機，面帶笑容告訴她：

『登登——STICK VR！７２１。雖然智慧手機還有電腦都是我們北美地區獨領風騷，但只有遊戲機怎麼樣就是拚不過「島國」呢。』

「喂喂，這有點說不通吧？STICK與PASTE VR不是競爭對手嗎？」

『所以我硬是寫了相容軟體繞過它。哎呀，讓曼哈頓的功能集中於這一台機器真是個有挑戰性的工作。９９３。多虧於此，我現在過得滿充實的。』

就像在顯示它的影響力……

一回神才發現，剛才周圍那麼多的小孩，早已讓領隊老師不動聲色地帶離現場了。看來梅莉可以用那麼一個薄型顯示器監控曼哈頓的一切事物，隨時都能自由自在地偷窺一千萬人的私生活。不知道本來的 ELITE 現在怎麼樣了。

喀滋喀滋喀滋，隨後一陣金屬互相咬合的聲響傳來。

以鋼鐵與複合裝甲組成的兩公尺長四腳動物型機體來了兩三架，隨侍在把臀部卡進巨大救生圈的少女身旁昂首闊步。原來是仿造蠻牛外型的戰鬥支援機器人。可以用來搬運武器、當成屏障、搜索敵蹤、把獵物趕出遮蔽物後方，有時還能以超出重型機車的速度直接把目標撞飛。這種機體的溝通方式比較好懂，就是互相摩擦胴體。不需要存取什麼伺服器，藉由重現動物性行為或社會性就能取得聯繫。

這種東西，大概連特地一一操縱的必要都沒有。

只要粗略地指定目標，它們應該就會由程式控制採取集體行動，以最快速度包圍獵物進入壓制程序。用不著牧羊犬來下指示，無需伺服器的自主武器們設定一個目的後就能在現場聯手行動，自動打下戰果。俯瞰整體狀況的女牛仔，只須在迫於需要時逐步修正群體行動即可。

芮絲視線稍稍朝上，捕捉到安裝在路燈頂端，運用異花授粉原理決定好分布圖、有著喇叭狀六片花瓣的花朵形器材，說：

「……妳還是老樣子，做任何事都講究細節。」

『７８９。曼哈頓雖然是構成紐約的五個區塊之一，但光是這一區就有七十萬台以上的監視器喔。注意維護景觀是當然的。』

不用說，曼哈頓的耳目不只這些。即使身陷與「信心組織」軍的激烈砲戰，梅莉應該還是正確預測到了芮絲以及「正統王國」士兵漂流到了曼哈頓的哪個位置。都派出無人偵察機在別人的頭頂上亂飛了，可別說自己沒掌握到狀況。

基於這個前提，只穿著用鮮紅紙張製兩件式手術衣的褐膚少女溫柔地問了：

『那麼，那邊那幾位是？００２。』

「噢。」

芮絲態度極其冷淡。

而錯失了時機的賀維亞等人，都到了這個階段竟然還沒登陸。正可說是致命性失誤。

「算是一點伴手禮吧。就是這些人殺了我們的同輩塔蘭圖雅。」

芮絲從青年手中接過一個差不多比便當盒大一點的器材，輕鬆地扔進海裡。ＡＥＤ。運用等同於電擊棒的高壓電刺激驟停心臟的醫療儀器。

連發出什麼叫聲的閒工夫都沒有。

「啊……！」

電源指示燈有規律地閃爍，用家電般螺旋狀電線相連的兩個電極貼片在空氣中飄動，然後平坦的電極貼片碰到海面。原本就渾身溼透的賀維亞，即使知道會有什麼後果卻也無能為力。

啪滋！伴隨著這聲低沉的破裂聲響，馬鈴薯們瞬間失去力量。

光輝燦爛的碧海消失不見。一切盡落入黑暗之中。

「……諸位似乎從沒信任過我，但你們難道以為那樣一再威脅要殺了我，我還能一直陪笑臉嗎？被塔蘭圖雅汙染的『情報同盟』修護艦隊糟透了，我主動請求協助的『正統王國』也糟透了。坦白講我受夠了。坦率又耿直的我會想換個東道主也是無可厚非的吧。」

在頻頻中斷的意識中，賀維亞彷彿聽見了少女低頭看著他們發出的訕笑聲。

「再怎麼說我還是『情報同盟』的人。雖然從槍擊庫溫瑟的時候起齒輪就出錯了，但我本來就沒有理由在敵我雙方之間左右為難……梅莉，作為值得信賴的證明，我把這些傢伙賣給妳。就當作是『曼哈頓０００』的車票如何？」

4

十分鐘之後。

「嗯喔？新推出的楓葉焦糖聖代原來就這樣啊。根本跟『島國』半點關係都沒有，就只是淋了一堆楓糖而已嘛！」

「宰了妳宰了妳宰了妳宰了妳宰了妳宰了妳……」

穿過在影劇作品中以叛徒公園聞名的華爾街，眼前就是一片被漢字淹沒的奇異風景。也就是所謂的唐人街。

然後來到一間充滿這種東方色彩的連鎖咖啡店。不知為何陷害人的芮絲與被陷害的賀維亞，在這間面朝街道的開放式咖啡廳同桌而坐。遭到咖啡店女僕喊著「你們幾個禁止入店——！」之後，一種像是在附近超商不巧撞見的尷尬氣氛瀰漫於雙方之間。

一群穿著「正統王國」軍服的落湯雞馬鈴薯擠在一起似乎被一些民眾判斷比鑽進包包裡的小貓更能引起話題，到處都有人拿著智慧型手機或一般手機的相機鏡頭對著他們。

總之先在頭上隨便蓋條毛巾，渾身溼透的芮絲．馬汀尼．維莫特斯普雷也一副厭煩的態度說：

「……我也沒想到會變成這樣，不能怪我吧？誰想得到自己出賣的敵軍士兵會只有武裝遭到剝奪，然後就被扔在街上不管？」

「小音！現在立刻告訴我如何堵住這個混帳王八蛋的嘴！」

賀維亞喊得像是準備施展某種魔法，但放在桌子中間的瓶狀音箱只給了他「先做深呼吸，你只是今天比較不順心」這種非常有智慧的回答。

也沒什麼理由，「正統王國」的馬鈴薯們就被放在同一個地方，但沒特別被套上手銬或GPS腳鐐什麼的。

大概是對方認為沒必要吧。

緊盯他們的不只有形似花朵的監視器。大概是不管到哪裡都很稀奇吧，此時仍然有一群陌生東方人出於好奇心把一般或智慧型手機的相機鏡頭對著他們。這種三百六十度無死角地被人用鏡頭監視的畫面，簡直就是……

「根本把人當動物園的稀有動物嘛我要宰了你們……」

「哎，應該就是『情報建構的牢籠』吧。畢竟曼哈頓沒有監獄。取而代之地，這裡是用一個座標以層狀方式管理人類。」

路旁的消防栓像噴水池似的猛烈向上噴水。

紐約原本與「島國」的北海道在緯度上相差不大。群眾似乎不習慣中美海域的氣候，每個人都一副怕熱的樣子。既然這樣大可待在家中享受冷氣，卻特地用消防栓沖涼水，每個傢伙都沉迷於在外頭逛大街替社群網站製造話題。

「外表冷靜，到了社群網站則是瘋狂笑鬧。這就是紐約客的基本形態。」

即使面對曼哈頓開始航行的衝擊性事實，這些上流人士仍然忙著「強調自己不會為了這點小事就驚慌失措」；芮絲對他們投以難以苟同的目光，用手指從四方形紙盒裡取出被改造成垃圾食物的迷你春捲丟進小嘴巴裡。

她闔起一眼指指她跟大家頭頂上的花朵形監視器，說：

「構造充滿了高層次多餘部分的人類是能夠為自尊而死的生物。自己窩在房間裡是最高等級的自我墮落，被人關在房間裡卻成了監獄牢房。即使居住在座標相同的紐約，貼個不同的品牌或是標籤就可以上天堂或下地獄；大概用的就是這種管理方式吧。」

「妳這傢伙是那種舔了人家屁股五秒就忘的真正瘋婆娘嗎！知不知道自己做了什麼……！」

賀維亞才剛氣急敗壞地想從椅子上站起來，匡啷！一陣格外沉重的金屬聲響徹了四周。

原來是全長兩公尺，比隨便一輛重型機車還要沉重的複合裝甲蠻牛，從趴伏的姿勢悄悄站了起來。

芮絲輕輕舉起雙手，闔起眼睛像小惡魔似的吐出舌頭，說：

「這裡是每個單位面積攝影機數量居世界之冠的城市，剛才關於花草的講解你也聽到了吧。如果不參考紐約客的作法提高資訊素養，可是會從現實與網路表裡兩層被政府機關偷窺喔。還沒搞清楚規則的話行事就先低調點以免遭受誤會如何？只要被無需伺服器，只靠簡易迴路互相聯繫的強擊公牛衝撞個一下，下半輩子就得在床上度過了。反正他們一定用了巨量資料的模擬測試或是棒球統計學什麼的一堆理論設下了天羅地網包圍我們。不會致命的武器也是一種施虐癖的表現。畢竟再怎麼痛扁也不會要了對方的命，使用起來大概也不會猶豫吧。」

「莫名其妙的狂牛症病牛……」

「按照扣分規則的話我猜你的殘機已經減少了。不知道距離遊戲結束還剩幾條命喔。」

賀維亞與芮絲等人如今已成功登上超乎規格的 OBJECT，不過就目前看起來，似乎沒有像樣的基層士兵在路上走動。來往的行人全是種族沙拉碗——「安全國」的紐約客。只有以互相緩慢磨蹭胴體的強擊公牛為主的無人機群，代替人類擔任警衛在街上巡邏。

理所當然地，路上行人即使看到多達數十人的敵國士兵也毫無反應。

數位監視社會雖然讓人毛骨悚然，但同時也可以這麼想：對方是反政府游擊隊或敵國士兵，也就是脫離社會巨大結構的少數派。聰明的作法就是溫順地服從規定，這樣才不會無故惹來一身腥。

殊不知事實上只要看不見的某某人按個鈕，誰都無法保證自己不會變成犧牲品。

「……這方面或許是徹底的『情報同盟』作風吧。」

「是嗎很好很高興妳弄清楚自己的立場了等我拿回我的槍頭一個就往妳這敵兵的屁眼塞一顆子彈妳他馬的……」

讓甜甜圈形大型救生圈像冰壺比賽的石壺那樣滑動，身上只有鮮紅紙製兩件式手術衣與遊戲機的梅莉．馬汀尼．艾克斯特德萊過來了。本來以為她在小坡道上可能會摔個大跤，但笑容可人的褐膚少女本身依然維持著穩定平衡。跟無需伺服器只靠簡易迴路支撐驅動系統的自主武器又有所不同。也許就跟那個遊戲機一樣，救生圈也是跟「曼哈頓000」連結的器材之一。

兩手抓住想必正在監控全曼哈頓的家用遊戲機把灌滿液體的救生圈操縱自如，頭上像棒球帽反著戴似的掛著VR眼鏡的金髮妹妹頭，像是被馬鈴薯們的視線嚇到般縮起了身子。

『久等了，芮絲。650。哎呀，好稀奇的組合喔！』

「別看我這樣，我可是心驚膽跳得很。」

『029。你們是不同層的，放心，就算處於同一個座標也不會有機會接觸。就是這樣！好，我們走吧！』

賀維亞才剛對地面吐口水比中指，複合裝甲蠻牛就像是要撞倒桌子般衝了過來。要特地去算在哪裡抽錯了牌太麻煩，總之他的殘機似乎就這樣歸零了。無需伺服器的強擊公牛們，似乎光靠簡易迴路就明白什麼叫做禮貌。

從一群大老粗身旁離開後，把臀部卡在救生圈裡的褐膚少女露出了像是身心得到舒展的神情。不只是譬喻，可以看出褐色皮膚的手腳就像乾硬的蝶蛹逐漸伸出翅膀那樣，獲得了具體性的解放。

……當然，芮絲不能讓對方察覺到自己的緊張。

『嗯——！怎麼了，芮絲？202。』

「沒有……只是覺得妳的這個習慣還是沒變。」

『只是在替記憶加標籤啦。751。沒有什麼特別意義，請不要想太多。』

芮絲之前聽過，她講話之所以總是附帶著三位數字，似乎只是為了便於日後正確回想而隨意加上的記號。隨便什麼數字都OK，好像只要別太貼近，就算重複了也不會發生聽起來已經帶有骨董味的千禧蟲危機那種「無預警的檔案覆蓋意外」。

梅莉身處紐約維安人員這種特別重要的地位，但其個性比起芮絲、多蘿西婭、愛瑞莎、莉卡、奧爾希雅、琵拉妮列或是塔蘭圖雅等其他馬汀尼系列成員都要來得奇特突出。

「紐約維安人員，是吧。」

『是呀，那又怎麼了？』

（……這傢伙究竟跟整件事牽扯得多深？是純粹只考量到「情報同盟」的整體利益，作為維安人員將「曼哈頓000」連同ELITE借給卡帕萊特?還是說早已遭人濫用積極的自我否定，陷入對卡帕萊特唯命是從的屈服狀態……)

說沒有疑心是騙人的，但疑心被對方察覺也不會有任何好處。

芮絲目光狐疑地看向只穿著紅紙手術衣、臀部卡在救生圈裡的梅莉，說：

「……以這個身分來說，妳穿這樣還真誇張。還是一樣稀奇古怪。」

『我也是出於必要才會這麼穿的，沒什麼好害臊的喔。流行或是常識的高低優劣只要在社群網站上連續發言個幾次就能簡單帶動風向了。美醜與健康，大致上只要拿這兩者當主軸，然後用慈善與經濟效應做些點綴就完美了吧。515。不然我索性把全裸綁緞帶變成今年的潮流也行，或者試著塑造出不用草莓與鮮奶油讓自己帥氣有型就會變成邊緣人的上流社會也可以。』

聽起來像在開玩笑，但此時唐人街的人群的確沒把智慧型手機的鏡頭轉向露出柔嫩肌膚的梅莉。反而是在五顏六色的便服中穿著黑色軍服的芮絲還比較能吸引目光。

……然而，梅莉本人把臀部卡在救生圈裡，卻不知怎地開始紅著臉簌簌發抖。一種危險的氛圍在不知不覺間飄散出來。

「……妳怎麼了?」

『哎呀，失禮了。呵呵。誰都沒注意到我，面對這麼異常的狀況，大家卻還是維持著平常心從我身邊經過。明明在不應該的地方不恰當地暴露出柔嫩的肌膚，呵呵呵呵。不行，這個不能留在記憶裡，081，099。啊啊，啊啊，我不應該這麼做的。到底會在什麼時候穿幫呢?誰會發現這樣不對勁呢？呵呵呵呵呵呵……』

黑色軍服少女只能把嘴巴抿成小三角形不作聲了。

從不為人知的異常狀況中發掘出某種特別意義，與單純只是夜半只穿一件大衣在冷清道路上逛街的中年變態男，在方向性上似乎有著微妙差異。換個說法，或許比較接近在滿是觀光客的海水浴場中，塗上比基尼圖案的人體彩繪在人群中公然走動，那種游走邊緣的感覺。

……難怪她被賀維亞等人盯著的時候，會散發出莫名的緊張感。因為不同於曼哈頓的民眾，「正統王國」的馬鈴薯們沒受到太多情報操作，應該是在完全沒隔著任何特殊意識的狀態下直截了當地看到褐膚少女的紙製兩件式手術衣。

「大概是……職場壓力太大了吧……」

『嗯？我不懂妳在說什麼喔？１２１。嗯——！』

她在救生圈上伸長手腳擺出奇怪的姿勢，可能是因為來到了遊戲機收訊特別差的地點。看在旁人的眼裡，真擔心覆蓋柔嫩肌膚的鮮紅油紙什麼時候會破掉。也許是只要有特殊意識做保護就所向無敵了吧。就某種意味來說或許就像自拍的心態，總之褐膚救生圈少女隨時都在透過無數花朵形監視器檢查自己的狀態。那種攝影機參考了花粉傳遞範圍勉強互相重疊的異花授粉原理。

『４３５。不過話說回來，真沒想到妳會親自來到曼哈頓。』

「是妳先忽視報告義務斷了聯繫，還好意思講。」

讓青年侍從跟隨左右的芮絲也沒去理會「正統王國」馬鈴薯們引起的混戰騷動，與同屬馬汀尼系列的少女漫步在曼哈頓的街道上。就像理所當然地，大約有三頭無需伺服器、互相磨蹭胴體的強擊公牛跟了上來，就像緊跟著很可能與「曼哈頓000」直接連結的巨大救生圈。

目前觀察起來，芮絲的青年侍從對梅莉來說似乎不算在那種對象之內。即使被他不帶感情的視線看到，也沒有把身體縮成一團。

不過也有可能是心態上認為「那是別人的東西」。

救生圈少女梅莉往複合裝甲蠻牛們拋去一個視線，如此告訴芮絲：

『也許妳會覺得戒備太森嚴，但這其實是有必要的措施。再說強擊公牛身上也裝了空氣清淨機喔。223。希望妳可以把它們當成生活中的一部分。』

「沒想到妳看起來博學多聞卻這麼愚昧，在室外使用空氣清淨機有什麼意義……」

『芮絲，妳是不是有點太小看紐約了？090。這裡可是全世界醫療最發達，平均壽命卻完全不值得自豪，豐衣足食到令人傻眼的汙染地帶喔。』

一行人姑且沿著唐人街往北走，來到蘇活區。褐膚少女神色自若地讓救生圈經過取締路上違規停車的制服員警背後，同時又開始發抖了。芮絲側眼看著鞋子或皮包等名牌商店的巨大櫥窗，如此主動開口：

「關於琵拉妮列．馬汀尼．史墨奇的事件經過呢？就我的推測，應該是用上了積極的自我否定。」

『咳哼。就是藉由外界傾力的方式摧毀馬汀尼系列的方法吧。這裡是新加勒比島近海！我如果不知道諸神黃昏腳本那件事，也就不會把「曼哈頓000」帶到這裡來了。381。身為紐約維安人員，我應該會對整個曼哈頓區喊停才對。』

「諸神黃昏？」

『哎呀，原來妳沒掌握到這個誇張的名稱啊。「信心組織」的老鼠似乎溜進了「情報同盟」，針對我們的安全性漏洞做了些調查。115。我故意放任他們行動，徹底竊聽所有通訊以試圖掌握全貌，結果好像是做錯了。我被他們淆亂視聽，就這樣淪為被動了。』

「……我就開門見山地問了。妳還是正常的馬汀尼嗎？」

『我在想，琵拉妮列之所以那麼容易就受影響，起因自能阻止她的人影響力太小。991。畢竟不同於其他馬汀尼，她常常找藉口獨自行動。』

大概就像在自己家裡放鬆身心吧，褐膚少女微微一笑，晃動著露在甜甜圈狀救生圈外的赤裸雙腿，視線從芮絲身上移向他處。

梅莉看著的，是芮絲的青年侍從。

『我也很羨慕妳喔。544。我那個已經死在把我背脊骨擊碎的作戰當中了。』

「是妳自己拒絕人員補充的吧？」

『088。妳可以設身處想想看。如果人家跟妳說可以馬上換個新的，妳高興得起來嗎？』

冷漠地說完後，梅莉才察覺到自己話語中的矛盾，緩緩搖了搖頭。

以筆記本大小的遊戲機操縱的巨大救生圈來到斑馬線時，紅綠燈剛剛好也由紅轉綠。從她兩手抓著遊戲機，用腳趾夾住拆下的兩個控制器向前伸直的謎樣姿勢看來，大概又是這個救生圈少女做了些什麼吧？

等紅燈的大型貨車車斗上，塞滿了趴下的強擊公牛。看起來既像是拖吊違停自行車，又像是保全公司等等一次能放一打的無線電業務用充電座。原來是一輛移動式的供電車。

在大型交岔口的正中央，分明進入了三百六十度全是民眾的視野範圍，眾人卻見怪不怪似的直接走過，讓褐膚少女微微抖動著身體說：

『好吧，其實我也是拿機械當興趣來排解失落的寂寞，所以或許是半斤八兩吧。777。明明從本質來說就跟換個替代品沒有不同。』

「……」

現在不是沉浸在感傷中的時候。

「曼哈頓000」目前離開「情報同盟」本國一路來到了這裡。而包括原本的ELITE在內，梅莉·馬汀尼·艾克斯特德萊沒有能阻止她的夥伴。跟琵拉妮列一樣，失控的危險性很高是事實。就像快要登上山頂的時候天氣開始變得不太對勁；即使在積極的自我否定下想調頭下山，也沒有人會鼓勵她往山頂前進。

褐膚少女順暢地移動假設主人的說法正確的話採用了人工鞭毛構造的救生圈，越過整條斑馬線，眼睛繼續對著遊戲機畫面說：

『妳懷疑我失控了？895。』

「……妳如果想證明其他勢力並未藉由什麼諸神黃昏腳本對馬汀尼系列施加外力，最起碼得暫時讓操縱『曼哈頓000』的駕駛員 ELITE 離開駕駛座。只要讓我知道妳辦得到，就能證明妳握有權限並且精神正常。」

『290。抱歉，我辦不到。』

「為什麼？」

芮絲．馬汀尼．維莫特斯普雷的嬌小身軀一釋放出緊張壓力的瞬間，如影隨形陪伴身邊的青年不動聲色地換了位置。就像周圍不用電波，互相磨蹭身軀以確認取得聯繫的強擊公牛展開行動時所具備的動作。

然而現實遠超過他們的預測。

轟轟！

黃金地段的整片土地突然被劇烈搖撼了。

遇到規模太過巨大的現象，有時會把已知的事實忘得一乾二淨。芮絲等人目前所在的整個曼哈頓市區，畢竟是在一架巨大的 OBJECT 上面。

不過是稍稍挪動一下身體罷了。

看到金髮黑色軍服的芮絲就像住在「安全國」的小孩子那樣不禁發出短促尖叫抓住身旁的青

年，褐膚少女用筆記本大小的遊戲機悄悄遮住偷笑的嘴。

不光只是監控。

梅莉調整好表情後，重新輕輕揮動手裡的遊戲機，說：

『我之前應該有說過，把曼哈頓的功能集中在這一台機器裡是很有挑戰性的工作。就是這樣！我是負責紐約警衛保全的馬汀尼。當然，它的中心地曼哈頓也「全部」在我的掌握之內。808。沒錯，是包括世界最大級OBJECT「曼哈頓000」在內的「全部」。』

「……難道說，妳……？」

當著驚愕的芮絲眼前，把臀部卡在大型救生圈裡的梅莉將遊戲主機放在肚子上，然後握住兩個遙控器般的無線控制器，痛快地輕輕揮出腰部沒使力的拳頭。

不知是控制器具備的陀螺儀，抑或是參考了多株植物互相彌補花粉傳播區域的異花授粉原理，用各處設置的花朵監視器掌握了姿勢。雖不知道到底用了什麼操縱方法，總之光是這個動作，梅莉的聲調就明確有了變化。

之前都沒發現。

至今都是救生圈配合梅莉的嗓音像環繞音響那樣配上振幅，進行即時加工。

一關掉輔助功能就是這樣了。一字一句分隔得莫名清晰，比機械更像機械的活人嗓音開始流洩：

『是呀。強化課程我已經整個修完一遍了。我是馬汀尼系列序列第29名，同時也是「曼哈頓

000」的駕駛員 ELITE 喔。』

照理來講應該辦不到，否則哪裡還需要這麼辛苦。

照理來講如果能直接讓馬汀尼系列管理「情報同盟」全軍的 OBJECT，芮絲也不用做這種替戰敗軍隊或失控部隊擦屁股的差事了。

『不過大前提是跟「格林033」一樣，得跟AI連動就是了。我與卡帕萊特，是以互相除錯的形式共存。我不知道「情報同盟」的整體狀況是怎樣。但是只要是紐約的負責區域，只要在就 OBJECT 而論的「曼哈頓000」當中，我比卡帕萊特更能取得主導權。』

『也、就、是、說。』她說。

聲調經由機械，讓褐膚少女的話語漸漸恢復安定。

『這架 OBJECT，只屬於我一個人。217。我只是透過高速迴路把它借給AI網路．卡帕萊特而已！就像遠端手術那樣。』

「太不像話了……都不怕發生競爭危害嗎？」

面對完全是自殺行為的產物，芮絲啞然無言。

相較之下，有著金髮妹妹頭的救生圈少女則是輕巧地揮揮薄型遊戲機，說：

『STICK VR……我說過我自己寫了互換軟體繞過它，對吧？567。我的作風就是需要多少就吸收多少！』

她名符其實地掌握曼哈頓的一切。

幾乎可說跟紐約的黃金地段成功合而為一。

難怪梅莉沒辦法脫離孤獨的處境。

『只是，曼哈頓也包含了我坐在裡面的這個，這個生活輔具的控制功能。之前我已經說過，在地球的重力下用雙腳步行，對於背脊骨受損的我來說就像地獄酷刑。765。真的非常抱歉，恕我婉拒摘下頭盔的要求。』

「……」

只要對方拒絕，芮絲也就沒轍了。反正不管怎樣，芮絲這邊都無法強迫她做任何事。讓堅如磐石過了頭的OBJECT失去行動能力的戰術之一，就是集中針對駕駛員ELITE下手……但以目前這個狀況，恐怕挑撥離間或是暗殺等最終手段都派不上用場。

選擇與梅莉．馬汀尼．艾克斯特德萊對立，就等於直接陷入與「曼哈頓000」正面開戰的狀況。當然如果選擇那條路，就會死得連焦屍都不剩。

看來只能在能力所及範圍內逐漸鞏固基礎了。

「回到一開始，妳為何要把『曼哈頓000』帶到這裡來？」

『妳以為我能擅作主張到這種地步嗎？915。即使我同時兼任馬汀尼與ELITE，終究也只具備一個人的力量。還是有它的極限在。這次的事基本上是我與AI網路．卡帕萊特經過對話的結果。我只是覺得有必要，才把「曼哈頓000」作為省事的工具借給它使用。換句話說，芮絲，這跟妳所想的問題在本質上是完全相反的！』

當然，假如梅莉已經中了積極的自我否定，AI失準的錯誤判斷恐怕也會直接過關。沒人指出錯誤，卡帕萊特也就會一點一點地偏離正軌。然而芮絲眉頭一皺感到不太對勁，忍不住問道：

「妳這話的，意思是……？」

『111。「曼哈頓000」並不是出了什麼大問題而正在失控暴衝喔。當然，也不是身為檢查系統的我發生故障。』

可能是與「曼哈頓000」設定了連動，梅莉隨著巨大救生圈用動作流暢的小跳躍登上石階，同時逐漸切入問題的核心：

『它判斷外界發生了必須動用「曼哈頓000」的重大問題。所以為了收拾局面，卡帕萊特迅速對我做出了要求。於是，我就把這架 OBJECT 借給它了。901。我認為這樣想比較自然。』

「……等一下。難道妳的意思是……」

『我本來推測是要將遭到諸神黃昏腳本影響而失控的琵拉妮列迅速排除掉，但看來好像沒那麼單純喔。501。』

出發點完全不同。

當芮絲心中有許多事情逐漸重新組合起來時，同為馬汀尼系列的褐膚少女湊過來盯著她的眼眸，如此詢問她：

『所以說，就是這樣！我也有問題想問問妳。331。在這新加勒比近海發生了什麼事？在這片海域，究竟沉睡著什麼樣的「怪物」？』

5

「賀維亞大哥，賀維亞大哥。」

明莉之所以戰戰兢兢地叫他的名字，自然也有她重要的理由。

坐下，趴下。

這是因為以複合裝甲構成的兩公尺長蠻牛，乖乖地站在趴伏倒地的賀維亞正上方。無需伺服器就能撞飛不良士兵的優等生就該是這樣。做得還真精巧。

賀維亞完全失去了戰鬥能力，只能硬擠出像是青蛙被壓扁的聲音：

「……明莉，趁這塊廢鐵還沒開始做起活塞運動之前快把我拖走。我不敢說自己過著有臉面對聖母瑪利亞的人生，但妳不覺得就這樣慘遭機器獸〇也太慘了嗎？」

「呃，我們接下來該怎麼辦？」

明莉也很有一套，可能已經配備了自動遮蔽某種程度以上髒話的過濾功能。也不見其他馬鈴薯有要伸出援手的跡象。

被參考了異花授粉的相互彌補花粉傳播範圍而設置、形似喇叭或花朵的監視器俯視著，讓明莉厭煩地說：

「曼哈頓是來到了新加勒比島近海，但目前也就只是『來了』而已。具體來說也沒有要攻擊哪裡的打算。這麼一來……我們把槍拿回來之後該對抗誰才好？」

「妳嘻皮笑臉的是對那傢伙屁股的味道有興趣嗎？這裡可是敵國最大的 OBJECT 耶，搞清楚！原本的駕駛員 ELITE 毫無存在感，卡帕萊特在腦子有病的馬汀尼管理下精力太充沛，已經用電磁投擲動力爐砲什麼的不經警告就先發制人攻擊過我們了好嗎！」

「所以是要開槍打一無所知的路人嗎？不覺得有點弄錯目標嗎？」

明莉伸手去摸纖細的下巴，說：

「那位馬汀尼小姐？掌控的曼哈頓攻擊的是我們『正統王國』，還是遭到琵拉妮列汙染的『情報同盟』其實也不是很明確吧。是我們自己要溜進修護艦隊的，假如對方說對這件事不知情，我們就會變成只是被捲入自家人的肅清行動……」

「唔。」賀維亞的嘴巴發出了怪聲。

這麼一來，就會變成從頭到尾根本沒有發生戰爭行為。反擊也就失去意義了。事情將會變成是賀維亞等「正統王國」在攻擊曼哈頓等「情報同盟」地區。

之前一直說曼哈頓很可怕，但實際上進來一看和平得很。它的確是來到了新加勒比島近海，但並沒有立刻用超強火力把「正統王國」軍燒成焦炭。而曼哈頓起先那一發是以誰為敵而攻擊了「哪裡」也是個謎。賀維亞等人既沒有被套上手銬也沒被關進大牢，就直接在平凡無奇的街上獲釋。

這樣他們毫無辦法。

整個狀況反而顯得滿口戰爭的馬鈴薯們像是一群笨蛋。

因為什麼都沒發生，導致賀維亞等壯漢軍團失去了戰鬥的理由。假如對方正在進行地球全人類抹殺計畫的話就好辦多了。這樣看起來甚至像是他們在與世無爭的和平城市故意搗亂，想引發戰爭。

完全管理社會。

以情報束縛民眾。

這就是連隔離罪犯的必要都沒有的數位都市，賀維亞重新被迫見識到其中一小部分。一旦在這裡屈服就完了。不良士兵內心深處的某個部分萌生了這個想法。因此他拚了命尋找「理由」。

「……我沒打算就這樣不了了之隨波逐流，老死在『情報同盟』。身為繼承『貴族』血統的人，我必須接下溫切爾的家業。」

「這個點子是很好……但如果對方說他們正在跟大使館聯絡，準備將你平安送回國內的話怎麼辦……？」

只能屈服了。

就算實際上檯面下根本沒有那些動作，那個叫做梅莉的負責人如果這樣講，賀維亞等人也只能屈服。在被人推拖延後的過程中，這就會變成常態而讓內心疲倦，覺得維持現況也沒什麼不好。

大家都在怕。

對方也許會重新把他們丟到這個碩大無朋的武器面前，提議說既然有意見的話就用最大火力開戰好了，這個可能性嚇壞了他們。所以明莉他們才會抓著虛假的和平不放。如果一直找不到打仗的理由，不打仗應該也沒差吧？他們希望賀維亞能支持這個結論。

但是不行。

對「情報同盟」的那幫人來說，說話根本不帶有誠信問題。他們只把說話當成用來恣意操縱對方占取利益的拋棄式子彈。

他應該早就見識過了。

當他在那艘船的甲板上，眼睜睜看著朋友被槍殺的時候。

「不……」

對著即將向下沉淪的明莉等多數人，賀維亞準備開口重新聲明。

就在這時，事情發生了。

——轟！！！一聲。

只聽見像是撞擊一口破鐘，低沉而令人不快的金屬聲傳來。聲音來自被壓趴在地的賀維亞正上方。是那頭蠻牛，強擊公牛的側腹部。該處開出了拇指大小的洞，噴出手持式煙火或發煙筒般的火花。

不對，電路板無論怎麼受損都不會這樣飛濺火星。

這很明顯地，是某種從外面鑽進內部以燒掉迴路的火藥。
「狙擊！是穿甲燃燒彈嗎！」
精密機器內部炸出格外大朵的火花，強擊公牛頓時渾身虛脫。要不是它往旁倒下，賀維亞可能已經被重量壓扁了。
但好不容易重獲自由，賀維亞卻仍然鐵青著臉。
「這是誰幹的……？」
他不禁低聲說道，但沒人知道答案。更何況賀維亞等「正統王國」數十名軍人都待在同一個地方。不可能只有一個人溜到大樓樓頂架設狙擊槍。
即使如此，四周的路人才不在乎這些。
來來往往的東方人睜圓了眼，把好幾支一般或智慧型手機對準他們，連續發出電子快門聲。
賀維亞等人有所自覺，知道他們已被一種驟然湧起的殺氣包圍。
像是被情報牢籠所觸發那樣，在附近巡邏的強擊公牛們從各個街角探出頭來。而且一看就知道與剛才採取的是不同模式。看來它們用不著使用伺服器，光靠簡易迴路就能捕捉到同類的犧牲，並做出判斷展開聯手行動收拾局面。
只是從根本上就出錯了。他們被誤認為違規了。
這次會被就地正法。
「到底是哪裡來的笨蛋幹的啦，該死！」

光是公共監視器就有七十萬台，要是把手機或行車記錄器包含在內，數量不知道會增加多少倍。明明是這樣，卻連這麼基本的問題都沒人能回答。

有人丟了一顆石頭進來。

然後第二回合開始了。

6

自由與和平的城市，霍然改變了它的色彩。

管他是異花授粉還是什麼，總之依據了不起的理論安裝的無數監視器沒派上半點用處。連個冤罪都不能幫忙平反。

「開什麼玩笑開什麼玩笑開什麼玩笑他馬的！」

就算是別人丟的石頭，從蜂窩裡湧出的害蟲還是得驅除。話雖如此，手上沒半件像樣武器的賀維亞等人只有一個選擇。總之再不快逃就會死。區區幾十人只會被一口氣解決乾淨。壓在背上的強擊公牛已經倒下了。賀維亞爬起來之後只能在唐人街上狂奔。

「能、能往哪裡逃啊！這裡可是整整兩萬公尺都在『情報同盟』OBJECT的上面耶！」

「想知道答案就雙手撐膝對著那些傢伙翹起屁股慢慢想吧我要開溜了！」

彎過唐人街的轉角時，忽然有人拿著一般常見的槍口對著他。

「！」

賀維亞抓住對方的手腕一扭，直接把襲擊者砸個四腳朝天，結果頭昏倒地的只是個普通大學生。

「為什麼一般民眾手上會有這麼大一把衝鋒槍啦！比『島國』的 STICK 還是寶可魔什麼的更容易入手是怎樣！」

賀維亞對著正上方砰砰開槍威嚇群眾，路上行人立刻一齊蹲下鑽進桌子或長椅底下。不知道是不是表示投降，那些人把手上的槍械或彈匣當成賞錢一樣一個個丟出來。他們正在逃跑所以沒空全部撿起來，但遇到這種活像馬拉松水站的狀況，一回神才發現「正統王國」士兵全員都領到了廠商五花八門的槍械。

「……我說真的，北美市場到底是什麼狀況？怎麼槍枝數量好像比戰場還多？」

「有轉輪、散彈槍、衝鋒槍還有……這些真的是自衛武器嗎？我的天，連輕機槍跟狙擊槍都有……！」

有槍總比沒槍讓人放心，但無需伺服器就能進行高度合作的強擊公牛可是原本就具有護盾功用的無人機。不管開槍打頭還是胸部都不能殺死機器。區區「普通槍彈」根本不值一提。因此他們重視材料的輕量勝過威力，邊逃邊做取捨選擇。

即使他們加強了武裝，強擊公牛還是不會停止追擊。

「哎喲，煩耶！」

賀維亞幾乎是反射性地舉起了衝鋒槍，但還是沒用。對方是機器，威嚇不會管用，而就算真的高速連發九釐米子彈也會被厚實裝甲板彈開。看到周圍滿是害怕地縮成一團的民眾，他反而比較怕發生跳彈。

沒有生命。

壞掉也無所謂。

投入了自主武器的戰爭，規則竟會有這麼大的改變？

——咻砰！就在這時，「銀色子彈」比槍聲更快地飛來了。

是專門用來穿破厚實的裝甲板，以高溫燒光內部精密基板的穿甲燃燒彈。不知從哪棟大樓屋頂往下射來的狙擊彈打穿控制紅綠燈的變壓器，讓一輛大卡車衝過來撞死賀維亞等人。

沒錯。

問題在於「銀色子彈」並不只會幫忙狙殺怪獸。

「很危險耶，馬的！這場群交派對真是爛透了，會從哪裡被人把豆漿噴到臉上都不知道！」

把兼做小型花圃的混凝土車擋當成跨欄一樣跳過後，沒撞上不良軍人的卡車在千鈞一髮之際撞個稀巴爛停了下來。沒空讓他喘口氣了。真面目不明的狙擊手往附近公園的地面射個兩三槍，特地把看守其他地點的強擊公牛們引過來。就像玩網遊時特地引來單隻怪那樣。

「那個狙擊手跟上來了耶……？」

「他是從一個大樓跳到另一個大樓的樓頂嗎？喂，那把塑膠狙擊槍，用不到的話就丟過來給我！現在的第一要務是阻止陰沉偷窺狂！」

話雖如此，現實中的狙擊不像演電影那麼體貼，會把上半身露出來架設槍枝讓下面的人抬頭都看得見。對方似乎是沿著賀維亞等人跑過的人行道，在路旁林立的大樓樓頂和他們並行奔跑，但他們掌握不到對方的正確位置。

儘管設置了無數花朵形監視器，終究都是沿著人潮設計配置位置。講得簡單點，就是以監視路上行人為第一目的，在高空翱翔的身影難免疏於注意。

跑著跑著，又有另一批強擊公牛蜂擁而來阻擋去路。

「從正面射擊也無法有效造成傷害的！」

「我不是要打那邊啦，妳這笨蛋！我沒興趣射在機器的臉上！」

賀維亞不看拿在手裡的狙擊槍瞄具，用高初速的步槍子彈打穿了路旁的消防栓。重量大，接地面積卻相對較小的「動物型」一失去與地面的摩擦就困擾了。畢竟是用四隻小蹄子管理重型機車級的重量，這也是理所當然。

明莉等人對著滑倒跌個狗吃屎的強擊公牛補槍，但只在裝甲表面迸出一堆火花。即使趁對方毫無防備時集中開火還是沒用。

「妳覺得那個狙擊手怎麼樣！」

「你問我我問誰？只能說我絕對不想跟那種人做朋友吧……！」

「我不是問妳這個。我是說單論本領。」

可能是消防栓的急速水流沖倒了業務用窗戶清潔劑的關係，地面變得比想像中更滑溜，強擊公牛似乎爬不起來。看樣子一旦不能自由行動，也就難以運用簡易迴路的動作進行溝通或連繫了。換言之，也得不到其他機體的救助。而馬鈴薯們本來就不能繼續在同一處逗留。賀維亞只能一邊咂嘴，一邊跳過無法回到戰線、像巨大老鼠炮一樣原地打轉的整塊複合裝甲。

「又是打壞紅綠燈讓卡車衝過來，又是刺激強擊公牛襲擊我們，幹嘛每次都要像單相思的文學少女一樣拐彎抹角？直接打穿我們的腦袋不就得了？」

「呃，應該是想偽裝成意外或什麼的吧？」

「他用的是穿甲燃燒彈耶。那跟隨便一家槍砲商店販賣的復裝彈可是兩回事，在大街上亂撒比用過的保險套更顯眼的子彈還來講什麼陰謀！」

一方面也是為了牽制無法掌握正確位置的狙擊手，賀維亞每隔一段距離就對著正上方開槍進行威嚇。一般槍彈對不需伺服器就能合作展開追擊的強擊公牛沒用。確定零散槍聲已經徹底驅離旁人後，賀維亞舉起狙擊槍對著正上方盡情開槍。

起重機的鋼索斷裂，建設中的大樓接連掉下好幾根鋼筋。

「！都直接擊中了竟然還能動！」

「就跟你說最起碼也要有動力服程度的火力才會管用嘛！不管這個了，剛才你提到狙擊手，結果到底想說什麼？」

「狙擊不光只看距離或風向。因為理系的部分可以用輔助機械做彌補。反倒是文系方面……揣測對手的心理『把彈道對準下個位置』才是最難的。從這點而論，那傢伙總是選容易推測的目標下手。例如不怕死的強擊公牛或是不會動的變壓器。那種目標只要盯著瞄具正常重疊十字線就行了。」

就現實情況來說，賀維亞等人已經被逼入絕境。

但他仍然基於這點，提出了大膽的假設：

「那傢伙的狙擊本領最多就是處男等級。因為沒自信能夠直接讓我們升天，才會淨打一些容易瞄準的無生命目標。」

這麼一來，襲擊者原本擅長的領域會是什麼？

穿甲燃燒彈的攻擊與其說是狙擊，更像是極小規模的爆破行為。對方擅長破解強擊公牛等簡單機械的構造。不分敵我，能夠用忽略常規的戰術使場面混亂，打下超乎本身實力的戰果。

……這樣想來，賀維亞熟知的「某人」為了救出在阿拉斯加地方孤立無援的公主殿下，好像也曾借助儀器膽戰心驚地挑戰過狙擊行動？

（開玩笑的吧……？當然他如果還活著最好，但不至於用這種方式出場吧！）

嘎鏘！

某種粗厚金屬扣件夾起的聲音響徹四下。

賀維亞邊逃跑邊回頭往後看，嚇了一跳。以複合裝甲組成的蠻牛們不知什麼時候竟然裝上了背包或是馬鞍狀的配件。裡面是輕機槍、榴彈以及形似冷藏箱的小型盒式彈匣連接而成的整套彈藥。

本來只有堅固耐打是唯一長處的殭屍竟然聰明到可以拿槍殺人，真是沒天理。

「開什麼爛玩笑啊……！」

就在這時，地鐵的路線圖閃過了視野邊緣。

要是在開闊的地面街道上遭受到水平射擊就完蛋了。「正統王國」士兵不用說，就連躲進室內的無辜民眾都會遭到波及。因為區區一般玻璃或混凝土塊，用重機槍那種比拇指還粗的槍彈一射就會像保麗龍一樣碎掉。賀維亞以肢體動作下指示，馬鈴薯們一齊衝向通往下方的階梯。

「你覺得這樣會有用嗎！」

「我哪知道啊打電話問客服啦！最起碼可以跟跑屋頂的狙擊手保持距離吧。只要鑽進地下，平面地圖就不夠當作參考了。更何況現在是在能夠東西南北自由轉圈圈的曼哈頓上面，要是那幾隻玩意兒可以失去定位迷路就好了……」

戰爭基本上就是殺個你死我活。

對付沒有生命的自主武器，只能逐步改變戰鬥方式了。

賀維亞等人一面用真槍槍口對準聽到騷動想拿出拋射式電擊槍的善良站務員嚇退對方，一邊跑過場面混亂不堪的售票處，翻越自動剪票口。

緊接著正後方傳來更狂亂的怒吼與尖叫。

賀維亞嘖了一聲，說：

「啊啊，該死！還是沒用！是運用了微波還是亞毫米波嗎！」

「不要在那裡自問自答，解釋一下啦！真要說起來，『情報同盟』的自主武器不是因為能夠只靠簡易迴路採取自律行動所以不會跟伺服器連線嗎！」

現在沒空做那些事情。被追上就死定了。

就連這種地方都沒忘記裝上花朵形狀的監視器。換言之他們的所在位置都被馬汀尼掌握得一清二楚。這樣一來，他們這些馬鈴薯能做的選擇就有限。維持現狀從其他出口跑到地上是死路一條，但就算跑去月台也不可能像影集那樣有辦法好運跳上即將發車的地鐵。

「說是這樣說，但也就跟年輕貴婦本來想把自拍傳給小王結果傳錯對象的一般規格無線區域網路差不多吧。有辦法干擾嗎！」

「沒有器材要怎麼做啦笨蛋！就會出一張嘴！真要說起來，為什麼要這麼執著於電波干擾啊！那幾隻就算監視用攝影機斷線還是會一臉平靜地撲過來吧！」

思考時間不到十秒。有這麼多時間的話憑人類的雙腿都能衝過一百公尺上下的站內空間了。

賀維亞嘖了一聲，說：

「手上空著的傢伙去拿附近的滅火器，越多越好！」

「賀維亞大哥？」

「方向往下，月台那邊！動作快，要是被追上就沒意義了！」

「正統王國」士兵們與其說是跑下樓不如說半用跳的衝進地鐵月台。果然沒那種好事，並沒有列車正好滑進月台。在上城下城方向都空蕩蕩的月台等車的大學生以及主婦們，看到大量槍械當場嚇了一跳一一趴下。

「怎麼辦啊，是要跳進隧道裡嗎！」

「跟機器在長條直線道路玩捉迷藏能贏嗎？別說這個了，滅火器拿來，全部給我！」

賀維亞伸手抓住紅色金屬罐一把搶過來，然後把皮管朝向令人意外的地方。

朝向比月台更低，鋪設了鐵軌的地方。

「地鐵有的時候不是在上面而是在下面供電。」

「那又怎麼了？」

「在不分東西南北轉圈圈的曼哈頓地面，那群臭蠻牛是怎麼掌握自己或目的地的位置？答案應該是電波吧。」

「不是，但我剛才也說過，基本上自主武器不都是離線也能行動自如嗎？」

「不一定要是軍用頻寬啊。電視、收音機、手機，用什麼電波都行。而電波既然是一種波就會發生都卜勒效應。只要解讀到處飛來飛去的電波，應該就能掌握到該死的曼哈頓正在如何移動了。那群無人機就是拿這個當虛擬指南針在確認自己的位置。芮絲那混帳說過自主武器的理想型態是潛艦對吧？如果只是被動地接收電波，也就不用怕被敵人追蹤了！」

這麼一來……

「那些強擊公牛之所以鑽進地下照樣不會迷路，是因為微波或是亞毫米波之類的通訊傳播電波穿透了厚厚的混凝土。只要對都卜勒電波做點干擾把它弄亂，那些自主武器應該就會抓不到位置而變得無法動彈！用電量放電的方式吧。第三軌什麼的平常會留下空隙以免互相干涉，但附近放個異物情況就不同了！」

啪啪咻！比汽水更響亮的聲響往四面傳播。

泡沫滅火器往月台對面噴出化學溶液。

緊接著階梯那邊傳來了騷動。比重型機車更巨大、裝備了槍砲配件的四腳強擊公牛們大舉湧進了月台。

明莉等人情急之下將散彈槍或衝鋒槍的槍口轉向它們。

但是扣在扳機上的手指沒機會做出動作。

喀鏘！

因為倏然失去力氣的強擊公牛們在階梯上站不穩，直接滾了下來。

倒地的無人機變得一動也不動。

即使如此，明莉等人還是用槍口對著它們等了一會兒。

「停下來了……嗎？」

「電量放電不會像電擊槍那樣啪滋啪滋作響，所以可能不太容易看出來吧。在紐約這種從國家機密到壞掉的按摩器全都愛埋到地下的地方要找條電線真不簡單，不過列車級的導電軌總可以代替干擾設備弄壞都卜勒電波了吧。」

只要是在電波傳輸障礙範圍內，就算被外行人的一般或智慧型手機拍照應該也連不上上傳的網站。換言之就是不用擔心「無自覺的偷窺」這條可能性。賀維亞用狙擊槍接連射穿直接設置於月台上的監視器。

只要 OBJECT 別跑出來，這個小朋友基本上還挺行的。

「好，總算做出『死角』了，那就隨便換件衣服開溜吧。就像在地下停車場或陸橋下換車子一樣。」

就在這時，狀況發生了。

啪滋！

伴隨著飽滿的聲響，無窗的地鐵月台突如其來地陷入濃密的黑暗。

『非常抱歉為各位乘客造成困擾。為了處理多種意外狀況，目前暫時切斷車站內的電力供應。照明、空調、通訊以及各種服務將依序恢復供應，為預防摔倒意外，請待在原地等待站務人員做出離場指示……』

這片突如其來的漆黑，簡直就像關掉電視遊樂器的電源一樣。

賀維亞聽著多餘的廣播內容動腦思考，然後大叫出聲：

「糟了！電源被關掉，電量放電也會停止！」

在被人捏住鼻子都不知道的黑暗中，喀鏘咖喀鏘喀鏘……聽得見一連串的金屬聲。當然，機器的眼睛可見光譜比人類更廣。即使處於停電狀態也不在乎。一旦不提供電力給支撐地鐵的第三軌，飛來飛去的電波產生的都卜勒效應先恢復正常，強擊公牛就無人可擋了。

緊鄰賀維亞的明莉發出了短促的尖叫。

「咿！」

「不行，不要胡亂開槍！這麼黑看不見一般民眾站在哪裡！」

「那要怎麼辦，對方可是能夠修正到夜視鏡程度準確地開槍打我們耶！」

手上的槍砲不是軍用規格而是隨便跟路人搶來的市售品，所以沒配備各種鏡頭或感應器也成了一個問題。

賀維亞．溫切爾果然無法成為庫溫瑟．柏波特吉。

緊接著大質量物體以猛烈速度殺向了他們。

7

在那當下，賀維亞不知道黑暗中發生了什麼事。

從結果來說，他們並沒有被強擊公牛們打成蜂窩。總而言之，有人從背後用手掌封住了賀維亞的嘴巴與慣用手的手腕，直接把他帶去某個地方。途中沒聽見類似槍聲的聲響。並不是第三者使用滅音器或消焰器消滅了聲音或火光，而是包括這些在內，完全沒有半點開槍的跡象。

但就現實狀況來說，強擊公牛們並沒有窮追不捨。

穿越兩道厚重鐵門後，強光猛烈刺穿了適應黑暗的眼睛。

視野好一段時間都沒能恢復正常。

「進入戰鬥模式而非行軍模式的強擊公牛比起使用攝影機分析影像，更擅長使用微波探人雷達或分析步行模式來選擇目標。」

他聽到一種爽快果斷的女性嗓音。

正是這人用手掌封住了賀維亞的嘴巴與慣用手。

「以電暈放電進行的擬似干擾之所以一時有效，是因為在封殺都卜勒電波的同時也妨礙了那些可作為自律判斷根據的電磁波掃描。著眼點不錯，只可惜沒能連正規雷達裝備一起封殺。」

「噗哈！」

賀維亞總算獲得了解放。

再加上視野徐徐恢復正常幫了個忙，他與其他馬鈴薯們一起連連眨眼，努力掌握狀況。首先，這裡是個等間隔掛著礦山用橘色吊燈的石造狹窄隧道。剛才摀住他嘴巴的是個銀色長髮與褐色肌膚極具特徵，身穿「情報同盟」指揮官級軍服的某某人。隨侍周圍的士兵們，也全都隸屬於「情報同盟」。

眼睛一適應之後原來也不過如此。

在反倒讓人覺得不夠可靠的微弱燈光下，有著銀色長髮的褐膚美女對他們做了自我介紹。一副慣於掛起笑臉的成年人表情與聲調。

「我是蓮蒂．法羅利特。軍階是中校。」

「……我可不想跟妳那隻不知握過誰的那話兒的手握手。我再也不想被你們『情報同盟』當成棄棋做牛做馬了。再說，那些強擊公牛不是你們的自主武器嗎？」

「如果我們真的和馬汀尼合作無間，你以為我們還會鑽這種『縫隙』嗎？假如那些東西歸我們管理，我大可以從一開始就把自己排除在目標設定之外。」

自稱蓮蒂的褐膚美人傻眼地說，但賀維亞與明莉等人連這條昏暗地下道是什麼都搞不清楚。

不過，這裡沒有那些花朵形監視器，或是形似蠻牛的強擊公牛。也就是說沒有監控全曼哈頓的梅莉．馬汀尼．艾克斯特德萊的眼線。只不過是這樣，這條昏暗地下道就比開闊的街道更有開放感……也有可能只不過是賀維亞已經承認自己是曼哈頓的敵人了。

「這座城市怎麼這麼多祕密啊……」

「地下鐵道……名稱上是這樣，但可不只是單純的鐵道路線。在南北戰爭以前的古老年代，暗中拯救眾多奴隸逃往國外安全地帶的組織以及其逃生路線，成了這個自由空間的設計主題。簡單而具體地說，就是對監視社會感到疲憊的特權階級在各種工程圖上動手腳做出的『縫隙』。主

要使用者為曼哈頓哥倫比亞統合大學的優等生，不然就是該校畢業的華爾街第一線證券營業員或律師們……反過來說，在表層部分挖了這麼大個洞都沒有喊痛，可見『曼哈頓000』應該是往海底加厚的構造。」

「結、結果不管說什麼都會變成炫耀曼哈頓的規格就是了？越聽越搞不清楚我們到底有沒有獲救了耶……？」

問題仍然在於它的規模。

面對啞然無言的明莉，蓮蒂也點點頭說：

「只不過『情報同盟』是藉由情報的管理狀況形成上下關係的勢力。以為騙過了高層，其實整件事情全都敗露了的風險也不是零。從根本來說，請各位抱持著沒有一個地方絕對安全的心態。」

已經無話可說了。

狀況還是一樣謎團重重。但是「情報同盟」似乎也不是上下一心。現在有兩個勢力；一邊是按照正常手續在某人的引誘下派出強擊公牛想除掉賀維亞等人，另一邊則是救起他們這些馬鈴薯躲到「監視之外」，把他們視為特例。

蓮蒂伸手碰觸自己的纖細下巴，說：

「我們也在關注『曼哈頓000』的動向……以目前情況來說，就是漸漸連非正規軍人都不再在意硬體所在的AI網路・卡帕萊特，以及與它隨時反覆對話的馬汀尼雙方的動靜，並認為有必要讓整件事踩煞車。因為即使人工智慧是正確的，一旦負責檢修的馬汀尼淨給出一些有偏差的回答，也有可能使得判斷能力出錯。踩煞車的方法我心裡有底，只是光靠最終王牌是玩不了遊戲的。為了撐到能打出最終王牌的場面，還是要湊足一定數量的『普通卡牌』才行。」

「謝謝妳禮貌充分地忽視別人說的話，多謝多謝，銀髮褐膚大姊值得感激的放置Play讓我的小弟弟都充血了。所以那個狙擊手到底是誰？光聽妳這套說詞，認為是你們自導自演把我們趕進地鐵車站不是比較自然嗎？」

「……要是真的是這樣就好了。」

然而，蓮蒂說出了讓人意外的話來。

不是ＹＥＳ就是ＮＯ，就算是狸貓與狐狸互相欺騙，他本來以為不外乎就是這兩個答案。

「關於『那個』，我們目前也處於難以判斷的狀況。因此，我只能說無法回答。」

褐膚美人聳聳肩。

然後說了：

「『情報同盟』本來就已經為了『曼哈頓０００』這件事分成兩派爭執不下，現在似乎又有別的問題鑽了進來——一個完全不同勢力的某某人。」

8

而待在高樓大廈屋頂上的「某某人」，也頓時停下了腳步。

儘管位置離參考多株植物互相彌補彼此花粉傳播範圍而設置、形狀如花的監視器只有短短的七十公分，但繞到類似喇叭或喊話器的視野後方也就沒什麼大不了。

曼哈頓在紐約當中是土地特別受限的人口最稠密地區。建築物本身的密度甚至超過新宿或香港。聽到有人從大樓的這個樓頂跳到下個樓頂可能會覺得身手不凡，但事實上只要有膽量，即使只有常人的肌力也能解決這個小問題。只要有在地上一公尺或一千公尺高都能同樣走鋼索的精神力即可。

賀維亞等「正統王國」的馬鈴薯衝進去的地鐵車站有四個出入口。身材細瘦的「某某人」在一個能把這些出入口一覽無遺的角落待了一會兒，最後輕嘆了一口氣。那人解除姿勢，把半自動狙擊槍斜靠著擺在混凝土的邊緣。比起多裝了一堆鏡頭以及感應器的玩意兒，先確認地面上的狀況要緊。

「某某人」先把心情問題擺一邊，冷靜地分析狀況。

……看來是追丟了。照那樣看來，也許哪裡藏了個「洞口」。

就在這時，「嗡！」一聲，比蚊蠅更讓人不快的振翅聲響起。

那是個像是用ㄈ字形支撐臂夾住需要環抱的巨大陀螺代替地球儀的器材。比較類似所謂的陀螺儀，但有些差異。其實是無需伺服器，光靠簡易迴路就能自主學習驅動系統，以同軸式旋翼在空中飛行的無人偵察機。

現在有沒有武器對著自己並不重要。一旦定位資訊被傳送出去，對方想從遠處發射精確導引飛彈還是派出特種部隊應該都不是問題。

然而「某某人」的表情毫不焦急。

「某某人」用手抵著細腰，從大小不合的腰包取出某種東西，一個個貼到自己的臉上。鼻子、眉毛、嘴唇，然後左右臉頰也貼一個以防萬一。簡直就像是「島國」的笑福面，或是戴上了整人玩具的大鼻子眼鏡。

只是前提是：如果它們不是從陌生年輕人身上剝下的人皮五官的話。

這人替整張臉施加了醜惡到無以復加的蒙太奇拼貼，唯有眼睛部分實在無法遮掩。這方面「某某人」用金色瀏海隱藏起視線做對應。

「耶～V字V字。」

光是這樣似乎就讓臉部識別失敗了，無人機在雙手比出V字的「某某人」正面像是追丟了目標般降落在屋頂平台上，然後用陀螺的動作在纖瘦人影的周圍轉了兩三圈，原地打轉到最後再次起飛，不知去向。

即使活像把脫掉的襯衫再穿回來的冰涼潮溼觸感覆蓋了整張臉孔，「某某人」顯得一點都不介意。

推翻既有的常規，超越本來該有的戰果。

為了達到這個目的，即使是「乾淨戰爭」下想都不會想到的作法，照樣毫不猶豫地實行。

……關於臉孔，數量最少的上唇有三個，指紋則是十根手指總共八套。「某某人」知道必須勤於更換才行，不過光靠那些港灣警衛可能開始有點不夠用了。或許得下去隨便「補充」一下才行。

「某某人」潛入曼哈頓時，基本上也是使用同樣的方法。

新加勒比島近海原本就不分「正統王國」「情報同盟」漂浮著沒人收屍的大量遺體。然後又發生了奧林匹亞巨蛋的那件事，連「信心組織」也加了進來。「某某人」只須隨手撿個死人割下皮膚，像布偶裝那樣把整個人包起來就準備好了。再來只要假裝成屍體用背泳的方式仰躺著漂浮在曼哈頓的警戒海域，利用洋流漂到曼哈頓的港灣地區即可。

當然讓活人看到穿著泡脹皮膚的可疑人物立刻就會發現不對勁，但只要溜進了對方懷裡，之後什麼問題都有辦法解決。區區港灣警衛，比玩狩獵遊戲解決一隻龍還輕鬆，然後就可以開始「剝取」了。

……另外意外的是，沒想到賀維亞等「正統王國」人員行事還滿有風度的。超乎規格的美味 OBJECT 就擺在眼前，最重要的是團隊精神。為了擊潰「情報同盟」，說真的「某某人」很希望他們可以不分青紅皂白鬧得再大一點，多吸引一些不必要的注意。

失敗了就失敗了，必須接受事實才能繼續前進。「某某人」迅速放棄滿是鏡頭與感應器的狙擊槍，換成別種武器。

這個才是「某某人」的真本事。

「好耶！『HAND AXE』。」

「某某人」重新揹起塞滿黏土狀塑膠炸彈的背包，手裡轉動著原子筆形的電子引信。

「某某人」費了好大一番勁才在這種狀況下弄到正版貨。最好可以撈回本。

9

「地下鐵道」。有如一條狹小隙縫的場所。

即使如此，賀維亞等「正統王國」馬鈴薯們總算是稍稍鬆了口氣。

「……方才我已經說明過，我們也認為『曼哈頓000』處於『失控』狀態。再說就算卡帕萊特本身保持純粹，如果負責檢修的馬汀尼不斷做出有偏差的回答，還是會漸漸失去它的正確方向。」

銀髮褐膚的蓮蒂．法羅利特在給人壓迫感的地下道一邊帶路一邊主動開口。她背對著來自敵國的士兵，邊走邊搖動穿短裙的臀部，不知是否屬於一種表示信賴的形式。

「好像說是……積極的自我否定？總之就算試著與信用度降低的馬汀尼系列——梅莉做接觸恐怕也得不到有益的結果，只會徒然洩漏我方的定位資訊。至於駕駛員 ELITE 則幾乎毫無存在感，應該是由馬汀尼與卡帕萊特對話，一邊以互相駁回意見的方式除錯一邊掌控『曼哈頓０００』。只要我們能親手讓卡帕萊特陷入沉默，馬汀尼就不見得還能夠獨自支配『曼哈頓０００』了。」

「不會是叫我們去把這麼個大到離譜的曼哈頓當餅乾一樣掰開吧？還是說要我們悄悄溜進在哪裡都不知道的 OBJECT 最深處幹掉 ELITE？我可不是老太婆偷偷藏在衣櫃深處的玩具。」

「我沒有想得那麼有勇無謀。」

他們在有著多個直角轉角的通道上走了一段距離，最後來到了一處開闊空間。

大小大概跟有點規模的市立游泳池差不多吧。不同於賀維亞與明莉的軍服，幾十名穿著黑色軍服的男性與女性，各自坐在地板上不動或是靠著牆壁。不知是怎麼開進來的，竟然還停放了幾輛防彈四驅車。

蓮蒂從黑衣部下（？）手中接過某種紙袋，傳給了賀維亞等人。

「這啥？」

「紐約特色商品。」

「……不會是追加的槍枝吧？」

「真不願去想像你對紐約抱持了何種偏見。」

褐膚美人傻眼地說完，從紙袋裡拿出香蕉果昔以及幾乎與沙拉合為一體的鮭魚貝果等等。顏色是刺眼的水藍色。奢侈的是似乎連點心都有，竟然還準備了粉紅色的杯子蛋糕。只能說不愧是「情報同盟」。整個品項完全是以適合打卡為第一要件。

看到「正統王國」的馬鈴薯們還是一副敬而遠之的表情，最後蓮蒂主動咬了一口貝果。看到對方已經試過毒，賀維亞與明莉等人才終於各自收下分配到的餐點。

「可惡，明明是敵人的施捨卻還真是美味又健康。」

「他們那邊的人只要不要亂投醫亂吃藥大概就天下無敵了吧。」

蓮蒂一邊吸引著所有人的注意，一邊帶著「正統王國」的馬鈴薯們走向四驅車。她用手背輕敲幾下後座的黑玻璃，然後告訴車上的人：

「我把能派上用場的人撿回來了。只是似乎少了個搭檔。」

『……這樣啊，呵呵呵。』

這傢伙是……？賀維亞眉頭一皺。

看不到長相，聲音也是透過對講機播放，無法作為判斷標準。說不定車上根本沒人，而是透過網路從另一個地方播放聲音。

即使如此，嘴巴放開香蕉果昔吸管的不良士兵仍然低聲說了：

「難道是『快擊手』的ELITE……？」

「是『格林033』。」

看來果然對情報方面斤斤計較，蓮蒂特地糾正之後說：

「這孩子的機體長期以來，一直在試驗運用一種叫做茱麗葉的系統。從實際情況來說，管理『情報同盟』整體運作的ＡＩ網路．卡帕萊特就是擴充與『格林０３３』……也就是你們所說的『快擊手』關係極深的茱麗葉，然後與龐大的巨量資料集合體羅密歐延伸出的整合式資料庫．蒙特鳩連線而成。」

「卡帕萊特與蒙特鳩……莎士比亞的兩大名門是吧。」

「說歸說，其實也就只是專案名稱罷了。實際上是不是一台對一台的關係還很值得懷疑。況且儘管有很多人自稱為有識之士，卻不見得有幾個人知道卡帕萊特的真正外觀。」

銀髮褐膚的蓮蒂先做點注釋之後，說：

「附帶一提，當時被迫負責開發的研究團隊似乎認為連接兩者而成的巨大系統一旦完成只會釀成悲劇。總而言之，被列為同個家族的茱麗葉與卡帕萊特具有相容性。換言之，只要這孩子使出全力就能介入。馬汀尼系列似乎是以數千人為單位細微分割『情報同盟』的各部門反覆進行對話，但那孩子一個人就能應付整個ＡＩ網路。只要用跟她平時熟悉的操縱系統完全相同的感覺，應該就能對付得了整個巨大的ＡＩ網路．卡帕萊特。」

蓮蒂緩緩呼出了一口氣。

「總之只能先把卡帕萊特跟『曼哈頓０００』分割開來。馬汀尼作為紐約維安人員介入到多深還是個未知數，但我不認為少了不具實體的卡帕萊特這個支援，她還能支配那麼巨大的硬體。」

「就像即使是廚藝了得的年輕貴婦，全電氣化住宅整棟停電也沒轍了？」

「或許比較接近常用的食譜網站閉站了吧。只要能成功阻止『曼哈頓000』，應該就能制止逐漸擴散至全世界的混亂局面。」

「假如真的是這樣，怎麼可能還會在這種陰暗的地下縫隙像恥毛一樣縮成一團？該死的『情報同盟』，你們葫蘆裡到底在賣什麼藥？」

「這是有很多原因的……」

講到這裡，蓮蒂．法羅利特露出像是實在無奈的神情嘆了口氣。

「現在『曼哈頓000』已經暴露出作為世界最大級 OBJECT 的本性，但你們應該也知道在這件事發生之前，這裡本來是誰都能自由進出的紐約黃金地段。換言之，就算有『安全國』的民間人士待在上面也不奇怪。」

「所以呢？」

「……這件事發生之後沒多久，那孩子的父親就失去音訊了。」

蓮蒂轉頭看向忙著吃貝果的賀維亞等人，把背靠在防彈四驅車的側面。

厚實的車門必須透過對講機才能聽見車外的說話聲。

「我們也已經盡力搜索了，但能力範圍有限。所以到現在還是無法會合，造成那孩子的狀況只能用最差兩個字形容。這方面已經有軍醫與戰地心理輔導員做擔保了。讓她就這樣展開攻擊行動收不到像樣成果。」

「……」

也許有人會覺得軍隊事事講求紀律，不能說這些蠢話。但是實際上，在選拔狙擊或拆彈等特殊作戰成員時，精神層面等身心狀況也是判斷的有效因素之一。個人力量占了極大比例的駕駛員 ELITE 就更不用說了。

「……畢竟那孩子真的與完全置身事外的父親羅伊斯先生很親，無論兼任偶像與 ELITE 被迫跑完多沉重的行程，只要爸爸來叫起床就會立刻跳起來了。」

蓮蒂略微瞇起眼睛，搖了搖頭。

「總而言之，硬是強迫她上場也得不到期望的結果。首先得設法救到這位父親。當然必須是平安無事。」

「謝謝妳講這個賺人熱淚的故事，但本大爺的老二還是一樣硬好嗎？叫我們在這個高樓大廈密度爆表的曼哈頓找出一個人？不是說曼哈頓上面包括短期旅居者總共坐了一千萬人嗎？」

「已經有個大概的眉目了。我不是說過嗎？我們也在能力範圍內盡力搜索了一段時間。」

蓮蒂也差不多，沉重地嘆一口氣之後說：

「那孩子的父親在事件發生時，於原本位於北邊的中央公園斷了音訊。『曼哈頓000』起動時並不是完全沒出現混亂場面。儘管不到人員傷亡的地步，但像是當天來回工作或前來觀光的很多人都孤立無援沒地方住，飯店等住宿設施全都大爆滿。所以大型公共設施似乎正免費開放，以臨時收容這些人。」

蓮蒂舉起一隻手後，一名黑衣人丟了個筆記本大小的平板電腦過來。當然，多餘的通訊一定都做了隔絕。

「這是羅伊斯先生的照片。手機等聯絡方式第一時間就試過了。定位資訊也是，一切不得而知。他好歹也是一名記者，再怎麼說也不會在這種狀況下主動關掉手機。應該是被第三者沒收了行動裝置。」

「我看……也不見得就是馬汀尼系列的陰謀。中年大叔的智慧型手機看在混混眼裡就像是一小塊金條，況且無論哪裡都有人喜歡趁火打劫。」

「但仍然是頭號嫌犯就是了。」

銀髮褐膚的女性指揮官，用有別於芙蘿蕾緹雅的有禮但冰冷的聲音說：

「既然不可能直接聯繫羅伊斯先生，就只能解讀避難手冊來推測人潮流向了。地點在從中央公園再往前走的上城區，本來位於西北方的晨邊高地地標——常春藤盟校之一的哥倫比亞統合大學。按照規定，這裡會收容在該區附近孤立的一般民眾。」

「所以要從那裡抓出 ELITE 的父親來個感動相聚？」

「是的。本來與中央公園北端接壤的是哈林區，但那裡有些地方不能說治安良好，因此幾乎不可能讓不熟悉街區潛規則的外人大量進入。如果那孩子的父親平安的話，應該是跟其他許多民眾一起被收容在晨邊高地的大學校內。」

「又是幾乎又是應該的……叫我把性命託付給比隨便一個小鬼心猿意馬想像的女人下體還模糊的東西？」

「我是要你們在能力所及的範圍內搜索……實際動身的時候，光憑我們現在所在的『地下鐵道』不足以架構路線。只能回到危險的地面，在受到不知AI網路．卡帕萊特的硬體位置也不在乎，繼續與它對話互相駁回意見以握住其韁繩的馬汀尼系列捕捉的狀態下，強行衝過曼哈頓的街道了。」

聽在實際上與大量無人機打過一場並到處逃跑的賀維亞等人耳裡，這番話帶有的「重量」沉甸甸地壓在他們心頭。

不只如此……

「……方才我已經說過，目前在這『曼哈頓000』當中除了敵我雙方之外，還潛藏著一個行動基準完全無法推測的第三者。各位已經被那人使用狙擊槍與穿甲燃燒彈趕出的強擊公牛襲擊過，所以也應該很清楚。我們無法對路上狀況進行風險管理。」

10

感覺很不可思議。

「嗯——……」

燙著霸氣公主捲的呵呵呵，在黑色烤漆的車內一邊抓住自己的上衣，一邊偏著頭。她正在把逛街用的便服換成貼身的 OBJECT 操縱用特殊駕駛服，但不用說，她與眾人的目光之間只隔著一塊玻璃。

不過由於是黑玻璃，因此只有她看得到外面，外面應該看不見車內的任何東西。即使她明白這個常識，卻還是覺得穿著兩件式手術衣或是暴露柔嫩肌膚時與錯覺無異的虛構視線似乎頻頻扎在身上。

真的看不見嗎？

而不是其實看得見，只是好心裝作看不見？

「就像一種縮圖呢。」

單方向的情報傳遞。上級掌握了下級的情報，下級卻連被上級偷窺的可能性都沒考慮過。這就是「情報同盟」的真正內涵。以目前這個場合來說，是呵呵呵隔著黑玻璃觀望群眾，抑或是假裝如此的群眾在觀望呵呵呵？知道答案的不是當事人，而是以更高一層視角下判斷的高階掌權者。而那個掌權者，也一樣受到更高一層的視角所監視。關係圖就這樣不斷延伸。

想這些一點意義也沒有。

就常識來想，結論當然就是：這只是普通的黑玻璃。體型纖瘦的少女呼一口氣，然後脫掉粉絲看到可能會很驚訝、意外地孩子氣的內衣褲，慢慢套上專為自己量身打造的特殊駕駛服衣袖。駕駛員 ELITE 似乎有的會穿內衣褲有的不穿，而呵呵呵都是以一絲不掛的狀態穿上特殊駕駛服。或許也是取決於穿它的人對這件駕駛服抱持何種印象吧。以呵呵呵來說，她對它的定義近似泳裝而不是外衣或內衣。這樣一想，穿著內衣褲只會讓她覺得不對勁。

「嘿。」

連脖子都徹底包覆起來，少女把整件特殊駕駛服穿好。只是即使如此，呵呵呵的身體曲線仍然連每一根纖巧肋骨都完整地清晰浮現。

茱麗葉與卡帕萊特。

兩者基於其開發過程，在操縱體系上具有相容性。

（……雖然不是「格林０３３」本身受到關注有點令人生氣，不過就算了吧。照這樣看來，大概也沒有比我更優秀的人才了。）

既然「正統王國」與這事關係匪淺，不知道那個少年是否也來了。

雖說是少數但也有個幾十人。哪個人在哪裡，無法正確掌握清楚。

她無法否認自己心懷這種期望。

「呵呵呵。今天這場戲由我主演，我才是聚光燈下的女主角！」

11

『累了的話請隨時告訴我。我已經從地球的重力獲得解放了，與雙腳步行的疲勞無緣，所以不太會掌握分寸。６３６。我早就為了這種場合增加了無人計程車的數量，紐約的地鐵也弄得乾淨多了！』

「……妳想坐著這個救生圈去搭計程車或地鐵？」

『好像……還不賴。９８４。如果我扭動著腳趾看著司機或站務員為我服務，說不定魔法就會解除喔。搞不好對方會發現到有哪裡不對勁。就是這樣！呵呵呵呵。』

真是粗心大意。未經審慎考慮的一句話，讓利用穩重大方氣質掩蓋變態性情的某某人嘗到了某種甜頭。這種人竟然還能兼任ELITE，真是可怕。

芮絲與梅莉這兩個馬汀尼怪物像這樣你一言我一語時，正好來到了中央公園。

這裡本來應該是在超高摩天樓櫛比鱗次的曼哈頓當中，將街景切割掉一塊長方形區域鋪展而成、全長將近四公里的巨大綠色公園。

如今蕩然無存。

地面中央切出一條縱向直線，像是雙開門那樣向上掀起。而且金屬材質的四角形大洞當中，冒出了一座斜傾巨塔。如同突擊步槍底下加裝了榴彈發射器那樣，兩門大小不同的火砲上下相依。

穿黑軍服的少女神色嚴肅地瞇起眼睛，說：

「電磁投擲動力爐砲，是吧。」

『非常好懂對吧？４３９。事實上「曼哈頓０００」引進了四十四種主砲系統，但大家都只乖乖注意這一個。好像誰都沒有想像過，強烈的背光後面有著什麼東西！』

希望它就只有這一百零一招，是只有一個強項的OBJECT。或許是這種願望讓視野變得狹隘了。

讓遊戲機與「曼哈頓０００」直接相連的梅莉移動收納自己臀部的大型救生圈，熟門熟路地走過開了個大洞口的中央公園旁邊。上城區，上東區，麥迪遜大道。這塊花朵般監視器的密度向上提升的區段，屬於一件包包或童裝的價格都能與藝術品匹敵的超高級街區。不知是不是受到了異於剛才那些地區的奢華氣氛所刺激，身穿鮮紅紙製兩件式手術衣的褐膚少女拚命抿起嘴唇細細發抖。由於隔著一棟大樓的旁邊就聳立著往上掀開的中央公園，因此已經毫無日照權可言。而且那邊的蓄水池以及博物館應該也配合著「牆壁」垂直貼在上面，所以八成已經變得像超現實室外藝術一樣了。

不知是閒著沒事還是摸起來舒服，她一邊用拇指指腹按壓遊戲機兩邊的類比搖桿，一邊說：

『對了對了，我想到了，芮絲。我有個問題想問問跑遍全世界的妳。９４８。妳知道一名叫做羅伊斯的記者嗎？』

「這人怎麼了？」

『０９５。他現在人在我這邊。』

「……妳開始介入新聞媒體了？如果是這樣，以情報戰來說我只能給最低評價。」

『新聞！媒體……！啊啊，啊啊，聽起來真是太美妙了！７０７。與網路的暴露洩漏相比之下，別有一種正式公布所特有的危險音色餘音繞梁呢。呵呵呵呵呵。』

大概是把計算工作交給超乎規格的OBJECT處理了，穿著紙製手術衣的褐膚少女連同救生圈一起輕微彈跳了一下，芮絲用有些冷淡的目光觀察她。

就算連硬體的所在位置都曖昧不明的AI網路抱持著正確想法，只要這個監視人員故障了就沒有意義。

已逝的琵拉妮列發言中提到的，摧毀馬汀尼系列的方法閃過芮絲的腦海。芮絲與梅莉是舊識，但利用什麼積極的自我破壞讓琵拉妮列失常的諸神黃昏腳本的存在，確實也散發出令人發毛的壓迫感。如果有人問她現在敢不敢全面信任梅莉，她很難點頭。

畢竟芮絲連自己都信不過了。

『附帶一提，我也是情非得已。打開中央公園時，他似乎不巧待在門縫的位置！779。我就直說了，他摔進了機密區域……主砲的存放空間。不過也就是摔在貓道上面，所以好像沒有摔得很重。』

「……」

看到芮絲不知道該說什麼的複雜表情，只穿著鮮紅紙製兩件式手術衣的梅莉也緩緩嘆了口氣。就像在說「我當初反應也跟妳一樣」。她對著遊戲機螢幕吹一口熱氣後用自己胸前的油紙稍微擦擦螢幕，接著把堪稱平板裝置進化型的遊戲機畫面轉向芮絲。

『附帶一提，就是這麼一位鬍子大叔！153。老實說不是我的菜。被不喜歡的類型強行暴露祕密，也是一種不錯的狀況……！』

「再不收斂點我就要討厭妳了。」

畫面上顯示的似乎是影片檔案。

一個太過重視家人而疏於照顧自己的人生，顯然賣力工作認真繳稅，連偶爾得到的獎金或支薪假都全部用在老闆安排的連假上結果不幸碰上大塞車；這樣一個隨處可見的中年男性正在用惶惶不安的表情四處張望。

『讓我跟我的家人聯絡，拜託。我是記者，自認為對你們的規則有一定了解。我會保守祕密，不會多嘴。不然要監控我也行，我想跟我的孩子報一聲平安。又不是網路作家追查「信心組織」方面禁止調查傳說的下場，沒必要做到這種地步吧。求求你們，是那孩子提議約在中央公園的，她一直得不到我的音訊，可能會開始責怪自己。我就像這樣好端端的，不需要這樣傷害她吧？讓我完成做父親的職責好嗎……』

當然「情報同盟」的天才們沒有重感情而愚蠢到會只憑外觀印象判斷一個人。在同一個畫面中，從呼吸、脈搏、發汗到眼球與臉部等肌肉的移動方式，都同時做了鉅細靡遺的數值紀錄。

結果芮絲看完數據，只能擺出一本正經的表情。

「……搞什麼啊，傷腦筋了。完全就是個好人嘛。雖說是處於緊張狀態，但這點程度就讓收縮壓升到兩百二十啊，真擔心是不是壞膽固醇過高。」

為了保險起見，從過去的學歷職涯到存款資料、網路搜尋與網購等紀錄、社群網站以及討論區的發言也都挖了出來，但一樣是完全清白。沒有把柄到了讓人甚至想懷疑是不是雙面生活所使用的分身帳號。

『這件事對大家來說都很不幸。如果這人是個披著羊皮的狼，有任何可以見死不救的理由的話還可以做囚禁或是槍殺處理，但這麼正直清白的人就非救不可了。600。所以暫且不做處分，將會送往一般避難所。畢竟軍隊就是用來保護民眾的嘛。』

褐膚少女也沉重地嘆一口氣，如此說道。

……乍看之下（除了奇妙癖好之外）像是具備了正常的良知，但她事實上就是負責紐約警衛保全的馬汀尼兼駕駛員ELITE，換言之就是對同屬「情報同盟」的修護艦隊發射電磁投擲動力爐砲的真凶。況且還有諸神黃昏腳本的存在。她也有可能在積極的自我否定下，卯足全力航向與安全選項相反的方向。妄下斷語會有危險。

在對付琵拉妮列時，卡帕萊特變得「看不見」大量民眾排斥監視器或電郵遭竊的紐約。即使人工智慧本身保持純粹，假如身為檢查系統的馬汀尼系列一齊進行錯誤對話，也有可能造成卡帕萊特對自身的正確性產生動搖。

芮絲冷靜地觀察，甚至用淡淡微笑隱藏起內心冷靜的事實，說：

「既然已經降級為一般避難了，那還有什麼問題？」

『在那之前他可能會先死於胃潰瘍或幽門螺桿菌，得想想辦法才行。不過既然連妳都說不認識了，看來只能依靠羅伊斯先生所說的家人嘍！657。』

「小孩是吧。也在曼哈頓嗎？」

『100。有助於降低壓力值。而且妳可能會嚇一跳，就是這樣！套句「島國」的話，就是雞窩裡飛出了金鳳凰！』

「？」

『也就是第二世代「格林０３３」的駕駛員ELITE嘍。７１０。』

「……茱麗葉的？」

芮絲的聲調壓低了一階。

把臀部卡在大型救生圈裡的梅莉，也點點頭瞇起眼睛。

『就是跟卡帕萊特的開發過程做了對應的那個。它應該能夠從不同於我們馬汀尼的角度切入ＡＩ網路。羅伊斯先生是個如假包換的好人，而且握有重要人脈。所以我這邊連繼續進行保護管束的藉口都沒有。８９０。這下要是遇到「意外事故」，事情就要一發不可收拾了。』

12

「……哦？」

13

曼哈頓的地下。即使是穿梭於都市結構空隙鋪設的「地下鐵道」也有它的極限。

就在金屬捲門的旁邊，面對潛艦般厚重的鐵門，賀維亞・溫切爾發出了呻吟。

「糟透了，可惡。世界就不能趁我打完飛機嘔氣睡覺的時候恢復和平嗎？」

對於這句話，銀髮褐膚的蓮蒂・法羅利特感情毫無起伏地回答：

「一旦四大勢力之一完全屈服，就會陷入全球性的失控戰爭。勸你還是認清無處可逃的事實吧。」

嘎嘰，嘎嘰，喀嘰！接著又傳來一陣好幾種金屬互相碰撞的粗重聲響。靠在門邊的賀維亞與明莉等人神情疑惑地往聲響來源一看，只見一個把長髮燙成霸氣公主捲的G罩杯魔鬼身材正往這邊走來。

是「情報同盟」軍的駕駛員ELITE兼頂級偶像沒錯，但是……

「好大。會不會太大了一點啊！都、都快有四公尺高了，這個站著就能灌籃了吧！」

『呵呵呵。別看它這樣，基本上還是屬於動力服喔。』

「動……」

明莉驚愕得說不出話來時，銀髮褐膚的蓮蒂從旁補充：

「這是在『情報同盟』的機器人展示會上展出的概念機，不重視實用性。雖然幾乎沒有用處，但光是讓它在倉庫裡沉眠就能每年騙到一筆不小的維護檢修預算，所以我們部隊都將它當成『搖錢樹』小心呵護著。」

竟然跟要不得的大人內幕有關。

「它、它當成兩把手槍揮來揮去的大東西，那個是什麼？與其說是武器，倒有種拆掉外殼的實驗器材的味道……」

「應該是用卡車運送，再用砲座固定的連速光束砲吧。原本是空陸兩用的暗殺武器。據說是為了伏擊那些只避開滿載雷射光束的OBJECT預先選好路線的ＶＩＰ專機或防彈車，把它們燒個精光而開發的。結果說是沒有動力爐就會陷入輸出不足的問題。」

「咿咿咿……一、一定也是參考『快擊手』設計的吧。」

「用什麼武器很重要嗎？開那麼大一件動力服，握個拳頭就能把戰車艙門打穿了啦……」

儘管大小觀念錯得離譜，以身材比例來說終究還是符合人類型態，就是個Ｇ罩杯偶像。無論實際上胸圍多少身材比例並沒有改變所以Ｇ罩杯就是Ｇ罩杯！而且可能是維修所需的關係，經過身邊時還會傳來一股像是洗髮精或潤絲精的花香。看來偶像散發的香味果然不是香水而是香皂。

而相較於身高不到兩公尺的賀維亞，將近四公尺的Ｇ罩杯一站到身邊，怎麼看就是會變成低角度。他一邊用手掌連連拍打人造屁股一邊說：

「哦，哦哦。感覺好神奇喔，正常的柔軟觸感反而感覺很詭異。這個屁股都給我帶來一股壓力了，有種會被活埋的恐懼感……」

『第一次可以當成「意外」原諒你，但從第二次起就會視為「蓄意」給你一腳嘍。呵呵呵，

就像純種馬那樣。』

根本不是看敵國偶像看得入迷的時候。一旦蛋蛋都縮起來了，想發揮男性雄風也力不從心。畢竟震撼性已經不是建設用鋼筋二刀流能比的了。本來應該用卡車運送置於地面用椅子固定的特大號最新武器，被它就這樣拿在手上左右各一把揮來揮去。要是被這種野蠻握力往蛋蛋一捏就生無可戀了。

明莉也沒好到哪去，被連速光束砲好像在強化玻璃實驗器材外面硬是蓋上複合裝甲的砲身嚇得花容失色，說：

「這、這樣不是跟本人沒兩樣嗎？站在你們的立場，不是應該瞞著『情報同盟』本隊偷偷行動……？」

「樹要藏於林中。梅莉那邊的情報收集能力很優秀，所以我們可以反過來利用。請看這邊，走光一下。」

「Made in……Nauyoke？」

「拼錯 New York 的方式還真讓人無言！價格標籤也寫著一九九．九美元！搭乘兵器怎麼可能這麼廉價啊當它是車主陸續意外死亡的鬧鬼二手車嗎！」

意思大概是認為，誰看到這個都不會把它當成真貨吧。「情報同盟」的品味真讓人有點難以置信。

「什、什麼東西都還是正常尺寸最好。怎樣都好，拜託給我一副『情報同盟』產的ＶＲ眼鏡。

在我躲進自己的世界裡打手槍的時候你們愛去拯救世界就去吧。」

反正不管怎樣，就算跳上划槳船逃離曼哈頓，一拉開到適當距離就會遭受到多采多姿的砲擊從世上蒸發了。賀維亞與明莉等「正統王國」的馬鈴薯總得解決好曼哈頓的問題，否則別想活著回家。

「『情報同盟』的什麼手指暗號還是走路方式都跟我無關。我們要照我們的作風自主行動，你們別扯後腿就好。」

「只要能請你們充當肉盾或誘餌，我們就沒話說了。」

「知道了妳閉嘴吧肉感指揮官。好啦，上車吧，明莉。」

當然，雙方根本不講求什麼默契。

連最低限度的數到三都沒有，「正統王國」與「情報同盟」就各自行動了。

咚啪！

塞滿了馬鈴薯們的三十公尺十二噸黃色校車把金屬製捲門當成溼紙張一樣撞破。

久違了的刺人陽光，讓習慣了地下空間的賀維亞等人視野一時有些暈眩。

曼哈頓中城，中城西區。

「真是夠了，我們來啦，百老匯！」

「要是能晚上過來就能看夜景了。」

飛機跑道般的大道放眼望去滿是招牌燈或是巨大顯示螢幕。左右兩邊都是世界知名的劇院，無一遺漏。不用說也知道，這裡可是戲劇以及電影業界人人嚮往的聖地。既像花朵又像喇叭的監視器一齊捕捉到他們。眾多視線集中在他們身上。賀維亞明確地感覺到一種像是空氣緊縮凝固的壓迫感。嘎嘎嘎！大約三輛校車伴隨著這種輪胎的尖叫強行轉動龐大身軀，用不會致命的力道輕輕撞飛可憐的普通車輛，終於在曼哈頓最大的主要街道會合。

同乘一輛大型車輛的蓮蒂小聲呢喃告訴他：

「被發現了。」

「區區強擊公牛現在已經算可愛的了，我們這邊可是目送小鬼們上下學的十二噸大屁股老媽啦！」

道路交岔口正中央放了幾個岩石般的物體。是摺疊起四腳縮在地上的複合裝甲蠻牛——強擊公牛。一群不需伺服器，只靠簡易迴路就能臨機應變的自主武器。要是碰上普通四驅車的話大概能充當正面相撞也不受影響的屏障吧，然而黃色校車與其說是將其撞飛，不如說是直接輾過去壓爛了它們。賀維亞等人短短一瞬間忘記重力，然後隨著駭人的衝擊力道高速穿越交岔口。

「越過強擊公牛導致警戒等級上升。請對頭頂上方加強戒備。」

「那我們這邊也差不多該拿出祕密武器了。我們走，明莉！」

就在這時……

某種巨大影子飛過來覆蓋了他們的頭頂上方。那是……什麼？輪廓有點像是寬闊的雙刃劍。它似乎搭載了火箭引擎。為了不至於速度太快反而追過他們，還張開了像是四方形雨傘的配件。

代替一時掌握不到真實感的馬鈴薯們，蓮蒂大叫：

「是智慧隕石，都市空襲用的無人航空器！小心！」

那個似乎也跟蜜蜂或螞蟻一樣，能夠只憑現場判斷進行聯手行動。即使身陷包括短期旅居在內共有一千萬人熙來攘往、曼哈頓人口最稠密的時報廣場紛亂地帶也毫無顧慮。宛如寬闊雙刃劍的機身打開機腹，從高空中解放了運用ＧＰＳ與尾翼的擺動把誤差縮小到三十公分的精確導引炸彈。

說時遲那時快。

咻咚！黃色校車利用火藥的力量從內側將車尾砍飛。然後如同拔劍出鞘那樣，比它小了一圈的大型卡車從高速行駛中的校車滑到馬路上。

校車被猛烈炸飛，噴火巨塊翻倒後在車道上到處彈跳，但載著馬鈴薯們的大型卡車安安穩穩地閃過剛剛褪下的殘骸。

「完全自動駕駛果然可怕！憑一支智慧型手機就能為所欲為了！」

「早期擊潰多蘿西婭的戰車計畫果然是對的呢。」

話說回來，曼哈頓的民眾是否也該開始驚慌了？

還是說他們以為這是在拍電影？

賀維亞等人沿著規模最大的百老匯大道穿越中城西區，猛然駛進就在中央公園旁邊的上西城。他實在很想針對太過巨大的砲身講一句話，但頭頂上方正遭到即時攻擊，現在沒那個閒工夫。

「下一發要來了。」

「明莉！再脫一件，這些胃口被養大的紐約客說吊襪帶不夠讓他們興奮！」

駕駛座無人的大型卡車貨斗門被砍飛，這次換成幾輛黑色烤漆的防彈四驅車跳到馬路上。每次使用替身都會減少殘機，裝甲也跟著變薄，但也漸漸變得輕便而利於行動。

這裡是敵人的巢穴。多得是不須使用伺服器，只靠簡易迴路就能運用螞蟻或蜜蜂社會性聯手出擊的無人機，想全數破壞剷除威脅會沒完沒了。

應該想想不用打倒它們就能繼續前進的方法。

「下次就是最後一個了！」

「好戲要等脫光了才會正式上場啦。」

把防彈四驅車尾部用來裝載貨物的門往正上方掀開，賀維亞與明莉等人直接跨坐在輕量越野機車上跳向往後高速飛去的路面。

這次是真的一塊裝甲板都沒有了。

他們用血肉之軀承受著鋒利如刃的暴風。

然而比起車輛，機車的自動駕駛功能的確引進得比較慢。這樣就不用擔心突然遭受網路攻擊而被劫持了。

「那是什麼！除了強擊公牛還有別的東西，那個像是摺疊傘妖怪的東西是啥啊！」

『就認知上來說沒錯。那是砲手蝙蝠，摺疊起來只有接力賽跑的棒子大小，本來屬於個人攜帶的榴彈砲衍生款。丟出去就會自動張開翅膀進行自律飛行，可藉由操作外部終端取得敵兵頭上的位置，任選時機射出最大三發內置爆炸物。雖然命中精度只有中下，但可以用相當於白磷手榴彈的彈體粗略散播破壞威力。主要是利用爆炸與濃煙把敵兵從遮蔽物後方燻出來，算是以數量而非質量壓倒敵人的支援武器吧。』

講到這個，記得芮絲還是誰也在奧林匹亞巨蛋使用過會自己滾動的手榴彈。那個也不需要伺服器，只憑簡易迴路就能模仿昆蟲的驅動型態採取最佳行動，是「情報同盟」的自主武器。看到這些電子裝備，就讓人為了自己每次都得拔掉插銷把芭樂當石頭一樣扔出去感到可悲……不過反過來說，對方也會怕電磁脈衝或是微波攻擊就是了。

「在人口密集地帶用什麼白磷是瞧不起人嗎？一點讓人高興的要素都沒有。那麼那邊的特大陀螺又是啥！」

『那個是多用途陀螺，屬於空陸兩用的無人偵察機。雖然沒有顯眼的武裝，但搭載了震撼炸彈。一旦進入半徑三公尺以內就會散播八十萬伏特的高壓電流，請小心。由於不一定需要存取伺服器的關係，因此散布電流也不會影響到自己。除了對人體有害之外，也可能導致控制車輛的電子系統等基本部件故障。』

淡定的解說讓賀維亞的蛋蛋整個縮了起來。不用等到故障，騎著兩輪車昏倒就保證當場死亡了。

賀維亞一邊留意沒有輪胎或履帶卻能只靠陀螺的旋轉試圖衝撞越野機車的自主武器，一邊拚命思考。

就算說曼哈頓是超乎規格的 OBJECT，也不過是紐約這個巨大城市的一個區塊。從衝出「地下鐵道」會合的時報廣場到哥倫比亞統合大學粗估最遠不過十公里。只要忽視交通法規狂飆，不用五分鐘就能闖進校園。

『收容民間人士的哥倫比亞統合大學校內已被指定為禁止交戰區域。火速衝進目的地應該會是最安全的方法。』

「比起這個，呵呵呵那傢伙怎麼樣了！難道有開發能讓那個肥肥大屁股動力服騎乘的機車嗎！」

『我既不肥也不是大屁股！呵，呵呵，呵呵呵呵！麻煩你注意整體平衡，應該是完美黃金比例才對吧！』

『真要說的話，你沒有知道的必要與權限。也許很容易忽略這一點，但那孩子的存在本身可是我們部隊全體人員必須嚴守的機密事項。』

當掛在耳朵上接收無線電波的耳麥聽見呵呵呵的尖叫與蓮蒂．法羅利特的冷淡聲音時，賀維亞與明莉等人的越野機車已經衝進了問題所在的大學校區內。

在他們的正後方，一顆炸彈垂直落在與校區僅有一線之隔的位置，賀維亞咬緊了牙關。不需伺服器還是簡易迴路竟然不經大腦思考就這樣亂來。

「奧克、涅克斯……！」

「維持平衡！你想摔倒變成肉醬嗎！」

與賀維亞並排騎車的明莉，應該也注意到後面跟上的同袍被炸飛了。但他們不會使用能讓死者復活的回復魔法。

寬闊的雙刃劍特地張開方形傘調整速度，隨時占據他們的頭頂上方。賀維亞一面確認智慧隕石扭轉機身不顧闖進大學上方的空中，一面騎著越野機車在仔細修剪過的草坪上狂飆，豈料……

「！」

一陣衝擊突然來襲。

那東西衝過來，把他的越野機車前輪當成掉在地上的大蛋糕一樣壓爛。

（強擊公牛……！）

連倒抽一口氣的閒工夫都沒有。

被拋到空中的賀維亞蜷起身體抵銷衝擊力，在草坪上翻滾數圈。在他這樣做的時候，以四腳踏穩草坪的整塊複合裝甲重新正確地捕捉到他。無需伺服器，只靠簡易迴路就能自主學習的蠻牛速度極猛地衝過來，想把柔軟的人體撞碎。

無人機不怕死。

不管從正面射上幾百發九釐米子彈，都無法讓它停下來。

「！」

賀維亞連爬起來都嫌浪費時間，舉起（從曼哈頓民眾手中搶來的）衝鋒槍。這個動作其實很類似看到球飛過來快要打到臉上，就忍不住遮臉的反射動作。理性的部分在吼叫，告訴他開槍也沒用。

只能改變觀念了。

這場投入了大量無人機的戰爭，用的是另一套規則。

（把「基本」全部丟掉，想想怎樣才能生存，當個寶似的抱著槍枝與幾顆子彈結果變成肉醬就沒意義了！在這種時候，那個死傢伙碰到這種情況會怎麼做！）

「嗯喔喔喔喔喔喔喔喔喔喔喔！」

藉由意味不明的吼叫，先從意識開始擺脫舊觀念。

面對迫近而來的整塊複合裝甲，賀維亞拿下斜掛在身上的衝鋒槍，接著抓住掛肩用的帶子像原始人一樣甩動它。賀維亞壓抑住恐懼，正面緊盯對手，朝著強擊公牛的前腳把寶貝槍械像牛仔套環一樣丟過去。必須先捨棄掉「槍械是戰場士兵的命脈」這個基本觀念才能做出這種選擇。

以鬥牛聞名的牛雖然速度與重量都是一等一，但不同於馬術競技的高雅馬匹，跳越跨欄等障礙物的能力極低。等強擊公牛躲不掉一邊旋轉一邊往高過自己膝蓋位置飛來的衝鋒槍，前腳狠狠撞上槍枝之後就簡單了。

背帶纏住機器的腳，整個沉重的龐然大物就像四腳斷了一根的桌子那樣向前撲倒。

自己本身的速度與重量反而帶來壞處，機器轉眼間陷入無法控制的狀況。它速度快到幾乎像是一塊滾動的大石頭，猛然衝向癱在地上的賀維亞面前。

「要命！」

一時之間爬不起來的不良軍人，用往旁邊半翻滾的方式勉強逃過一劫。假如強擊公牛能用所有的腳踏穩土地，想必會在相距只剩一釐米之前反覆調整方向，對賀維亞窮追不捨。

（情況糟透了，簡直像是去親吻自己揉成一團的衛生紙內容物……）

幹掉它了嗎？

就跟車禍一樣。人類無法動手破壞大卡車，但卡車自己出嚴重車禍就會撞個稀巴爛。他已經丟掉保命的衝鋒槍了，至少希望能收到這點成果。

「……該死。」

賀維亞忍不住呻吟出聲。

在草坪上挖出一條線的前方，整塊複合裝甲倏然爬了起來。它用機械四腳踏穩土地，準備再來一次，確實地撞爛缺乏效率的肌肉集合體。

這下子是真的沒轍了。

（怎麼辦！再來是靴子鞋帶嗎！還是乾脆解開腰帶甩動自豪的命根子算了！）

然而，就在這時……

事情發生了變化。

嘶唰……！

伴隨著往燒熱鐵板潑水的蒸發聲，一個半融化的巨大陀螺形物體從旁飛了過來。這個邊飛邊在空中解體的玩意兒似乎是多用途陀螺。可能是內置的震撼炸彈配備出現了錯誤動作，機體散播出八十萬伏特的高壓電流燒壞強擊公牛的電子系統。這下無論是無需伺服器還是昆蟲群體理論都不重要了。

「嗚哦啊啊啊啊啊啊！」

與其說是消防車噴水式的一條直線，不如形容成細小光束連射比較貼切。遭到破壞的一方裝甲板也被挖出拳頭大小的洞，數量越來越多，轉眼間整個機體就被燒熔轟飛。情況比被打成蜂窩更慘烈，誰都不希望自己是那種死法。

連速光束。

不像對空武器中最具代表性的雷射武器，從旁也能看得一清二楚反而更加刺激正常的恐懼感。想單純地把它當成救援都不行。裝甲融化而成的橘色飛沫從臉孔旁邊飛過，賀維亞急忙壓低姿勢。

自稱 Made in Nauyoke 的四公尺魔鬼身材跟在越野機車的後面姍姍來遲。車前燈還配合著步伐極其自然地搖晃。真可說是技術人員的血淚結晶。

『呵呵呵，好好感謝自己的幸運與勝利女神吧。』

賀維亞望向那個像是硬把裝甲板蓋在強化玻璃實驗器材上的砲身，聲調厭煩地說：

「又是動力服又是不分對地對空的暗殺用試製光束武器……結果搞半天還是玩科技嘛。」

『當然嘍，你把戰爭當成什麼了？』

賀維亞等人可是渾身大汗加泥巴滿地打滾才能保住一條小命，對方卻一邊晃動著超乎規格的車前燈，一邊將左右兩手各一把的巨大連速光束砲像動作片的雙槍戰鬥那樣亂射就幫忙解決乾淨了。真要說起來，它能在那種空中隨時有無人機追殺的曼哈頓街道上優哉游哉慢慢趕來，就已經讓人覺得雙方是住在不同世界了。

明明是返回危險地帶，明莉卻特地讓越野機車掉頭回來，目瞪口呆地低喃……不，與其說是友情的力量，她或許只是害怕無秩序地到處亂射、未來感十足的光束武器誤傷到她，才會靠近過來。

「……哥倫比亞統合大學的校區內不是設定成禁止交戰了嗎！」

設置得到處都是的花朵形監視器依然保持沉默。既不肯幫忙洗刷冤屈又放任自己人違反規定，只能說做得真是有夠爛。是怎樣？難道除了偷窺高學歷女大學生之外就沒事可做了？

「不，等等。這個小傷痕我有印象。」

賀維亞看著像死蟲一樣四腳朝天的強擊公牛，發出了呻吟。

「這傢伙是在中國城撲向我的機體之一。就是這個傷痕沒錯，騙不過我這天才的法眼。」

四公尺高的公主捲進一步用連速光束砲掃射試圖靠近過來的強擊公牛或多用途陀螺將其一一擊毀，同時做了個歪頭的動作。在缺乏遮蔽或地形起伏的開闊場所，左右兩門的連速光束砲威力可說不同凡響。

『突然跟我說這個，我聽不懂。』

「之前發生過他說的事情……不過能讓『情報同盟』講出這句話或許是一種勝利的證明呢。」

下城區的唐人街與上城區的哥倫比亞統合大學位置正好相反。既然曼哈頓到處都是無人機，當時那台機體特地跑來這裡就完全不合理。

既然這樣，就有可能是某人把它帶來的。

一個是跟琵拉妮列同屬可疑的馬汀尼系列，或許已經中了積極的自我否定也說不定，把臂部卡在大型救生圈裡的褐膚少女。

另一個是……

「……明莉，還有混帳偶像。把妳們的手指扣在扳機上。」

「咦？」

代替壞掉的衝鋒槍，賀維亞從腰間拔出了可以使用同一種子彈的手槍。富裕的曼哈頓還真是充滿了物資。

不怕沒工具可以殺人。

「那傢伙來了。芮絲・馬汀尼・維莫特斯普雷！」

「法蘭克，準備開戰。」

而在哥倫比亞統合大學本館二樓的走道上，黑軍服金髮少女低聲說了。芮絲・馬汀尼・維莫特斯普雷的視線固定對著窗外的整片庭園。

『呵呵，呵呵，呵呵呵呵呵呵呵呵。在世界聞名的名校，常春藤盟校之一，穿著這種手指一勾就會破掉的衣服大☆潛☆入！008、774、868、229！標籤、標籤，更多的標籤！學校走廊有種冰冷拒絕外人的感覺，還挺不錯的。啊哈啊哈哈瘋了我瘋了這世界今天依然處於最佳狀態……！』

「梅莉，我可以開槍打妳嗎？」

『嗚欸噗咳哼咳哼！808。失禮了，我會認真做事。』

褐膚少女這邊可能正在關注隨處都有的花朵形監視器影像，把臀部卡在材質與特殊作戰用橡皮艇相同的大型救生圈裡看著手上的遊戲機，像是縮起伸展的翅膀那樣開始把四肢摺疊起來。面對有外人接近的情報，或許是顯露出了怕生的一面。

『438。回到正題，芮絲。我有偵測到襲擊，但仍然有幾個疑點，還是小心點比較好。』

「真不像是紐約維安人員會說的話。」

之所以用詞遣句總是有點敵意，或許是因為芮絲本身還沒能拭去諸神黃昏腳本的「嫌疑」。觀察自己不是一件容易的事。至於在救生圈上彎曲四肢變得像蝶蛹或胎兒似的梅莉則是（只能說至少表面看起來）處於認真模式。

可能是在意散熱問題，她一邊把薄型遊戲機當成團扇之類的扇子搧啊搧的，一邊說：

『因為光看這個無法追蹤到所有狀況啊。我不認為光靠孤立無援的「正統王國」餘黨可以採取這麼大的行動。319。推測有自家人從某處提供後援比較合理。』

「裝備充實，內部情報又被對方知道了是吧……」

『050。而且我不明白對方為什麼要對哥倫比亞統合大學下手。如果想對世界最大級的OBJECT「曼哈頓000」造成傷害，應該有更好的選擇才對！這裡就是因為什麼都沒有，才會被分配作為民間人士的避難場所。不知道是不是直接衝著我來。還是說芮絲，妳心裡有頭緒？』

「我也不清楚。」

芮絲輕輕揮個幾下手，傻眼地嘆氣。

「……不過，我知道對方有理由順手殺掉我。凶惡而專一的『敵人』就現實問題來說已經捨棄了安全的潛伏期，讓一大群無人機追著來到了這裡。既然主動讓生命受到威脅，可見不會是擺樣子鬧好玩的。我不認為能跟他們談和。」

『原來如此！591。』

梅莉摺疊起四肢，用有著柔嫩外觀的褐色大腿與腹部夾住遊戲主機，輕輕揮了揮形似遙控器的控制器。配合著魔杖的動作，隨侍於附近的其中一台強擊公牛依偎到芮絲身邊。腹部位置的複合裝甲開啟，裡面出現了可供人類使用的一大堆武器與彈藥。

芮絲卻反而皺起了眉頭，說：

「妳這什麼意思？」

『芮絲，妳是屬於那種放著不管也能自己組裝出所需物品的類型。這裡是學校，有各種各樣的工作室，所以玩起自由研究應該會比自家車庫更起勁。171。我會提供武器，妳如果能用可以掌握的武裝圓滿解決此事，就算是幫了我一個忙。即使從風險模擬的角度來說也是這樣！』

「雖然很有幫助，不過如果出了什麼意外，妳就說這些槍械是我擅自搶走的吧。」

『很遺憾，我沒那麼不要臉喔，芮絲。903。』

穿黑軍服的少女彈個響指後，身旁候命的青年就像獲准吃飯的看門狗那樣走上前去，開始從成堆的武器彈藥中做挑選。

「那梅莉妳呢？」

『妳要背脊骨受損的我暴露在槍擊後座力之下？749。跟平常一樣，麻煩的實戰就交給自主武器嘍。』

「我看行不通。」

芮絲拿起護身用的小型手槍，直接否定她的打算。

「對這次的『敵人』不管用。」

15

往燒熱鐵板潑水般的「嘶唰……！」蒸發聲連續響起。
來源當然是「情報同盟」呵呵呵搭乘的四公尺偶像。歪七扭八的砲身，就像是硬把複合裝甲蓋在強化玻璃實驗器材上。本來應該用卡車運送再把鐵樁打進地面固定使用的巨大連速光束砲，被一雙機械手臂左右各抓一把揮來揮去。即使是機身能抵禦一般（？）突擊步槍子彈的強擊公牛們，面對像是整個砲擊陣地用兩隻腳走過來的動力服似乎也無法照預定進行「狩獵」。當然，累積了八十萬伏特高壓電流的巨大陀螺──多用途陀螺的狀況也不甚理想。
自主武器的裝甲板被挖出拳頭大的洞，數量越來越多，轉眼間就像糖雕一樣被燒熔轟飛。
大學校舍內本來就有很多直線走道，想彎過轉角對強擊公牛滿身複合裝甲的龐大身軀來說更是困難。善於活用步法一面在掩體之間移動一面逼近目標的輕快身手，在這種場所難以發揮本領。無法完全躲掉左右兩門的光束連射。
『ELITE 果然才是戰爭的主角，呵呵呵！』
「別說這個了，注意頭頂的高度啦。用貴氣名媛 Nauyoke 偶像的腦袋邊走邊把天花板的螢光燈一塊塊刮下來能看嗎！」

這方面可能還是生於 OBJECT 時代的駕駛員 ELITE 特有的理論吧。

場面完全由歪著公主捲腦袋擦過低矮天花板的動力服獨占鰲頭。不靠個人的創意巧思，而是憑藉著以技術或資源支撐的大火力硬碰硬排除威脅。不用躲什麼掩體，用「攻擊就是最大的防禦」這種單純的道理逐步支配戰場。

『自己把這麼多民間人士聚集到一個場所，卻又在裡面放出戰鬥機動型無人機……』

「給那些惡棍太多時間，她們還會想到可以拿來當人質咧。在閒閒沒事的年輕貴婦被綁到複合裝甲騎馬機上之前趕快把問題解決了吧。」

『？你這次講話怎麼特別有惡意？呵呵呵，是「正統王國」敵國思想灌輸的成果嗎？』

話雖如此，賀維亞等人也不能只想著如何對付馬汀尼。第一優先當然是將呵呵呵的父親羅伊斯先生帶出哥倫比亞統合大學。

大學不像國中或高中，學生們比較著重自由，但或許也因此而比較容易惹禍上身。各處公告欄貼出的褪色紙張，有些正在徵求失蹤者的消息。其中似乎甚至有整個新聞社團前往「戰爭國」旅行取材（拿這當藉口不知去幹了什麼好事）結果全部斷了音訊。

「等這件事結束之後，妳真的就會願意動動十根手指頭阻止曼哈頓還是卡帕萊特對吧！」

『呵呵呵……其實我現在就想動手，可是軍醫還有心理輔導員全都說不可以。』

「只有深山裡的仙人才有辦法自己處理自己的內心問題呀。」

『……等一下，把我這個全球完美偶像說成老大不小了還離不開爸爸的戀父情結就不太對了喔。』

「喂，妳這段話是不是又給自己多加了一個屬性？又是偶像又是ELITE又是巨乳又是戀父的，這一客冰淇淋到底要堆幾球啊？」

或許偶像在這時代也得追求全方位發展吧。

實際上探頭看看附近一間教室，會發現只有兩三個學生一臉害怕地舉雙手投降。看來提供給附近地區民間人士居住的避難所不是講堂就是體育館，總之就是分配到了某個完整的大型設施。

『……早知道就直接去那些地方看看了，呵呵呵。』

「那些地方具體來說是哪些地方呢？也只能全部繞一遍了吧？」

用講的很簡單，但哥倫比亞統合大學是一所不分文系理系總共有幾十個校系學科，教職員與學生加起來共有兩萬人以上在校的巨大教育機構。廣大校區內所擁有的校舍或相關設施數量，就算粗略估計也無法用雙手手指數完。目前呵呵呵的連速光束砲還能發揮效果，但狀況依然不能樂觀視之。真要說起來，呵呵呵拿著揮動的東西本來是不分地空的暗殺用試製品，就跟其他大口徑高威力的火砲一樣怕被敵人逼得太近。複雜交錯的室內空間對動力服的龐大身軀來說，就跟強擊公牛一樣稱不上是易於行動的環境。

只要憑藉簡易迴路自動合作的強擊公牛冷不防衝出來，就有可能顛覆戰局。要是活用無人機不具生命的優勢，身上扛著反戰車化學砲彈就糟透了。不管怎麼樣，現在都不是四處張望亂晃的時候。

賀維亞稍微想了一下，說：

「……先去學餐吧。既然收容了這麼多民間人士，一定會面臨三餐問題。只要廚房裡有一張便條寫著大量餐點要送去哪裡，應該就不用毫無提示地把迷宮大學逛過一遍了。」

「賀維亞大哥只要不碰上 OBJECT 基本上就無懈可擊呢。」

『呵呵呵，只是在這 OBJECT 的時代恐怕沒機會一展長才就是了。』

「話說在前頭，這幾筆帳我可是全都記下了！」賀維亞大聲嚷嚷但沒人理他。一行人決定好方針在連接建築物的走廊上前進，一進入另一棟校舍就在直線走道上撞見整塊複合裝甲。雖然就是之前那些強擊公牛，但公主捲一面歪著頭削掉天花板的板子，一面像是打習慣了似的把左右兩手的連速光束砲當成雙槍朝向它們時，納悶地停住了動作。

它們排成了整齊漂亮的兩路縱隊。

沒有卡在路上塞車那麼單純。它們明顯是從一開始就經過計算，才會排成現在這種陣形。然後它們就像火車一樣默契十足地衝了過來。

『可惡！』

呵呵呵急忙搖晃著超乎規格的車前燈用兩門連速光束砲開火，但當然只有帶頭的兩台遭受到驚人的閃光連射，等它們被燒出一堆拳頭大的洞，被打爛到與融化糖雕無異的地步完成肉盾職責後，後方的同型強擊公牛就會接手繼續帶頭。然後就是不斷重複這個過程。在光束武器的橫颳大雨把全機打成蜂窩之前，只要有一台鑽進動力服的懷裡就是無人機群贏了。

自主武器不怕死。

實際配備了運貨以及屏障等功能的強擊公牛，拿自己當肉盾都不會猶豫。不需伺服器就能聯手出擊的怪物們踩過同伴的殘骸，明知自己也會同樣被踩爛，照樣毫不遲疑地向前衝。

「慘了慘了慘了！」

「怎、怎麼辦？如果用那種未來光束武器掃射都打不贏，我們就算拿散彈槍或手槍去助陣也沒用啊！」

哀叫半天也不會讓狀況好轉。

同樣地，也不可能期待自主武器有什麼慈悲心腸或良心呵責。

「混帳！」

賀維亞開槍把排滿走廊整面牆壁的縱長型置物櫃門鎖打壞，接著把裡面的替換衣物、行動電話或電影光碟等學生的私人物品拿出來丟個滿地。

「什麼都好，明莉總之妳把它們全部轟成碎片！」

散彈槍立刻朝著面前的地板噴火。細小顆粒般的無數槍彈同時飛出，把本來還能用的私人物品瞬間變成垃圾。被強行撕裂的殘骸變成細小碎片滿天飛。

到處亂飛的大量金屬片，達到了干擾電磁波或紅外線通訊的效果。

可能是與安全神話的 OBJECT 相比之下隔著裝甲還是會害怕，呵呵呵面對近在眼前的威脅似乎跟動力服一起雙腿發軟，連速光束砲類似蒸發聲的照射聲響消失了。但是現場爆開了另一種激烈巨響。不需要伺服器就能正確進行聯繫、像一列火車般展開行動的強擊公牛們開始接連發生追撞事故。

眼看強擊公牛們不用別人動手就自尋毀滅，大功臣明莉怯怯地問賀維亞：

「發、發生什麼事了？」

「現在應該不是平常那種潛艦模式吧。既然能夠靠自動控制順暢前進而不塞車，我看應該是用紅外線或雷達控制安全距離。只要用金屬箔片打亂它，它們就會自己連續發生嚴重車禍。喂，呵呵呵！妳要睡到什麼時候？都搞定了啦！」

『唔、唔嗚嗚……讓你們見笑了。』

過了一會兒，伴隨著發抖般的動作，原本還像小女生一樣癱坐在地的四公尺殺人兵器再次站了起來。伴隨著低沉的「咚」一聲，大頭馬上又撞碎了天花板上的螢光燈。

『不過話說回來，沒想到一個惡作劇就能讓它們全軍覆沒……看來完全自動駕駛這種玩具對大家來說還是太早了，呵呵呵。』

「不是有一種惡作劇是用雷射去照射足球選手或飛機駕駛員的眼睛嗎？假如從橫跨高速公路的陸橋上用那招去對付車載鏡頭，妳認為會怎樣？所以那些人都只談優點而沒有出現過半點爭議就對了？真可怕。」

對付根本不具生命的自主武器，一般小刀或槍彈無法發揮原有效果。磁力、鹽水、強酸、高溫、鏽蝕、飛蟲入侵……總而言之，看來需要專用的一套邏輯了。

既然強擊公牛之間是用無線電進行聯繫，那麼通訊中斷的狀況應該也傳達出去了。因此，把這些敵人解決乾淨並不能讓人鬆一口氣。趁著增援還沒陸續到來，賀維亞等人迅速溜進學生餐廳。

他們很想安靜行事，誰知一陣轟然巨響突然爆發開來。賀維亞與明莉等人縮起身體一看，只見四公尺高的呵呵呵像迷糊女僕那樣撞到了額頭。

『啊？』

「進門的時候小心點啦，妳腦袋都能頂到天花板了！」

廚房裡有個巨大的銀色冰箱。門上貼滿了大量的便條，把冰箱本身的顏色都遮住了。

「有了，找到了。是第一到第三體育館的大量配膳紀錄。地點都在這裡的東北邊。」

「才三棟？這附近街區的民眾不是都來了嗎？」

「說是體育館，但可是會被選為籃球或曲棍球國際大賽場地的巨大設施喔？你以為每一棟的收容上限是幾萬人啊。」

……照這樣看來就算抓出了地點，要從群眾當中找出單一目標恐怕又得費一番力氣，但總之只能樂觀地當成小有進展了。

『爸爸……』

「喂，大叔控偶像。有閒工夫讓全世界的中老年人作夢的話還不快辦正事？」

『可、可以請你不要指著別人的家長說什麼大叔啊中老年人啊這種血口噴人的話嗎！』

「打擾一下，妳弄錯應該第一個否認的地方了喔。又戀父又情結的部分已經不用否認了是嗎！」

就在雙方這樣爭吵的時候……

某個東西從廚房的出入口滾了進來。那個大小類似髮膠罐的圓筒容器，其實是拔掉了插銷與保險桿的手榴彈。

「等……！」

連提出疑問的時間都沒有。

緊接著，廚房突如其來地爆炸了。

16

遭受到爆炸熱風與衝擊波侵襲的並不只有賀維亞等人。

接受設計圖或花朵形監視器的支援發動攻擊的芮絲等人，也被牆壁建材的細小碎片灑得滿頭，雙手按住發痛的耳朵皺起臉孔。

「法蘭克！不是跟你說了要非致命性的閃光彈嗎！」

『芮～絲，這應該怪不了他吧。閃光彈只不過是極力減少爆炸帶來的殺傷作用，容器本身還是會炸開的。沒有電影或影集裡演得那麼安全。１１０。還有妳忘了嗎？在廚房引爆也有可能會傷到天然氣相關管線啊。』

17

雖然在近距離內發生了猛烈的瓦斯爆炸，但對賀維亞等人而言也有幾點幸運之處。

首先，不同於軍事設計的手榴彈或地雷，爆炸熱風並沒有以小顆鋼珠等構造加強殺傷效果。

第二，他們這邊有個反人員榴彈程度的武器可以正面擋下不受影響的四公尺動力服。

換言之只要魅惑人心的女巨人偶像緊急採取行動撲到他們身上，賀維亞與明莉等人就等於逃進了臨時避難所。

「唔嗚嗚。看它車前燈會搖本來還有點期待，可是好重，重得要死！這樣根本就跟天花板掉下來的陷阱壓死人沒兩樣啦混帳東西！感覺就只是被吸飽了水的塑膠厚布悶死！」

『我這個偶像派ELITE好歹也挺身保護了敵軍的小兵，卻一點感動的味道都沒有呢。呵呵呵。』

看來這點程度的撞擊連讓四公尺公主捲發生一點特殊動力服爆衣場面都辦不到。全身而退。

他們一邊隨口拌嘴的同時，呵呵呵已經用比機械更精準的動作揚起了手臂。她將右手裡的連速光束砲毫不留情地對準投擲者。

比起光束武器本身的初速，更重要的是手臂的揮動。

粉塵後方有幾個人影被閃光的短促連射追著跑，就在呵呵打算進一步給對方致命一擊時，砲身被炸歪的連速光束砲在她手中爆開了。大概是電容器等部位受損了吧。畢竟本來就像個蓋上裝甲的強化玻璃實驗器材，比起當事人，旁觀的賀維亞等人反而更是嚇得縮成一團。

「爛試製品！不要在手裡弄破驗尿瓶啦很危險耶！」

「手掌應該是關節最多最脆弱的部分對吧？我還聽說盔甲工匠也說只要看這個部位就知道技術高低。而它竟然讓火砲在手心裡爆炸還能夠毫髮無傷……」

沒得到什麼評語。呵呵呵改用左邊的火砲，但一樣沒有反應。四公尺公主捲把不堪使用的兩門連速光束砲的殘骸往對方一扔。畢竟原本可是要用卡車運送在地面打樁運用的固定式火砲。光是憑著機械臂力把比槓鈴鐵棒更重的金屬塊投擲出去，就能達到綽綽有餘的殺傷能力。

「芮絲……」

這麼做，或許極端缺乏效率。

或許就跟在戰場上特地把自己的位置或狀態告訴敵人一樣愚蠢。或許現在應該優先制伏可能是失控起點的梅莉才對。

但是賀維亞大叫了：

「芮絲．馬汀尼．維莫特斯普雷！」

「真是個勤勉的復仇者。我不知道你都在做什麼，但是事情鬧得這麼大，你以為我這邊會按兵不動嗎？多少人闖進大學裡來都一樣。就讓我把威脅一個個摘除吧。」

牆壁與門都被那場爆炸吹飛了。周圍滿是粉塵造成視野不清。腦袋裡原有的掩體或射擊線等相關圖全亂掉了。賀維亞能想到的確切手段只有一個。

「呵呵呵站到前面去，只有妳當肉盾最可靠！」

『呵呵呵，智力退化到無人機程度了呢。就像是工作第一個被ＡＩ搶走而懷恨在心的人類。』

當然引來了連番抱怨，不過呵呵呵大概也了解情況吧。動力服用大頭削掉天花板，同時讓車前燈與步伐準確同步搖晃，比賀維亞與明莉更快往粉塵深處踏出一步。

咚磅！

緊接著，金屬互相碰撞般的沉重聲音響徹四下。

『哦……？』

眼前的動力服胸口中央遭到一發攻擊，背部一陣搖晃。然後它就這樣一屁股跌坐向賀維亞等人這邊。險些沒被自己人的巨臀壓扁的馬鈴薯們驚險萬分地往左右兩邊逃開。它似乎被某種驚人的玩意兒打中了。明莉忍不住想伸手去扶跌坐在地的呵呵呵，但賀維亞不一樣。全身完整包覆著將纖維素奈米纖維織成網狀的仿保溼性矽膠以及厚實複合裝甲的呵呵呵，不需要別人從外面來照顧她。還不如先設法解決發射來源，否則將會無法阻止後續第二、第三發射擊造成動力服解體。

然而賀維亞壓低姿勢衝進粉塵深處時，有人深深撲進了比他的下巴更低的位置。那是個黑軍服、金色長髮的嬌小人影。原來對方也跟他一樣衝了過來。

「芮……！」

還來不及叫，右邊太陽穴先傳來一陣沉重衝擊。

既不是芮絲・馬汀尼・維莫特斯普雷的右手也不是左手。是與她分頭行動的青年侍從，用巨大反器材步槍的槍托毆打了賀維亞的太陽穴。跟以榴彈砲改裝成的怪物級麥格農手槍一樣，奉行一擊必殺的巨砲主義。但是後座力太大的槍械在極近距離內失手就會很難挽回。他懂，他能理解，但為了保險起見而沒有一槍確實送他上西天就是失策。

（嗚！）

視野一陣搖晃，控制不住逐漸倒下的身體。但是同時，賀維亞的手臂就像有自己的生命一樣動了起來。他抓住貼近自己的芮絲單薄的胸襟，順從體重的移動硬是把她拉倒在地。兩人在走道的地板上翻滾，賀維亞取得上方位置後用手槍抵住芮絲的胸口中央，芮絲也一樣拿護身小型手槍的槍口把賀維亞的下巴往上推。

賀維亞的臉上沒有恐懼。

他的臉上滿是憤怒之色。

「……怎麼了，芮絲？奪人性命苟延殘喘的狗屎運到此為止了嗎？」

「你要對我開槍嗎？」

「妳以為還有談判的餘地嗎，瘋婆娘？我作夢都夢到這個慷慨激昂的場面。管妳什麼積不積極的自我否定！我可沒忘記妳做過的好事！」

「但是很不巧，我也沒閒到可以一直陪你鬧。梅莉。」

說時遲那時快。

照理來講應該處於穩固的騎乘姿勢，賀維亞的身體卻被某種力道往正上方彈開了。也不是東洋「島國」代代相傳的巴投技巧。強烈衝擊竄過背部，使他變得呼吸困難。就像搭飛機時被捲入亂流那樣，原來是賀維亞的背部無視於地球重力被砸向了天花板。

都穿成那樣了似乎竟然還會在意馬鈴薯們的視線，褐膚少女梅莉．馬汀尼．艾克斯特德萊在巨大救生圈上彎曲四肢像胎兒一樣把身體縮成一小團，用薄型遊戲機遮起嘴巴，半噙著淚一邊頻頻抖動一邊補充說道：

『667。你、你忘了嗎？就是這樣！我們人在巨大的 OBJECT 上面，只須稍微搖晃一下用陀螺儀控制平衡的街道就會這樣了。』

「該死……這死傢伙原來是 ELITE 嗎！」

『「曼哈頓000」是屬於我的。我只是借給卡帕萊特用一下。』

確定重力回來了，賀維亞即刻放開了手槍。在漫畫或電影當中常常有人握著出竅的刀劍或是安全裝置解鎖的槍械惡狠狠被摔到地上，但如果實際上那樣做，有可能會在激烈撞擊下給自己的肚子或大腿開個洞。過度執著於手上的武器而導致切腹意外，是軍事教科書都會提到的典型失誤。

「……呃啊！」

即使調整了落地姿勢，終究還是從走道天花板的三公尺以上高度垂直墜落。竄遍全身的衝擊力與人類做出的掃腿或過肩摔等等可不能相提並論。面對無法完全抵銷衝擊而倒在地板上呻吟的賀維亞，芮絲從幾公尺的極近距離內用玩具般的護身手槍重新對準他。

小惡魔笑著告訴他：

「我將軍了。脫離不了常識框架的可悲復仇者啊，看來你還是老樣子，一扯上OBJECT就散發出敗戰的味道。」

「妳這……混……」

「哎，少了庫溫瑟，你也不過如此。不過他也不能算是個值得嘉許的工兵就是了。」

「妳這混帳！！！」

賀維亞情緒激動，硬是強迫呼吸困難的身體爬起來。

毫不留情地，九毫米的子彈打進了他的胸口中央。

在伸手還不至於搆到對方的極近距離內遭受槍擊，不良軍人的身體摔向正後方。原本就已經喘不過氣來的呼吸變得紊亂至極，意識一明一滅。要不是口袋裡塞著軍用手電筒與行動裝置，子彈早已打碎肋骨甚至穿透內臟了。

然而賀維亞這時沒有多餘心情大叫，與這一切都毫無關係。

「不要抬頭。」

芮絲．馬汀尼．維莫特斯普雷悄聲呢喃。

有某種東西插到了牆壁上。那是一發來自窗外的攻擊，噴出像是手持式煙火或發煙筒的火花。

也就是能夠射穿裝甲，藉由燒燬內部電子迴路或燃料槽的方式對軍用車輛或自主武器確實造成傷害的穿甲燃燒彈。

要不是芮絲利用護身手槍把賀維亞打飛讓他摔倒，那彈道早已射穿了他的腦袋。

「所以我不是說了？我也沒閒到可以一直陪你鬧，而且我們從一開始就偵測到的威脅，是那邊那個第三者。坦白講，我根本不關心你們的動向。」

「妳這是做什麼……是說那個人又是誰！這場瘋狂雜交派對到底有幾個人跳到了同一張床上！」

「我怎麼知道？如果讓我用『情報同盟』的方式說一句，或許就是這點造就了那人成為最極端可怕的存在吧。」

18

「嘖！」

那人一面讓眼睛離開為了提高安定性，故意多用金屬零件以確保一定重量的狙擊槍上的瞄準鏡，輕輕嘖了一聲。狙擊物體與人類的感覺果然不一樣。難怪都到了現在各類器材豐富的時代，狙擊手這種專業人士仍然沒有絕種。無論得到多少輔助，還是沒辦法完全追上目標隨興的動作。

……對方似乎有人持有反器材武器。要是被反推彈道變成雙方交火，這邊的火力會輸給對方。單論有效射程不用說，碰上那種破壞力就連牆壁都不可靠。

自己本來就不擅長狙擊。雖然藉由各種鏡頭、感應器或內建程式的輔助而還算有模有樣，但想也知道贏不了專家。就跟即使到了藉由自動對焦或防手震功能可以輕鬆拍照的時代，專業攝影師仍然不會絕跡是一樣的道理。

配合對手擅長的領域挑戰生疏的戰鬥就太蠢了。

要把對方拖進自己的領域，爆冷門的機會才會到來。

「好啦，那就用『HAND AXE』上場嘍。」

19

嘶！咚！整棟校舍忽然遭到不規律地搖晃。

他們為了避免遭受狙擊的可能性而不能輕易靠近窗戶，不過從柱子背後往外窺視，可以看見好幾團塵土像棉花糖一樣膨脹揚起。

「爆炸？」

「沒用的。法蘭克也不用做準備。在這攝影機與感應器普及的時代，我不認為對方會用不具任何化學效果的普通塵土來擋狙擊。那邊只是聲東擊西，對方大概是想從其他地方入侵吧。」

芮絲也露出氣惱的表情，不過這番說明似乎不帶個人感情。

「對方搞不好已經隨便威脅民間人士到處亂跑了。即使看到塵土當中出現人影，也不要不分青紅皂白就開槍喔。」

「嘖！腦袋有病的瘋婆娘，講得好像自己是人類良知代表一樣，以為自己是誰啊。」

「你想現在就勉強跟我打一場嗎？不希望被十字砲火同時從兩個方向射死，你這位紳士現在就先把一點真實心聲藏在心裡吧。」

毫不在意地當起壞蛋的明莉若無其事地舉起槍口，一面對準自己人賀維亞阻止他失控，一面還像隻小動物似的悄聲說：

「那、那人的目的，究竟是什麼……？」

『不知道耶？380。』

對於明莉受驚般地說出的話，褐膚救生圈少女縮著身子簡短回答。紐約維安人員用上了所有保全系統都只得到這種成果，使得這句話格外有分量……不用說，前提是她並非像琵拉妮列那樣處於積極自我否定的失控狀態，說的都是實話。她當然也有可能從頭到尾都在講假話。

黑軍服少女也一面待在不會從窗戶被槍擊的位置，一面聳肩說：

「真要說起來，誰有辦法掌握一個真面目成謎者的思想背景？不過用爆炸時的聲紋做離線搜尋的結果，那似乎是『正統王國』採用的塑膠炸彈『HAND AXE』。心裡有底的應該是你們吧？」

聽到這句話，賀維亞．溫切爾的太陽穴不規律地抽動了。

塑膠炸彈。

HAND AXE。

「……妳說什麼？」

「這只是簡易搜尋所以不算太精確，如果能採集一些爆炸位置的泥土，分析碳、硫磺與氮素等化學成分就會更明瞭了。只可惜我們大概沒那麼多時間。」

『555。附帶一提！』

只穿著鮮紅紙製兩件式手術衣的褐膚少女，維持著把自己的臀部卡在巨大救生圈裡的悠哉狀態插嘴了。比起剛才的姿勢，現在手腳都伸到了巨大救生圈的外面，不知道是單純習慣了刺激，還是開始卸下心防與大家更親密了。

『從戰略觀點來想，假如目的是掌握作為世界最大級OBJECT的「曼哈頓000」，對方毫無理由襲擊哥倫比亞統合大學喔。200。我認為對方並不是企圖逼機體停止運轉或是加以劫持。雖然也有可能是衝著把那個借給卡帕萊特的我而來，但掌握內情知道我兼任ELITE的人並不多。』

「那其他還能有什麼理由？」

「抱歉我得用問題回答問題，你們來到這裡的理由是什麼？」

賀維亞刻意保持面無表情，但明莉忍不住往動力服——四公尺公主捲看了一眼。歪著頭把天花板的板子或螢光燈一塊塊刮下來的巨大少女如此低喃：

『……爸爸？』

「哼。雖然被那件傻氣動力服擋住看不見長相，看來裡面還真的就是本人。」

芮絲從端正的鼻子噴出一小口氣，說：

「也是，如果放棄與梅莉談判，針對掌握『曼哈頓０００』的另一方──卡帕萊特這邊下手或許是理所當然。從卡帕萊特與茱麗葉的開發過程或相容性來想，利用『格林０３３』的駕駛員ELITE從旁奪取曼哈頓的控制權也很合理。況且或許也能從負責檢修的馬汀尼系列以外的切入點逼近ＡＩ網路。照這樣看來，襲擊者的目的應該是破壞『曼哈頓０００』。而且不是自己親手擊沉機體，而是破壞內部人士──換言之就是我們和你們的關係，企圖使我們自尋毀滅。」

「我得跟妳們這些不用喝酒光靠妄想就能高潮的高學歷人士說聲抱歉，但妳這套說法未免有點跳Tone吧？哪有可能我們幾個七嘴八舌鬧個一場，就讓這個超級大塊頭殺戮兵器發生大爆炸啊。」

「假如那邊那個概念機裡面的人跟我們想的一樣，那這麼想應該不算貶低了她。畢竟卡帕萊特一直在以茱麗葉的實驗結果進行即時強化。比起我們這些一般監視者，她離卡帕萊特更近。甚至有可能一個人對付我們馬汀尼系列數千人。與『格林０３３』實際配備的茱麗葉親和性極高的駕駛員ELITE如果火力全開試圖攻擊ＡＩ網路．卡帕萊特的安全性漏洞，很有可能對包含『曼哈頓０００』在內的『情報同盟』全體造成威脅。既然硬體或網路的整體結構不明，線上的優劣就代表了一切。畢竟無法因為情況於己不利就出狠招把插頭一拔緊急關閉電源嘛。」

芮絲用半傻眼的語氣說：

「這真是 OBJECT 時代的弊端。單一特定人物的重要性變得過於極端。就是因為她對你們來說也是關鍵人物，才會為了顧及個人表現而來接她父親不是嗎？」

「……」

就跟琵拉妮列或塔蘭圖雅一樣。無論馬汀尼系列有無良心良知，她們終究精於計算。儘管本性方面完全不能信任，光論狀況分析能力的話，發言內容似乎正確無誤。

那麼就以此為前提動腦筋想想吧。

該怎麼做才能對目前的狀況造成最大混亂？

只要在受到馬汀尼系列管理而理應安全無虞的避難所，殺掉呵呵呵的父親就行了。是誰下的手已經無關緊要，重點是馬汀尼系列有沒有過失，整件事又是否出於「情報同盟」的全體意志。一旦呵呵呵心中充滿憤怒、憎惡與疑心病，呵呵呵持有的所有技術或許就會透過「情報同盟」的卡帕萊特，將隨時與人工智慧對話、以互相駁回意見的方式運作的曼哈頓導向失控。

最可怕的不是手上的火力大小，也不是那人實際上動手殺害的人數多寡。

如同昔日曾經在「島國」致力於開國的武士或某個世界的音樂家。用以行凶的刀槍只要對無辜之人露出一次獠牙，有時就會導致無可計量的衝擊性。這整件事不是偶然發生，而是探身窺探棋盤的某個無貌者在蓄意引發這種狀況。

在受到巨大系統的支撐下，由個人決定戰爭的勝敗。

那人的目的就是在這種畸形的時代，引發更大的逆轉現象。

「……別開玩笑了。所以那人的目標，真的就是呵呵呵的父親嗎！」

「可、可是，那人也不知道目標在這大學廣大校區的哪裡對吧？那就還有時間啊。就像我們也是來到學餐廚房，想從食物的搬運路線找出避難所的地點。」

對於明莉的發言，芮絲提出異議。

瘋歸瘋，不知道是不是犧牲了什麼而得到了聰明的頭腦。大概是因為她注意到懦弱少女的發言以狀況分析而論，樂觀推測占了太大一部分吧。

「很難說。假如那個忘記規定的獵人擅長使用炸彈的話，不分對象把所有設施全炸掉就能達成目標了……不。剛才聲東擊西的爆炸可能也是作戰的一個環節。一方面讓自己安全入侵校舍，另一方面也能窺伺我方的反應。」

『妳這話是……什麼意思？』

「避難所是人口密集度最大的地點。所以隨便引起一點騷動時，反應應該也會是最大。就跟放出聲納探測對方的位置沒兩樣。隨意找個地方引發爆炸，挑出叫聲最大的地方，再正式襲擊該處。假如對方要來這套就不能放心了。」

『就是這樣！換句話說關鍵就在小孩子的尖叫！４９７。』

身上只穿鮮紅手術衣的梅莉繼續讓臂部卡在大型救生圈裡，補充說明的語氣已經變得非常輕鬆。比起剛開始遇見馬鈴薯們的時候，現在顯得一整個放鬆。人際關係適應得真快。擺著不管也許等會就要進入倦怠期了。

坐救生圈的梅莉對薄型遊戲機的畫面吹一口熱氣，用紙製的胸前衣物擦擦，說：

『在大學出入的族群雖然比中學或高中的年齡層豐富，但除了部分跳級生之外還是沒有幾個小朋友喔。119。一旦突然發生爆炸讓一百或一千個小孩子大哭大鬧，對方馬上就會知道那裡就是校外人士聚集的避難所了。』

咚！沉重的爆炸聲再次響起，大學走道的地板微微震動了一陣。

在場所有人全都面面相覷。

「……狀況都這麼完整了還要當作沒看到，那就跟明明在男女朋友的手機裡發現偷吃證據卻放著不管一樣強人所難。」

「更何況就算全都是我猜錯好了，現實情況中如果一個第三者拿著塑膠炸彈前往擠滿民間人士的避難所，無論目的是什麼都得阻止才行。」

「是啊，妳說得對。這才是標準答案。」

賀維亞重新握好了手槍的握把。

然後毫不遲疑地把槍口轉向了芮絲。

「但這跟那是兩碼子事。」

砰砰砰！從極近距離內接連傳出清脆的槍響。

扣下扳機的動作毫無半點遲疑，使得就在旁邊的明莉反應不及，竟然就這麼眼睜睜看著他動手。

而青年侍從已經擋到了黑色軍服、金色長髮的少女面前。

他拿巨大的反器材步槍當盾，硬是擋下了廉價的九釐米子彈。

「稍微滿足了點沒有？」

突然被襲擊的當事人芮絲，連眉毛都沒動一下。

是馬汀尼系列本身如此，抑或是被某個外人動了手腳才變成這樣？

「你害得我們少了一把寶貴的武器。少掉的戰力就請你們來彌補吧。」

20

歷史悠久的大學，總是會在多次複雜怪異的增建與改建過程中自然形成一座迷宮。第一到第三體育館算是坐落於校區邊緣，但周圍滿是人工林因此難以看見正面的出入口，反而是建築之間從二樓區域相連的走廊還比較為人所熟悉。

說是體育館，但規模可是大到能夠供國際大賽包括開幕閉幕典禮在內的所有流程直接使用。

這些正方形用地每邊長逾五十公尺的體育館，已經能夠與小型體育場媲美了。

「每、每一棟少說容納了五萬人耶。光是這幾棟就差不多有小鎮的規模了。那個犯罪者一旦溜了進去，要找出這麼一個人恐怕難如登天吧？」

「梅莉。妳引以為傲的監視器怎麼樣？」

黑軍服少女一問，身穿鮮紅紙製兩件式手術衣的救生圈少女用雙手把引以為傲的遊戲機抱進懷裡，說：

『俯視角度的監視器有一個弱點，就是極度的人口密集狀態。因為每個人都會變成隱藏別人的牆壁！曼哈頓的地鐵也是，上班尖峰時段的鹹豬手成了亟待解決的問題呢。』

「哪有多難啊。」

不知道是有何打算，芮絲以及梅莉似乎已無意再用強擊公牛或多用途陀螺等無人機攻擊賀維亞等人了。這麼一來就不用再冒著危險移動了。

……不過真要說的話，包括不知是本身素質還是在積極的自我否定下失常，馬汀尼系列的一言一行真的值得信任嗎？這種根本性的疑問從來不曾消失。

「就像妳們說的，體育館裡擠滿了人。在這種密集地帶就算引爆炸彈，我不認為會造成多有效的爆炸波。就連普通的紙片，重疊個幾百張也能代替防彈背心不是？人肉也一樣，疊在一起就會變成抑止爆炸波的牆壁。那人如果想一次殺掉所有人，就不可能把炸彈放在平坦地面上。」

「那、那會怎麼做……？」

不知究竟是想聽到答案還是不想聽到……也可能是不問清楚反而更不安。對於明莉的這種語氣，賀維亞閉起一眼指了指正上方。

「天花板。把炸彈當成彩球那樣掛在上頭均勻地灑下碎片雨，人牆就沒用了。」

『室內環境剛剛好！177。裡面的天花板為了提升強度，把細鋼筋組合得像是立體格子鐵架一樣喔。雖然對人類來說是穩固的立足處，但是強擊公牛那種四腳自主武器就不能運用了。』

『那個人，要殺了我爸爸……怎麼可以……就為了這樣，要一次殺掉整整五萬人……？』

「不用勉強讓正義感偏向大眾需求沒關係。」

芮絲講得乾脆。

「對妳來說目前那一個家人應該比五萬個陌生人更重要吧。人際關係不是全都能用數學計算。而這對人類來說，應該不是什麼錯誤的情感才對。」

這種直話直說割傷人心的話語，或許與高智商的連環殺手有些相近。乍聽之下像是很有內涵，但想太多只會被自己心中的黑暗面把腦袋逼瘋。

就在這時，有了個狀況。

讓臀部卡在大型救生圈裡的褐膚少女梅莉，拿在手裡的遊戲機發出了單調的電子音效。她像是偷窺自己的胸口那樣，視線悄悄落在雙手捧著的薄型螢幕上。

『114。羅伊斯先生的手機發出訊號。好像是通話喔！』

「噢，大概是解除拘禁送往一般避難所，所以拿回手機了吧。真麻煩。」

芮絲不耐煩地說話的同時，救生圈少女繼續報告：

『應該猜得到是打給誰吧？251。』

『……』

四公尺高的公主捲，像是微微扭動身子般開始發抖。

不知道在厚實的裝甲板當中，少女現在做何反應。

「可別接喔。」

芮絲尖銳地警告一聲。

「不能保證無貌的第三者沒有在監聽羅伊斯的電子機器竊取情報。讓對方知道我們在這裡沒有任何好處。」

她知道。

這種事她很清楚。

響個沒完沒了的單調電子音效，彷彿直接反映了羅伊斯擔心女兒的心情。呵呵呵似乎也在咬牙忍耐。不久，切換成自動語音信箱之後，梅莉手中的遊戲機也不再發出單調的電子音效。

呵呵呵顫聲低喃：

『太好了……』

明莉似乎想說些什麼，結果什麼也沒說。

『太好了，爸爸還活著……』

聽到她滿懷感激的話語，賀維亞像是沒辦法繼續生氣下去般輕嘆了口氣。他很想維持復仇者的單一意志，卻事事不如意。他用這副表情發出警告：

「喂，別接到生存報告就鬆懈了。平安救到人才算遠足結束。」

『我知道。呵、呵呵呵。當然了，不用你來提醒我。』

重新進入狀況。

讓臀部卡在大型救生圈裡，終究是習慣了馬鈴薯們的冒犯視線的梅莉，擺動著褐色雙腿如此說道：

『訊號來源是第二體育館。除非真的要疑神疑鬼，否則羅伊斯先生就在那裡了。不過這是只有我們才知道的情報！125。體育館有三棟，每棟都收容了五萬人以上喔。問題來了，襲擊者有辦法跟我們一樣正確找出羅伊斯先生的位置嗎？』

「剛才不是說襲擊者有可能在監聽羅伊斯的手機嗎？好吧，先把可能性的問題擺一邊，暫且別去管中年大叔的『正確』定位資訊。最容易入侵的是哪一棟？」

『就是這樣！551。正中央，第二體育館。可以從屋頂上的維修門直接入侵到天花板的鋼筋！應該比從下面往上爬輕鬆很多喔。』

「那就是那裡了。」

『用、用輕不輕鬆來決定？呵、呵呵呵，剛剛不是還在說有人要殺我爸爸嗎！』

「衣服陷進胯下的部位整個占滿視野了很嚇人，麻煩調整一下距離感。是說妳忘了嗎？每一棟不是都擠了五萬多人？就算不是直接遇襲，假如聽說隔壁體育館發生嚴重災難，他們會作何反應？都是位於寬廣用地的同一種設施。下次就輪到我們了，聽上頭的指示乖乖待在這裡會沒命。出口很窄，骨牌效應的第二第三次延燒會在轉眼間讓受害人數暴增到幾萬人喔。」

『……』

「聽說在冬天的養雞場，雞群擠在一起禦寒，有時會導致中間的團體被擠死。至少情況會比那個更悲慘。」

方針決定了。

當然也會留意第一與第三體育館，但以第二體育館為最優先。

想像一下演唱會等會場應該就會明白，光是讓多達幾萬人出入就要花上十五到三十分鐘。現在再來讓所有人離開太慢了，而且也得想到輕舉妄動可能讓襲擊者提前行動執行爆破計畫。

即使知道這一切，駕駛員ELITE兼紐約維安人員的梅莉·馬汀尼·艾克斯特德萊似乎已經無動於衷了。可能是開始擔心起剩餘電量了，她替遊戲機裝上手搖發電機後一邊不停轉動把手一邊說：

『我跟那邊那件動力服幾乎無法在細鋼筋上行動。997。從預防混亂的觀點來想，從民間人士大量聚集的地面往上開槍也稱不上是個好辦法喔。』

「我知道。管他是『情報同盟』還是啥，黏在地上的終究是『安全國』的人。我沒機械化到能在一片血海中淡定開槍結束作戰。不像某個因為貪生怕死就槍斃民間人士的白痴。」

『基於這點，我有個提議。第二體育館雖然構造上最容易入侵，但對我們來說也有好處喔。656。因為維修門連接了天花板的鋼筋與平坦屋頂。你們不用給襲擊者致命一擊，只要把那傢伙趕到上面的屋頂就行了喔。』

「……妳說什麼？」

『如果是在平坦的屋頂上，我與那邊那台概念機也能發揮十足實力喔。根據你們的報告，我推測對方身輕如燕到可以在屋頂之間移動。所以有很高機率未穿特殊裝備！我們幾乎不可能在正面火力上輸給對方。176。如果可以，我也很想打穿屋頂直接對他開火，但那樣怕子彈會打到地上的民間人士。』

「妳這死救生圈在開什麼玩笑啊，妳說妳要親自上前線？之前不是說過背脊骨怎樣怎樣的嗎？」

『202。那你試著對我開槍看看。』

讓臀部卡在大型救生圈裡，身上裝備只有鮮紅紙製手術衣與遊戲機的褐膚少女對他講得乾脆。不知道她到底有沒有搞懂狀況，重新被人盯著瞧又讓她開始簌簌發抖。

「妳是說認真的嗎……？我的良心可是比藏在房間牆角的恥毛還小喔。老實講，要我找理由對妳們這些冠有馬汀尼之名的臭傢伙手下留情還比較難咧。」

『所以我才這麼說呀，反正我說什麼你都不會信。081。這種時候從經驗中學習最快了。』

話一說完，賀維亞隨手拿起一個寶特瓶用毛茸茸厚圍巾纏繞好幾圈當成消音材料，把它抵在手槍槍口上毫不遲疑地扣下扳機。

啪啪嘶！手槍釋放出模糊的槍響，但露出驚訝表情的並不是梅莉或芮絲。

梅莉．馬汀尼．艾克斯特德萊的臀部卡在救生圈裡，手腳都沒有著地。怎麼想都不可能行動自如，也沒有任何東西能作為掩體。但當大型救生圈像遊樂園的咖啡杯那樣轉完一圈時，她已經漂亮躲掉了總共三發子彈。

『你還好嗎？444。謝謝你細心做了消音器，不過我聽說耳朵聽見的聲響與實際上手腕承受的衝擊力道之間有落差，會讓槍手一時疏忽而弄傷手喔。』

他不覺得對方的動作有多快。

但這不合理的結果，絕不能只用偶然來解釋。

『655。那我就公布答案了，其實是我讓腳下的整個「曼哈頓000」略為傾斜了一點。跟剛才不同，這次是當事人感覺不到的程度！』

梅莉輕吐一口氣，一邊用薄型遊戲機的LR雙鍵讓救生圈左右旋轉，一邊如此說道。

『我時時刻刻都與世界最大級的OBJECT合為一體。第一優先是我。卡帕萊特也只是向我借用。讓「曼哈頓000」移動的可動部內容物，跟這個救生圈灌滿的液體本質上也是同一種物質。713。就是這樣！你熟悉食蟲植物嗎？』

「食蟲……植物？」

『就像捕蠅草，有些種類明明是植物卻能迅速做出動作。那是利用細胞之間的水分移動，也就是膨壓運動產生的效果！其實要用機械重現這種效果並不難喔。比起舊型採用大量馬達或曲柄的可動部，平行管理上更容易。409。同時，為了計算比例以免機體被自己的龐大重量壓垮，我也活用它作為量子電腦的觸媒。除了雷射式、約瑟夫森接合裝置以及量子點之外，以液態核磁共振管理量子位元的方法就如同你所知道的。隨便一本漫畫或小說都會提到喔。』

量子電腦與DNA電腦並列為非范紐曼型架構大規模計算系統的兩大代表。從它沒有採用以芮絲生母的癌細胞製成的安娜塔西亞處理器這點來看，可見「情報同盟」內部或許也有各種問題，不過現在不需要去重視這點。

『你以為我的這身打扮真的毫無意義？我是讓救生圈型裝置接觸身體表面作為控制的起點喔。333。講得明白點，就是我的血流當中也含有跟超級電腦相同的液體！用來彌補遊戲機不足的部分。』

她從一開始就預測出彈道了。

少女與曼哈頓是一體的。

『完美的計算，加上能夠自由操縱場地本身的物理干涉能力。而且呢，我還能夠拿曼哈頓市區所有的警衛無人機當成棋子。144。都能做這麼多了，你還覺得我不配作為戰力？』

採用植物原理的 OBJECT，加上模仿草食動物的無人機。包括無需伺服器、運用了人工生物或是群體智能的簡易迴路在內，曼哈頓簡直就像個機械行星。

芮絲也沒顯得特別驚訝，用解決待確認事項般的口吻插嘴說：

「但是想擊斃混入避難所的某某人，『曼哈頓000』應該是太大了。結果還是得靠以強擊公牛為主的無人機編隊，但是光靠維安規定應付得來嗎？」

『別開玩笑了。這些小傢伙最擅長的，就是用在戰爭當中可能會被人拿各種條款當擋箭牌大肆撻伐的戰術！換言之就是擬似生物濃縮。』

救生圈少女把薄型螢幕輕快地轉過來給他們看。實在不太想去思考圖表顯示的是空氣中的什麼成分。

『就是魚貝類會把海水裡的浮游生物等毒素累積在肚子裡的那個，但是換成無人機就沒有上限了喔。因為不用去考慮致死量。而作為原料的毒素全世界隨處可得。光是在這曼哈頓，妳以為環境中充斥著多少以汽機車排放廢氣或是汙水為主的汙染物質？都說只有致死量的幾萬分之一所以不要緊，乾淨得很。883。既然這樣，只要把它濃縮到幾萬倍就可以不花一毛錢做出超強殺人武器了喔。區區人類，戳一針就可以讓他死。我只不過是平常不這麼做而已！』

「原來如此。妳沒事提什麼配備空氣清淨器的事，原來是跟這種裝備有關啊。」

就實際問題而論，有一種無憑無據但時常聽到的說法是：受到戰爭條款禁用的中空彈其實都被街上警察或是流氓隨便濫用。人道或非人道的界線，總是輕易隨著某些人的需求而改變。

賀維亞用鼻子噴一口氣後為求確實又開了兩槍，結果還是一樣。看到梅莉跟著救生圈一起轉來轉去，他認定繼續嘗試只是浪費子彈。要是弄壞了臨時製作的消音器，會對襲擊者或民間人士造成不必要的混亂。

「要去送死隨便妳。不過我可不要到了現場還得用雙手幫忙扶妳那看起來不怎麼柔軟的屁股喔。」

『那麼，我這邊會照料你們到最大程度的。111。對於心懷惡意者來說，基於正直良知的無私行動才能造成最大震撼！』

馬汀尼系列是每個人都這樣嗎？這傢伙也是個老狐狸。

說是體育館，但規模可與室內體育場媲美。高度約等於四層樓的校舍。他們必須從外牆安裝的金屬逃生梯直接爬上去。

平坦的屋頂毫無傾斜角度，正適合用平地二字來形容。

襲擊者不知道是已經到了，還是之後才會到來。儘管沒有任何可供判斷的痕跡，但沒多餘時間原地踏步了。

「就當作是『來了』展開行動吧。明莉妳跟我來。」

「好、好的！」

「那我們呢？」

一身黑色軍服加金色長髮的芮絲問道，但賀維亞只是嗤之以鼻。

「嘻皮笑臉的想被人插屁眼嗎？我不管妳是本來就有病，還是被外人用積極的自我否定搞到失常。我沒打算信任唯唯諾諾地槍斃了『自己人』的混帳王八蛋。」

「……」

「不管現在是怎樣，或是原本屬於哪個勢力，至少那天的那一刻，庫溫瑟是把妳當成自己人，在遭受曼哈頓的攻擊時挺身保護了妳。但妳卻對他開槍了。面對著他，連眼睛都沒別開。那連戰爭都稱不上。事實不會有任何改變。不要忘了，理由並不會幫妳顛倒善惡是非。」

言盡於此。

氣氛險惡到一旁聽著的明莉都不知所措了，但芮絲也沒再繼續爭辯。丟下孤獨的少女，賀維亞也逕自慢慢打開裝在平面屋頂上的四方形上掀門鑽進去。

內部由複數鋼筋複雜組成，構造有如巨大立體格子鐵架。

當然沒有任何穩固的地板，一失足就會從四樓倒栽蔥摔到地上。而且除了階梯式的二樓、三樓座位之外，整片地板上的運動場地也都擠滿了人。雖然看起來給每個人確保了可以伸長雙腿躺下來的空間，但摔下去的話無可避免一定會與人激烈相撞。

「確認正下方。」

明莉輕聲這麼說。

樓下的人頭多到令人傻眼。其中，有個人影正在跟其他民眾一起滑手機。之所以看起來特別顯眼，大概是因為他不是專注地輸入社群網站用文章，而是一再重複簡短的動作吧。

「是羅伊斯啊。」

「不知道是第幾次了。一定是還在嘗試打給女兒吧。」

當然由於女兒不肯接電話，所以怎麼打都沒用。明明待在同一所大學的校區，卻連一句話都講不到。

然而無論遭到多少次冰冷拒絕而大受打擊，羅伊斯仍然沒有任何煩躁的動作。他把額頭抵在精密機器的畫面上，閉起雙眼，做出某種祈求般的動作，而後再次重複相同的行為。在他們眼前只有一位希望家人平安的父親。

明莉聲調嚴肅地說：

「……只有這裡一定要救到才行。別計較什麼四大勢力了。」

「也不能只給她的父親特別待遇，要救就要救所有人。跟會不會直接遭受爆炸波吹襲無關，不管哪裡發生爆炸都會引發混亂與骨牌效應。情況會變得比滿是橫綱力士的游泳大賽更悲慘，一旦事情發生誰也算不準會死幾萬人。」

實際上一踩上去，會發現比想像中更難走。鋼筋本身釘上了無數鉚釘使得上面布滿細小的凹凸，而且為了給等間隔排列的鹵素燈提供電力，到處都爬滿了比拇指還粗的電線。

即使如此……

即使如此，狀況還是發生了。

賀維亞看見了一個影子。一個與他視線同高的人影。那人蹲在不安定的鋼筋上，運用細瘦的手指做某些準備的動作令他感到眼熟，甚至有點懷念。就跟某人總是在他身邊打壞主意，為了用血肉之軀對抗全世界最強的超大型武器而在令人不敢置信的地方設置塑膠炸彈「HAND AXE」的身影一模一樣。

他也想過。

對，說完全沒想過是騙人的。

芮絲．馬汀尼．維莫特斯普雷當著賀維亞的面，對庫溫瑟開槍了。但是，落海的屍體後來怎麼樣了，他並沒有看到最後。所以他也想過，說不定……也許，搞不好……其實庫溫瑟．柏波特吉還活著，正在進行連賀維亞都不知情的計中計中計作戰。

所以……

所以……

所以……

賀維亞咬緊牙關，但還是辦不到。最原始的驚愕，就這麼從他的喉嚨深處被擠了出來。

化為獨一無二的一個名字。

「詩寇蒂……塞倫沙德！」

在他眼前的是穿起駕駛員 ELITE 用貼身特殊服裝顯得極其自然，把金色長髮綁成雙馬尾的嬌小未成熟少女。

同時也是令「信心組織」頭痛不已，最重大惡劣的連環殺手。

兩個人，一點都不像。

21

太突然了？

當然了。那是絕不能去搜尋的一個名字。是曾經發生開放式網路百科全書的編輯看到文章接連被刪除而賭上一口氣，嘗試公開遭到軍方親手封印的馬達加斯加報告相關情報，結果在疑點重重的列車事故當中離奇死亡的一大禁忌。

毫無前兆？

這點也一樣，想不起來才是對的。因為馬達加斯加報告中庫溫瑟與賀維亞碰上的極大戰爭罪行與血腥事件，是絕對不該去回想的。因為那段記憶只會妨礙一個人活潑開朗又快樂地活下去。

詩寇蒂．塞倫沙德。

堂堂身為「信心組織」第二世代「三位一體」──正式名稱「諾倫」的三名駕駛員ELITE之一，卻利用此一立場在各地戰場接連對犧牲者伸出魔掌的連環殺手。

那場事件，應該也已經由庫溫瑟用炸彈做過了結了。

然而，如今那個殺人魔本人就在這裡，寧可使用炸彈而不是刀具、槍械或OBJECT。

這代表何種意義？

就是因為猜出來了，賀維亞．溫切爾的表情才會扭曲到原形盡失。

22

「好久不見了，賀維亞。那邊那個女生叫什麼名字來著？」

笑容可掬。

光看表面的話，就是一副挑逗觀者保護欲的少女笑靨。亮綠色的特殊駕駛服緊貼缺乏起伏的纖瘦身體曲線，宛如天女羽衣的大型緞帶裝飾塑造出不合場合的華美風格。年少者的可愛模樣與年長者的妖豔同時並存，形成蠱惑人心的魅力。然而許多人就是這樣受騙、鬆懈、露出破綻，最後被吞噬殆盡。

「不過好可惜喔，我最想見到的是庫溫瑟的說。喏，你看，『HAND AXE』！我可是特地費了好大一番工夫才湊齊正版貨呢——既然要秀，用不夠道地的東西就太對不起他了嘛。」

「……妳在……幹什麼？」

他知道。他知道眼前的人是誰。

但賀維亞用一種不敢相信自己親眼所見的神情，大叫出聲：

「『信心組織』到底在搞什麼才會把妳這種貨色放出監獄！這世界除了瘋婆娘之外都沒人了嗎！」

「愛恨永遠是複雜交織的呀，賀維亞小老弟。就像我也變得這麼熱愛爆炸一樣。啊哈哈！這樣簡直就是照刻板印象來嘛。追查殺人魔的背景結果發現他們兒時也遭受過殘忍的虐待。也就是說這個案子裡所有人都是被害者～這樣？哈哈，哈哈哈！」

當著驚慌失措的明莉面前，賀維亞毫不猶豫地把手槍換成了小刀。這也是他從認真勤勉的紐約客身上收下的「護身用品」之一。換拿刀刃長逾四十公分的大把求生刀，可不是在故作從容。

敵人的主武器是炸彈。

由於靠得太近會炸到自己，這樣應該能限制她的運用。

「咿嘻嘻！」

只要踏空個一次，就會倒栽蔥摔下去。面對在天花板鋼筋上從正面衝過來的賀維亞，名喚詩寇蒂的纖瘦少女只是邪惡地笑著。眼見白刃橫揮過來想割開毫無防備的細頸，她居然把黏土狀的塑膠炸彈「HAND AXE」整塊拿出來擋。

與其說是用一塊厚牆去擋，更像是用油讓刀刃滑開。手感從手中逃離的感覺令賀維亞寒毛直豎時，詩寇蒂本人把嫩唇銜著的原子筆形電子引信插進被割開的切口。

就好像雙方用嘴唇銜住細長巧克力零嘴的派對遊戲那樣，動作妖豔得不像是個小小年紀的少女，但狀況卻危在旦夕。

詩寇蒂．塞倫沙德任由金色雙馬尾飄動，待在彷彿用來祝福她的光芒亂舞中，從不到一公尺的極近距離，毫不遲疑地繼續準備引爆炸彈！

（這傢伙……難道是想依賴 ELITE 的特殊駕駛服！）

「噢，刀刃或槍彈姑且不論，這件衣服可沒有顧到防爆性能喔。」

伴隨著簡直像是會讀心術的一句話，本來還在詩寇蒂稚嫩手掌中的炸彈，沒什麼特別預兆就忽然爆開了。

「！？？」

奇怪的現象發生了。

不是正常那種以一個點為中心，球狀散播破壞力的爆炸。它就像是無限延伸的光劍。詩寇蒂手臂一揮，灼熱刀刃立刻擦過賀維亞的臉，把立體格子鐵架般的鋼筋接二連三燒出橘色切口。

（馬達加斯加根本不能比！這什麼動作啊！）

她讓爆炸波全集中在一個方向。

明明讓炸彈在手中爆炸了，缺乏起伏的身體曲線浮現在綠色特殊駕駛服表面的詩寇蒂本人竟連一滴血都沒流。她一邊用年幼少女不該有的妖豔舌頭從自己的手掌舔到指尖，一邊解說：

「這沒什麼稀奇的。」

「妳……！」

「這點小事隨便一個煙火工匠都辦得到。爆炸就是流體力學，跟水流或氣流一樣。只要用金屬板困住爆炸熱風，然後故意開一個洞，爆發性膨脹的燃燒氣體就會自然流向抵抗較弱的方向。哎，其實大家熟悉的槍械也是這樣啦。」

最好是這樣。

理論上來講，只要有一根鐵管就能做出炸彈了。但如果憑外行人的想法實際上依樣畫葫蘆，保證會不慎引爆炸彈把自己炸飛。實踐理論需要具備龐大的背景知識以及技術。而詩寇蒂這個殺人魔，竟然連工廠製造的量產品都不需要就在掌心裡成功實踐。

簡直就像……

就像在見招拆招的現場被要求臨場發揮，結果一正式上場就真的成功的那個少年一樣。

都被她繼承了。

少女就像把強大的敵手擁入發育中的胸口一樣。

明莉急忙重新舉起散彈槍，然而詩寇蒂仍然只是用手掌朝向她。蓋過清楚明瞭的槍響，又來了一次爆炸。簡直像是變魔術。每一發散彈應該都塞滿了小鋼珠，美麗的殺人魔卻毫髮無傷。難道是剛才的衝擊波厚牆扭曲了彈道？

不……

「……爆炸這檔事，首先第一步，要猜測對方的心理。」

詩寇蒂臉上浮現黏稠蜜糖般的邪笑，在極近距離內抱住自己的細瘦身體。她用十根手指撫觸自己單薄的身體曲線，捲起長長的金髮雙馬尾，背脊陣陣顫抖，被自己內部產生的官能弄得渾身酥麻地說：

「我原本以為……用小刀刺殺或是勒喉時，手腕接收的反應就是一切。但是現實情況並非我想的那樣。炸彈也有它的『反應』！設置在他人想像不到的死角，實際讓它轟的一聲爆炸，緊緊掌握住對方的恐懼心。啊啊！太美妙了！就像現在那邊那個……叫什麼來著？妳還沒對我開槍就已經先害怕了。認為用這種武器，對付不了真正的怪物。所以明明從遠處拿槍瞄準對方、占了壓倒性的優勢，卻只要一點點爆炸聲就能把妳嚇得縮成一團，自己射偏。這麼明顯……你們認為還有其他殺人方式能這麼明顯地感受到靈魂的觸感嗎！」

「吵死了……」

不用再扯什麼軍隊教育了。

就跟被封印的馬達加斯加報告那時候一樣。這個少女一現身，就能輕易摧毀戰爭的規則。

「嘰嘰喳喳嘰嘰喳喳，妳講夠了沒？沒死成的孤魂野鬼，不准給我玷汙那傢伙的名字！」

「咿嘻。你這是重視家世與名譽的『正統王國』特有的想法嗎？」

無論是揮動小刀，還是使用原本避用的手槍，都無法對後退一步跳到其他鋼筋上的詩寇蒂造成致命傷害。她只是不即不離、輕飄飄地大幅搖晃雙馬尾或羽衣般的緞帶，宛如惡夢或幻覺在眼前起舞。

那是死亡與戰爭的女神踩踏的優雅舞步。即使目睹這一幕，賀維亞仍然大叫：

「明莉，準備開槍！」

「可、可是打不中啊！」

「不要被殺人魔的稀少性迷惑了。管他是能力覺醒還是突破極限，她跟我們一樣都是人。開槍打鹵素燈的電線！立足處本來就有限，只要讓高壓電流流過那附近的每一條鋼筋，那傢伙跑得再快都逃不掉！」

「噢，要來這招啊？賺人熱淚的自相殘殺太無趣了。那種死法就像連鎖店的漢堡一樣膚淺。」

「？」

她一手扠在玻璃藝術般的腰上，講話口氣顯得很傻眼。

「好吧，只要能讓我玩得盡興，怎樣都好。況且應該可以認為當初的目標已經達成一半了。」

「你看看下面。」

雙馬尾少女把輕輕握起的拳頭放在肚臍下面，用纖細的食指指著正下方嗤笑。

「雖然還沒直接受到傷害，但我已經在一棟體育館內弄了幾場爆炸了。假如大家被突發狀況嚇到而一齊衝向出口，你覺得這五萬人會變成怎樣？」

「妳這大變態死屍女……！」

「啊哈哈！」

賀維亞與明莉明知道不行，視線仍一瞬間往下方偏移。就像抓準了這機會，詩寇蒂・塞倫沙德從多道四方形維修門之一爬到了屋頂上。

雖然形同追丟了獵物，但明莉反而用手背擦掉沿著纖細下巴滑落的汗水鬆了口氣。

「這樣就達成了最低限度的目標……對吧？上面應該有『情報同盟』組的芮絲小姐與梅莉小姐，還有巨大呵呵呵小姐守著才對。」

「……很難說吧。」

賀維亞一邊說，一邊用手槍接連打穿好幾盞掛在同一條鋼筋上的大型鹵素燈。除了一些玻璃碎片之外，最主要是華麗的火花四處飛濺。

「你、你幹嘛這樣！」

「替剛才的爆炸掰個『和平的理由』。喂，明莉，妳不是很擅長電腦什麼的嗎？現在立刻去竄改誰都能編輯的網路百科全書！就說中美海域附近發生風暴時會讓氣壓產生變化，使得白熾燈以及鹵素燈泡偶爾因壓力差而爆裂。理論暫且隨便掰沒關係，讓他們自己搜尋自己放心就好！」

「問題是之前不是說他們連不上正常網路嗎！」

「虛擬空間也好冒牌伺服器也好，能讓尊貴的一般民眾看見就行！」

人類容易相信多個資料來源。殊不知街頭巷尾的謠言，與手上螢幕的網路知識……其實兩者的情報來源可能完全相同。

如同詩寇蒂所說，現在還沒直接造成災害。除了躲過連帶的骨牌效應之外，賀維亞等人目前幫不上更多忙了。

「明莉，我們也上去吧。」

「咦，我才不要，平面屋頂上現在不是有動力服跟不需伺服器就能自動戰鬥的無人機正在開派對嗎？雖然是不需要插手的戰鬥，但只要被流彈打中個一下還是會死的！」

「事情不可能這麼簡單就結束。」

賀維亞不屑地秒答。

「馬汀尼那些混帳王八蛋死幾個人我都無所謂，但是讓詩寇蒂溜走會造成更廣泛的災害。事情也已經不只限於曼哈頓一個地區了。妳不是也親眼目睹了被封印的馬達加斯加報告的惡夢嗎？不就是因為目睹了，才會用一種像是被人把老頭長滿屁股毛的肛門擺在鼻子前面的心情決定全部封印起來嗎？」

「……」

「想問我有啥根據就去面對心理創傷吧。這樣就足以說明詩寇蒂帶來的威脅了。」

明莉的喉嚨發出咕嘟一聲。

就這樣了。也沒對賀維亞聽起來語無倫次的言論做出反駁。

兩人一起前往詩寇蒂離開的維修門。

他們探出身子，來到理應安全無虞的平面屋頂上。

只看到一場不出所料，而且誰也不樂見的狀況。

「哦！來得剛好。差不多可以再來一份了吧☆」

首先是一張笑盈盈的臉。

而她的周圍是一片地獄景象。

之前那樣滿懷自信的梅莉・馬汀尼・艾克斯特德萊受到許多強擊公牛的殘骸保護著，身體被廢鐵夾住動彈不得。

應該由「情報同盟」偶像派 ELITE 搭乘的動力服上爬滿好幾道巨獸爪痕般的傷痕，從胸部被水平地砍斷，留下橘色的切口。即使尺寸放大，造型仍然是栩栩如生的那個偶像，暴露出駕駛座的空洞部分，迸出火花倒地的下場比起一般戰車或裝甲車另有一種悽慘。

芮絲・馬汀尼・維莫特斯普雷也處於用小手按住倒在她身上像是挺身保護她的青年的右側腹部，拚命替他止血的狀態。與其說是爆炸波，比較像是遭到了槍擊。也許不是憑著爆炸力傷人，而是射出了螺絲或釘子等等。

少女用細緻雙手緊抱自己的纖瘦身子，一邊顫抖著背脊沉浸在餘韻裡一邊說道。餘韻……也就是說一切都已經結束了。

果然比馬達加斯加更誇張。殺人魔藉由獲得炸彈得到了進化。

「哎，不過還算滿驚奇的吧。那邊那件動力服，我還以為裡面塞了人，結果原來是遙控。」

現在才想到，在大學校舍內為了削弱強擊公牛們的聯手行動而使出臨時金屬箔片攻擊時，

ELITE操縱的四公尺公主捲的確也曾經一起跌坐在地。而父親羅伊斯來電時，呵呵之所以不敢隨便接電話，或許是考慮到對方以此為起點追蹤到她「真正位置」的風險。認為在安全救出父親之前，不能扯大家的後腿。

「想得還真周到。」詩寇蒂不屑地說。

但也就這樣了。她已經開始從短暫的興奮中恢復清醒。

「不過，最讓我驚奇的部分大概也就這樣了。這下祕密武器就用完了？真不過癮。我想要的是能大吃一頓的晚餐。既然這樣就快點把下一道菜吃完，再去第二家第三家續攤吧。」

「體育館的骨牌效應的話已經告吹了，詩寇蒂……」

「『信心組織』攻擊『情報同盟』還需要理由嗎？或者改成殺人魔殺人也行。生性如此，硬要解釋就是這樣了。」

「妳有什麼理由乖乖照『信心組織』的規矩來！妳已經受到『信心組織』的法律制裁，被利用完就丟掉，關進大牢裡了！什麼認真做事的殺人魔啊，整件事是在跟我開玩笑嗎！」

「啊哈哈！認真做事？我看起來像是有在努力工作嗎～？」

的確，如果是想殺害身為父親的羅伊斯以煽動女兒呵呵，為曼哈頓帶來更大的混亂的話，詩寇蒂應該不敢隨便攻擊呵呵才對。她也是等到把動力服砍成兩半，才知道裡面空無一人。乍看之下是照計畫行事，其實根基的部分大有問題。或許根本沒有辦法能控制得了她。

「再、說、呢，這些都跟我無關，我無所謂。無論是對於在馬達加斯加擊敗我的『正統王國』，還是把我利用完了就扮演起正義英雄依法制裁我的『信心組織』，我都沒有懷恨在心。什麼都不缺。我只要能殺人就滿足了。甚至不是一定要打仗。馬達加斯加那時候，我利用優秀駕駛員 ELITE 的身分創造優勢，讓高層幫我吃案。如今只不過是這方面的狀況生變罷了。我可以用其他方法創造優勢，讓大人物幫我準備可以自由殺人的環境。本來就沒有什麼更深的理由。替我狂打點滴也是有好有壞呢！不管現實時間如何流逝，我的意識除了殺人與殺人的記憶之外都消失了。結果這跟自由到底有哪裡不同呢？」

無論怎麼樣，不管怎麼做，這個殺人魔都無法忘懷殺戮的滋味。

甚至不用拿誇張的陰謀或大國的利害關係等搪塞推託的表面話當藉口，就只是個在殺人行為中審視彼此，更純粹而更殘忍無情的虐殺者罷了。

「不過嘛，我也有我的慾望。」

詩寇蒂・塞倫沙德用稚嫩雙手從左右兩邊包住自己的小臉，輕輕扭轉她細得出奇的腰肢來壓抑內部湧起的快感信號，全身噴發出比單戀更汙濁的某種氛圍。

「我想讓庫溫瑟看看。想讓為我指出炸彈這條新道路的人生前輩看看！看，這樣做可以殺更多人。你是很棒沒錯，但我能比你殺更多人。這次換我來跟前輩分享！親切細心甜甜蜜蜜地重新告訴他炸彈的樂趣與美好～！哼哼，啊哈哈哈哈！」

「……完全是個神經病。是不是腦子皺褶之間都在牽絲啊……」

「庫溫瑟・柏波特吉很正常。」

突如其來地，來了個完全不帶感情的反應。

就是躁狂與抑鬱情緒交替出現，而且無法自我控制之人的典型表現。

「他屬於心智正常，卻能滿不在乎地殺人的人種。你一直跟在他身邊，卻連這麼基本的事情都不知道？他比我這種殺人魔要糟糕多了。因為要不是這樣，怎麼能那樣一再死裡逃生？你以為『我的前輩』直至今日，究竟炸掉了多少架 OBJECT 以及其中相關的軍人？能維持正常心智殺人，真是太可怕了。真搞不懂他腦袋裡在想什麼。」

不用再多說了。

不同於完全啞口無言呆站原地的明莉，賀維亞幾乎是自動地採取了行動。右手持小刀，左手拿手槍。想定的是兩公尺內的壓制戰，一口氣撲進雙馬尾少女的懷裡。

「噢，對了對了，那個要怎麼辦？」

至於綁雙馬尾的詩寇蒂，手裡沒有刀槍。

只是用邀請對方喝茶聊天般的悠閒語氣加以回應。

「我說諸神黃昏腳本你可能聽不懂吧。就是積極的自我否定。你認為對馬汀尼系列施加外力的『某個東西』真正的出處是哪裡？」

「什……！」

賀維亞本來就一直丟不開這個疑慮。

就算詩寇蒂・塞倫沙德再神通廣大，怎麼能在擠滿無人機與動力服的屋頂上那樣占盡優勢？

假如是在當下那個場合，馬汀尼系列失控了呢？如果只需一個切換動作就讓芮絲或梅莉襲擊了呵呵呵呢？連對付動力服都那樣了，自己這個血肉之軀還安全嗎？現在倒在地上的人又「可信」嗎？

假如槍殺了庫溫瑟的怪物同類就在等他背對她們露出破綻的話……

「那個真礙事。有那種東西就玩不起來了。」

「！」

當回過神來時，反而是詩寇蒂衝過來縮短了距離。

纖瘦少女的右手衝著賀維亞的手槍而來。不是想抓住並搶走它。正好相反。詩寇蒂把槍口按在她那有著柔嫩外觀的肚子，然後竟接連扣下了扳機。

砰砰嘶砰！清脆的槍聲連續響起，柔軟下腹部承受的衝擊力道讓少女把身體彎成兩截。

「呃嗚！」

但餘彈就這樣在轉眼間用盡了。

手裡的手槍，變成了普通鐵塊。

「嗚呼呼哈哈！就是啊，對對對。痛覺又是另一種快感，敗北才能促進成長！對吧，庫溫瑟？就是這個位置，最棒的部分就在這裡。人生就是要從一敗塗地的境地站起來逆轉勝才最『好玩』啊！」

雖說具備某種程度的防彈性能，但仍然無異於自殺。只不過是子彈沒有射穿而已，衝擊力道還是會傳入內部，視情況而定甚至存在著撕裂肌肉使內臟受創的風險。

然而……

明明是這樣，殺人妖精詩寇蒂卻只露出恍惚的笑靨。

「諸神黃昏腳本？」

她對自己講出來的話提出疑問：

「你認為『真的有』那種東西嗎？啊哈哈！那種玩意兒，再怎麼找也找不到的啦！因為那種東西根本就不存在。」

「妳，在……鬼扯什麼？那前提豈不就……！」

「假裝不存在的事物存在，從中得到一定的成果。這不就是『情報同盟』的老招嗎？不過我猜原出處應該是他們發現馬汀尼系列的大眾支持度竟然超越了主宰AI網路．卡帕萊特的掌權者，於是洩漏消息說她們有那種『安全性漏洞』以斬斷熱潮的精神性安全措施吧。……於是我們那邊潛入『情報同盟』的特務們把它挖出來，賦予一套新解釋以供他們利用，就成了諸神黃昏腳本。」

「……」

諸神黃昏。

那是北歐神話的最後一戰。這段無情的神話描述主神奧丁害怕自己將如同女巫的預言死於戰鬥中，百般算計的結果卻招致許多怨恨而一如預言被巨獸吞噬而死，連復活的機會都沒有。

要不是聽信什麼預言，說不定根本什麼事都不會發生。

「一旦自信產生動搖而喪失自我意志，當事人馬汀尼就很容易屈服於AI。既然這樣，也就用不到什麼積極的自我否定了。心靈的問題，不正是我們『信心組織』的專利嗎？」

幾乎臉貼臉的詩寇蒂像是在講一個大祕密地說：

「這方面以『信心組織』來說，或許就類似禁止崇拜瑪利亞或是信仰索爾的過程吧。而就算只是弄假成真，只要有效就沒差。況且就現實情況來說，馬汀尼那幫人的確被不存在的事物束縛了內心對吧？」

賀維亞也被少女的花言巧語欺騙，失去了寶貴的火力。

手槍裡沒子彈就沒轍了。考慮到緊密包覆全身的特殊駕駛服的防刃性能，能用小刀攻擊的部位也有限。

「只需呢喃一句諸神黃昏腳本，就能困住馬汀尼。即使腦袋清楚知道那種東西並不存在，靈魂部分還是無法拭去疑慮。簡直就像詛咒一樣呢。或許是『情報同盟』的恐懼心遭到『信心組織』特有的方法控制才會變成這樣吧。」

「嘖……！」

「好啦，你要怎麼辦？有閒工夫讓你換彈匣嗎？」

沒那閒工夫被她的每一件凶惡罪行嚇到了。詩寇蒂放開失去用處的手槍後，把撕成小塊的塑膠炸彈丟在腳邊讓它炸開，用爆炸衝擊力撞擊自己的身體做出大動作旋轉。隨著人類肉體不可能辦到的體重移動方式，重如建築拆除用鐵鎚的迴旋踢對準了賀維亞的側頭部飛來。

只要開心，只要好玩，自己的身體變成怎樣都無所謂。

面對狂人的愉悅行徑，賀維亞反而放下了手臂。不是做好讓手臂骨折的心理準備想保護頭部。他把子彈射盡失去用處的手槍丟到腳邊，讓它滑向詩寇蒂腳跟離地支撐身體的那條腿與屋頂之間的空隙。

「哦？」

她失去平衡，迴旋踢的軸心歪了。

踢了個空的詩寇蒂還來不及重整態勢，與她貼近的賀維亞先從正面用身體衝撞她稚嫩的腰肢。他把少女使出迴旋踢的膝蓋內側掛在自己肩上，順勢將她整個人掀翻。不，他的手上應該還握著大把的求生刀才對。

兩人扭打著摔倒在地，賀維亞壓在仰躺倒地的詩寇蒂上方，雙手抓住求生刀，將刀尖刺向她那單薄的胸口中心。詩寇蒂也沒閒著，用雙手將它往上推，但賀維亞取得了壓制位置。無論纖瘦的殺人魔在男人底下如何扭動身子，都已經逃不掉了。賀維亞用上全副體重使勁把刀刃往下壓，花上漫長的時間以幾釐米為單位，但讓銳利刀尖確實地逼近詩寇蒂的要害。

「夠了……」

不同於出於職責而殺人的士兵，賀維亞滿眼血絲地大叫：

「我要殺了妳！我不會讓別人來善後。馬達加斯加那件事搞砸了，從一開始就該這麼做了！」

「哎喲奇怪了，你該不會是在硬撐吧？庫溫瑟也就算了，我本來還以為你是專門幫他踩煞車的耶。」

論力氣是詩寇蒂較差。再這樣下去她將會無法顛覆狀況，只能眼睜睜看著刀刃緩慢而確實地穿透心臟。雖說駕駛員 ELITE 的特殊服裝具有防彈防刃性能，但還是抵不過重量。即使刀刃割不開纖維，就像穿著高跟鞋踩踏那樣集中於一點的「重量」，想必能夠壓碎稚嫩的肋骨或胸骨。

然而仰躺著被壓住的詩寇蒂，都到這時候了還在賊笑。

不只是在逞強。也不是逃進了只有她能看見的天堂。

一回神才發現……

以暴露出少女不該有的妖豔身體曲線的詩寇蒂為起點，正三角形的各個頂點都撒滿了塊狀塑膠炸彈「HAND AXE」。包括她那放蕩的模樣在內，簡直就像在整片地板上畫了魔法陣，準備用自己的身體舉行詭譎而褻瀆的獻祭儀式。

少女做出與嬌柔唇瓣全然不搭調，甚至是恐怖不祥的舔嘴動作，呢喃著說：

「用碎冰錐之類的工具，不出聲在玻璃上敲個小洞開鎖時都是用三角形來想——敲出裂痕，切割成最小頂點覆蓋平面拆下玻璃。哎，總之對這個屋頂也一樣適用就是嘍。」

「妳……！」

繼續這樣下去，一定能殺得了詩寇蒂。

但是要「確實」下手，只能把刀刃一點一點慢慢往下按。沒辦法現在立刻搞定。

所以，詩寇蒂・塞倫沙德才能妖豔地蠕動白皙纖細的喉嚨，照樣笑得出來。

「我決定讓自己摔下去，連同我自己打穿的部分屋頂。樓下擠了五萬人。全身掛滿『HAND

AXE』備品的我如果來場大爆炸，不曉得下面會綻放什麼顏色的花朵？」

「……！？？」

「哎呀，別擺出這種表情嘛，說不定其實不會太嚴重喔？有那麼多人重疊在一起，作為人牆應該也很有保護力吧？啊哈哈！你就努力祈求奇蹟發生吧，煞車小老弟？」

雙手……不能鬆開。他是用上全副體重才能壓制住詩寇蒂。現在一旦鬆手就會放對方自由，導致更不可收拾的災害散播出去。

明莉完全被懾服到癱坐在地，沒辦法指望她。其他人員也各自在不同位置遭到擊倒，無法期待有人伸出援手。

無計可施。

明明能夠預見即將發生的慘劇，卻毫無辦法顛覆狀況……！

「換成庫溫瑟一定也會這麼做的。」

詩寇蒂就像個沉浸在美夢中的純潔少女，細訴著弄錯場合的心情。

「是要安全脫身，還是甘冒風險向前邁進？換作是前輩，一定會選擇前進。與其難看地選擇保命節節敗退，他會以擊敗敵人為優先。我了解他。我了解庫溫瑟‧柏波特吉這個人……」

就在這時……

狀況有了變化。

砰啪！！！

一聲槍響。

有人往缺乏起伏的胸口正中央，開了一槍。

是沾滿鮮血的小手握住護身用手槍，射出子彈的聲響。

「芮……絲……？」

對於賀維亞的呼喚，穿黑軍服的少女並未做出回應。

不知不覺間走到他們身邊近處的少女，低頭看著雙馬尾殺人魔的臉，毫不猶豫地扣下了扳機。

「……胡說八道。」

只聽見一句嘔血般顫抖的話語。

「庫溫瑟．柏波特吉才不會那樣做！那傢伙，那個大笨蛋，是個能夠在遭到世界最大級 OBJECT 攻擊時，臨場作出判斷挺身保護敵國士兵的，無可救藥的『凡人』！跟妳或是我這種人，根本就是完全不同的生物！」

那衣服應該具有某種程度的防彈性能。

但反過來說，也就只是這樣而已。

「原來，是這樣……啊……」

詩寇蒂視線不安定地四處飄移，望著遠處的某個地方，口中冒出了某些話語：

「前輩。難怪都沒看到你……原來如此，是『這麼回事』啊。」

就像在表明立場，阻止她繼續說下去那樣。

遭到芮絲接連扣下扳機，就連這殺人魔似乎也被符合常識的痛覺拉回了現實。她陷入呼吸困難狀態，勉強與小刀抗衡的力道也就此中斷。趁著大腦解除限制的殺人魔稍微放鬆力道的一刻，賀維亞將全部體重壓上去，毫不留情地把長達四十公分的求生刀尖端插進稚嫩的胸口中央。

具有防刃性能的特殊駕駛服，本身是刺不破的。

但是這種宛如穿高跟鞋踩踏般的「重量」，應該以緩慢的速度確實重創了少女纖瘦的身子。

這樣就結束了。

以馬汀尼系列或諸神黃昏腳本為中心的問題應該就這麼解決了。不用擔心有人會失控。曼哈頓應該也無法繼續維持威脅性才對。

「我不會死的。」

但少女的笑臉，已可稱之為一種詛咒。

就像低成本恐怖片的怪物一樣，殺人魔誇耀著自身的不死性。

「我殺人殺習慣了，所以很清楚。這不是內臟的痛楚。你得插得更深，更深更深更深才行。要插到折斷的肋骨或胸骨刺破內臟才行……」

「閉嘴，妳去死吧。我不要妳講任何話來節外生枝，妳現在就給我死，讓這一切結束。我不是庫溫瑟，不會對妳心軟。」

「哈哈！煞車小老弟，你辦不到的啦。只有前輩能殺得死我。這一定是早在我們出生之前，就已經決定好了。」

對殺人魔而言，自己的死亡具有何種意義？

是同樣只屬於大量消費的物質之一？抑或是只有自己例外，是準備獻給摯愛的珍藏寶物？

「我本來是這樣想的說，真遺憾。不過也因為這樣，就某種意味來說姑且算是達成目的了吧。反正我也不是非羅伊斯不可。」

「妳在說什麼……？」

他產生一種宛如細小蟲子逐漸布滿全身上下的厭惡感。

這傢伙知道一些事情。

馬汀尼系列或是諸神黃昏腳本之類的小兒科，就到此為止。

世界總是會滾向無可救藥的方向。

大概是為了接近她作為殺人魔崇拜不已，曾經打倒過她，擁有比她更強大的殺人手段的庫溫瑟吧。恰似跟蹤狂的執念能夠發揮超越職業私家偵探或諜報員的收集情報能力，詩寇蒂也徹底把他與他身邊的情報調查了一遍。賀維亞敢打包票。

要是動力服不是遙控式的……要是呵呵能在更早的階段被詩寇蒂殺害，事情也不會變成這樣了。

某種極致的邪惡，甚至令他心生這種錯誤的後悔。

「剛才被我太用力砍成兩半了，不曉得妳聽不聽得見──？那邊那件動力服……嚴格來說是遠端操作它的某某人。」

「妳還要玩什麼花樣！」

「不是啊。」

她反而露出了愣愣的表情。

就這樣，詩寇蒂・塞倫沙德下了最惡劣的一步棋。

「不就是那邊那個女的殺了前輩……庫溫瑟・柏波特吉嗎？她這樣被你們排擠在外太可憐了啦，得跟人家解釋清楚才行啊。」

23

「啊。」

來到遠離現場的另一個地方。

那裡照理來講應該沒有讓危險鑽入的餘地。當然了，溺愛駕駛員 ELITE 的蓮蒂・法羅利特，絕不可能把她帶到無法排除所有風險的現場。那個指揮官是不惜拿自己當誘餌來讓旁人誤以為偶像派 ELITE 親臨現場，藉由這項「情報」徹底保護她最寶貝的祕密武器。

「啊啊……」

但是，她早該想到了。

早該想到危險並不只限於物理性的槍彈或炸彈。她們是「情報同盟」，最該戒備的應該是透過網路線來襲的「情報」。

父親平安無事。羅伊斯還活著。

但是同時，少女的童稚之心突然以最強烈的形式被迫面對一件事實。

庫溫瑟．柏波特吉已經不在人世了。

而事實是：他是死於自己曾經信賴的某人之手。

「啊啊！？？」

24

「歡迎來到世界末日。」

伴隨著嘔血般的一句話，殺人魔這麼說了。

或者也能說，用彷彿作夢般的神情。

「我也是ELITE所以很了解這種『特別待遇』。你們是體諒她的個人隱情，特地跑來這裡救她父親的吧？但是，假如跟父親同樣重要的人早已死在某人手裡了呢？」

對詩寇蒂而言，庫溫瑟是她病態地執著的對象。在殺人技術上，她將庫溫瑟定位為崇拜的前輩。

所以關於他的所有事情，殺人魔大概早就調查清楚了。

「如果釋放我的『信心組織』推測無誤的話，這個存在可不只是普通的ELITE，曼哈頓不過只是一小部分，她可是與整個無形的AI網路．卡帕萊特本身不可分割的VIP大小姐呢。厲害到說不定能單獨跟數千名馬汀尼交手。與她個人有著深刻關係的某某人之死，會間接引發多大的失控暴衝？真是太～令人期待了呢。你說是吧，前輩？」

的確，馬汀尼系列的問題消失了。

當然了，因為更大的威脅已經降臨了。

行間二

判斷狀況三二五已敗北。

確定詩寇蒂·塞倫沙德已遭擊敗。

雖然不是走羅伊斯那條途徑，不過那個殺人魔到了最後的最後，還是替我們滿足了最低條件。現在就先坦率稱讚她的應變能力吧。要從這裡成功連接到導火線不是問題。

如果不能以曼哈頓、馬汀尼系列，以及「情報同盟」全面崩潰作為開端，成功引爆波及四大勢力的世界大戰，一切就沒意義了。

世界在尋求混沌。

許多神話宗教都無法在和平中求發展。或許是必須要有與神為敵之人或是壓倒性的大災難等超越人類智慧的「某種事物」，才能簡單易懂地解釋神的公理正義吧。

我們最該畏懼的，是無形的墮落。

也就是這整個「乾淨戰爭」。

為了因應無聲無息地逼近的頹廢潮流，就由我們來塑造一個簡單易懂的敵人吧。在這過程當中，想必會造成絕不在少數的人命傷亡。但是作為對抗肉眼不可見的真正威脅的前置階段，世界必須先邁向大同才行。

當今的時代是個錯誤。

這個以 OBJECT 為軸心的世界失敗了，再怎麼繼續發展也不可能為人類帶來光明未來。說起來簡單，但關於具體而言是「哪裡」做錯了，又該從哪個時間點「如何」逐步修正才對，能用數據來解釋的人恐怕少之又少。

既然這樣，那就由我們來達成吧。補足缺少的部分，伸出援手吧。不是為了地位或名譽，是為了取回人類能夠活得有人性的世界。其中所需的一切，都恭謹肅穆地逐步實行吧。我們不畏懼評論家或歷史學家。因為有更偉大的存在將對這具身軀施以不可避免的制裁。

準備庫溫瑟模組。

我也要出動。

聖者尊翁提爾鋒・沃伊勒梅科給親愛的各位

第三章　Selector y／n　≫百慕達三角總體戰

1

到頭來……

對那個少女而言，庫溫瑟．柏波特吉究竟是什麼？

「情報同盟」與「正統王國」是無法和解的兩個敵國。而且相較於少女早已身兼駕駛員ELITE與國際偶像，庫溫瑟就連一個小步兵身分都還在發展階段。不過是個來自「安全國」的戰地派遣悠哉留學生罷了。

兩人之間沒有任何契合的部分，更遑論相不相配。一旦兩國正面開戰，少女恐怕連誰在哪裡都不知道，就把他連同畫面上的其他光點一起碾碎殺害說再見了。

本來應該是這樣的。

但是，兩人之間有著不能這樣草率解釋的「某種要素」。

這個「某種要素」具體而言「是什麼」少女自己也不清楚。化為言語或許很簡單，但她不願用簡單易懂的詞語把他跟不三不四之流丟進同一個箱子。這個內心反應看似簡單，其實具有複雜的意義。是一種對於事事都機械化處理然後貼上標籤，調整得利於搜尋的「情報同盟」根幹加以否定的反應。

所以……

所以……

所以……

2

當時，賀維亞．溫切爾應該站在哥倫比亞統合大學第二體育館的平面屋頂上才對。

理所當然的前提，突然崩壞了。

砰！一陣沉重衝擊瞬間竄遍全身。賀維亞的身體早已被彈向旁邊，整個人被拋出廣大的屋頂空間之外。

「喔……？」

不懂什麼意思。

然而現實情況不會慢慢等不良軍人去弄懂。狀況繼續發展。無論有多蠻橫不講理，被人從高達四層樓的建築丟下去的事實還是不會改變。

曼哈頓動了。

它只不過是稍稍扭動一下機身，就造成了偌大的慣性力，徹底擺脫地球的重力，讓賀維亞等人「往側面墜落」。

賀維亞、明莉、芮絲、青年侍從、梅莉，以及殺人魔詩寇蒂。

所有人都束手無策。

「喔嗄嗄嗄啊啊啊啊啊！？？」

不知是本能的部分拚命想找東西抓，抑或是是理性的部分想在空中取得平衡。賀維亞連這點都分不清楚，只能毫無意義地一味擺動雙手雙腳。四層樓高的屋頂，高度可以與學校的屋頂平台匹敵。迷迷糊糊地從這種高度摔下去甚至可能丟掉小命。

啪嘰啪嘰啪嘰啪嘰！某種東西折斷的聲音連續響起。

「呃啊……」

呻吟當中混雜了血腥味。看來自己是撞進了圍繞體育館、與其說是行道樹更接近蒼鬱人工林的樹林其中一棵樹。完完全全只是偶然。雖然可能抵銷了衝擊，但結構強韌的軍服多處被撕裂，從內側滲出暗紅色彩。

但沒時間為自己的不幸悲嘆了。

不知道為什麼，呵呵呵聽到庫溫瑟的死就爆發了。羅伊斯的事情已經不足以用來遏止她。「快擊手」或是茱麗葉之類的複雜問題他不懂，總之呵呵似乎神通廣大到可以經由ＡＩ網路．卡帕萊特來奪取曼哈頓的控制權。

「嘻嘻！」

有人露出了笑臉。

一個把金色長髮綁成雙馬尾，單看外表的話宛如妖精的少女。

不知是駕駛員 ELITE 特殊服裝的防護效果，抑或是受到死神所愛的賊運讓她得到了某些緩衝墊？也可能只是腦內物質過剩分泌讓痛覺飛到九霄雲外去了。

總之詩寇蒂．塞倫沙德正輕盈地在樹木之間翩然起舞。張開雙臂，搖著小屁股，就像踩著舞步。

最大級的邪惡殺人魔重獲自由。

「咿嘻嘻，啊哈哈！哈哈哈哈哈哈哈哈哈哈哈哈哈哈啊哈啊哈哈哈！」

「該死的……王八蛋！」

賀維亞拔掉插在上臂的樹枝，自己也猛然站起來。

「坐救生圈的女人，妳跑哪去了！曼哈頓現在怎麼樣了？呵呵呵到底幹了什麼好事！」

叫人也得不到回應。

不知是權限完全遭到竊取，還是本人根本就昏死過去了。

他也沒那多餘精神去追究。詩寇蒂趁著這段時間，仍然在樹木之間打轉穿梭，與他逐漸拉開距離。賀維亞撿起墜樓時撞掉的手槍單膝下跪開了兩槍，但被樹幹擋住打不中。看似是跑好玩的，其實都有經過精密計算。

「明莉，還活著的話就掩護我！死了的話就不管妳了！」

「嗚噁，『正統王國』應該是騎士精神的國度才對吧……就是體現了女士優先的那種……」

嬌小少女儘管一邊呻吟，還是作出了回應。看來是摔進了資源回收——說穿了就是收集腐葉土原料落葉的一大堆袋子，所以似乎也平安無事。

賀維亞正要去追，靴底卻險些踩到某個東西。

腳邊只躺著梅莉原本緊抱不放的薄型遊戲機，但賀維亞他們兩個門外漢撿起來，連怎麼切換畫面都不會。只是同樣看向螢幕的明莉一看到高速滾動的英數字元就皺起了眉頭。

「這個……不是卡帕萊特在操縱曼哈頓？」

「什麼？」

「ＡＩ網路的資源反而是被分配給其他工作了。呃，就像是愛搗蛋的小貓怎麼罵都不聽，所以把更能引起牠興趣的東西放在旁邊分散牠的注意力。呵呵呵有可能……是在完全手動操縱變得無人控制的曼哈頓。」

「『快擊手』跟曼哈頓不是完全不同的兩架機體嗎！」

「你問我我問誰啊！」

反正不管怎樣，不在專業領域的賀維亞他們再怎麼瞪著畫面也想不出答案。

先解決眼前的問題再說。他們只能去追詩寇蒂纖弱柔美的背影了。

「其他人要怎麼辦！就是芮絲小姐還有梅莉小姐他們！」

「哪有那多餘精神去在乎『情報同盟』的官兵啊！現在先追詩寇蒂再說！那傢伙正在跑向原本位於西邊的地帶！那邊有什麼東西？」

「河濱公園。再往前走就是海邊！」

現在才去搶一艘快艇或是小型潛艇，不太可能逃離兩萬公尺長的龐然大物前往安全地帶。但是無關乎這種常識性的範疇，總之追丟詩寇蒂．塞倫沙德那種人後果將會不堪設想。曼哈頓雖是「情報同盟」的中心地，但同時也是與戰爭無緣的「安全國」。賀維亞的倫理觀念沒低落到能讓不惜利用乾淨戰爭滿足自身欲望的殺人魔在這裡到處亂跑。

沙沙！黑軍服少女也撥開樹叢，從別的地方跑了出來。

「卡帕萊特是人工智慧，基本上只是速度不同，但透過網路實行的作業跟人類無異，是吧。『格林033』與『曼哈頓000』雖然結構完全不同，但同時茱麗葉與卡帕萊特卻是直系親屬。所以卡帕萊特能做到的事，熟悉了茱麗葉系統的偶像派 ELITE 也辦得到就對了。」

芮絲．馬汀尼．維莫特斯普雷也舉起護身用手槍，對準詩寇蒂的背部。

「不對，那個偶像派 ELITE 真有她的。看樣子……她並不只是解讀卡帕萊特的動作，從同樣的起點操縱『曼哈頓000』。而是解讀卡帕萊特的習性，從連AI網路都疏於注意的另一種命令列控制 OBJECT。就是被妳誘導的，妳這精采絕倫而令人作嘔的殺人魔！」

「哈哈！」

所有人的視線，都被美麗少女妖精般起舞的背影吸引住了。

即使從多個方向遭到槍口瞄準，她連舉起雙手護住頭部的舉動都沒有。最短最佳路徑管他去死，交織多餘的部分與玩心，甚至踩著細碎的圓形舞步，詩寇蒂歌頌著獲得的「自由」。

她大大張開雙臂，背部後彎挺起單薄的胸脯，仰望天空……如同音樂劇的演員那樣用直衝雲霄的嗓音大聲宣告：

「哈哈啊哈哈！可惜啊可惜，庫溫瑟死掉了啊。本來想讓前輩看看我成長後的模樣的說……不過真不可思議對吧？殺了庫溫瑟的『情報同盟』跟庫溫瑟遭人殺害的『正統王國』竟然會為了雙方利益攜手合作來追殺我。簡、直、就、像對什麼事情妥協了似的。」

「妳……！」

說這話的用意不是為了惹惱賀維亞等人。

詩寇蒂話才剛說完，轟隆！整個曼哈頓再次受到搖撼。賀維亞支撐不住而抓住了旁邊的路燈，耳朵聽見與作為武器的 OBJECT 連動的附近所有揚聲器發出低沉扭曲的嗟怨之聲，層層重疊著響徹四下。

『殺了你們殺了你們殺了你們……』

「呵呵呵，妳這大白痴！」

『我要炸掉……毀掉……宰了你們所有人！！！』

地面隆起了。
不對，是整個曼哈頓傾斜了，從賀維亞等人的主觀來說就像是整個平面被改造成陡峭的上坡。明明數百公尺外就是海洋，最短的逃生路線卻逐漸失去原形，變成無法翻越的峭壁。就好像落石或是什麼似的，金屬製垃圾箱以及砍伐的圓木……搞到最後連不算小的轎車都滾了下來。
甚至不須借用ＡＩ網路的幫助。偌大的系統，全部靠手動輸入。
「嗚……！」
相較於緊抓路燈撐過震動的賀維亞，詩寇蒂雖然在大量墜落物體中瘋狂起舞，但似乎也打消了勉強爬上這個陡坡前往海邊的念頭。只是她的一舉一動當中，可以看出享受臨場反應的心態。
「喂，妳的愛就只有這點程度嗎！殺死前輩的仇人還在那邊輕鬆自在地保持正義英雄的地位咧！」
『……！？？』
砰！！！一聲。
不，不至於吧，再怎麼說也沒那麼誇張吧。
賀維亞心中的這種常識，被塗成一片空白。
開砲了。

她究竟是握住了世界最大級 OBJECT 曼哈頓這匹野馬的韁繩，還是沒能徹底握住？總之呵呵呵根本不在乎這裡是包含短期旅居者在內擠滿一千萬人的人口密集地。只差沒說就算要在自己的龐然巨軀上炸出個洞也無所謂，發射了即使是裝甲足以撐過核武的 OBJECT 碰上也會瞬間蒸發的某種砲火。

「嗚喔嘎嘎嘎啊啊啊啊啊啊啊啊啊啊啊啊啊啊啊啊啊啊啊啊啊啊啊啊啊啊！」

實際上掉下來的似乎是磁軌砲或線圈砲之類的金屬砲彈。

已經與隕石無異了。人為建造的景色……表面的哥倫比亞統合大學校園花園整片掀了起來。賀維亞的身體浮上空中，然後被砸向起火燃燒的草坪。連呼吸困難地咳嗽的閒工夫都沒有。要是待在同一個地方打滾，火就要燒到自己身上了。

「該死……脖子怪怪的。馬汀尼軍團也好卡帕萊特也好，就沒有人能阻止呵呵呵了嗎！」

「卡帕萊特現在正在解開世界十大難題。人工智慧的本分是輔助人類的作業。換言之，機器的資源分配會受到人類的作業量所左右。假如那個超乎常理到令人傻眼的偶像派 ELITE 真的能獨力操縱『曼哈頓000』的一切作業，卡帕萊特或許會判斷不需要分出自己的資源。」

「誰在問妳這些……痛死了，脖子發出劈嘰一聲！」

「當然這不是正常的應對方式。卡帕萊特比較像貓而不是狗。真是服了那個偶像派 ELITE，這麼快就開始掌握住它的習性了。不是不由分說把它趕出去，而是巧妙地將它的興趣從盒裝衛生紙引導到可以拿來玩的破布，藉此讓它將資源抽離『曼哈頓000』。」

問題在於呵呵呵本人設定攻擊目標時也不見得有多冷靜沉著。從真正的意味來說，支配這整個狀況的其實是……

「啊哈！哈哈哈。啊哈哈哈哈哈哈！」

那副天真無邪的笑臉，就像小孩子收到了聖誕老公公送來的新玩具。詩寇蒂讓金色雙馬尾以及大塊裝飾布飄飛成環狀翩翩起舞，背影逐漸消逝在火海與黑煙中。她沒去對抗整片變成陡峭斜坡的景觀，果斷地放棄了近在眼前的海邊，重新趕往人口密集的曼哈頓市區。

「呵呵呵這個大笨蛋，那傢伙的友情力量死到哪去了啦！」

「你剛才不是說『情報同盟』的官兵怎樣都無所謂嗎？先別說這個了，那邊是哈林區，穿過那裡還是一樣能抵達海邊喔。不過也許不用到海邊，說不定隨處都可以找到直升機停機坪就是了。」

「那傢伙的老爸不是也在這所大學裡避難嗎？她對這方面是怎麼想的？G奶的腦袋裡有沒有一個完整概念啊！」

照理來講北邊也有陸地細長延伸出去，但詩寇蒂沒有走那邊。看來她的目的地還是海岸。

就在這時，事情發生了。

某種巨大的東西在頭頂上方形成陰影，賀維亞急忙滑下陡峭的草坪坡道拉開距離，只見一個比冰箱還大的東西壓爛金屬柱子，正往地面墜落過來。

那是個每邊長三公尺的透明骰子。

裡面塞著像是選美皇后的某某人，外觀上的時間已經停止。

「喂……」

「這是某種樹脂，對吧？」

在啞然無言的賀維亞與明莉眼前，啵啵啵！火勢延燒的草坪從底下不自然地隆起。看來這也是曼哈頓的功能之一？如同大蛇抬頭般冒出來的，是同樣透明的某種藤蔓狀物體。它們迅速纏住各處的建築物，甚至包住來路不明的立方體，然後當場固定不動。

梅莉似乎說過，曼哈頓的可動部是運用膨壓還是什麼的原理，仿造植物構造做成的。那麼透明的藤蔓可能是樹，裝了人類的骰子就是果實了。

即使是一般 OBJECT，也絕不是一般民眾能同乘的東西。

更遑論兩萬公尺以上的龐然大物，就算是職業戰鬥機飛行員也不可能控制得住這種慣性力。那麼曼哈頓就是個無用的廢物了？不，不是。這就是解決「戰鬥動作問題」的答案。

把民眾關進裡面進行封裝，使其進入假死狀態，以解決人體傷害問題。摩天大樓群也是，若是被正式的戰鬥動作甩來甩去，肯定無法承受住那種左右搖晃。所以為了不讓它們倒塌，必須用莫名其妙的藤蔓纏住表面，逐步補足所需的強度。

呵呵呵打算對一千萬人熙來攘往的整個街景施加這種措施。

可別說她一無所知。如果將明莉與芮絲等人的意見整合起來，會發現呵呵呵很有可能是用十根手指手動輸入的方式操縱這整個巨大曼哈頓的一切功能。

「別開玩笑了！你們到底是有多自私啊！」

「情報同盟」的市民或許受到硬化保護還無所謂，但敵國「正統王國」的士兵一旦被捕，下次醒來可能就在禁閉室或勞改營了。危機意識不同於其他人的賀維亞與明莉沒多餘心力去照顧芮絲，再次拔腿就跑。實質上來說，只要一被那個立方體變成常溫凍眠標本，人生就結束了。

不管如何大打大鬧都不用擔心害死人。

他們一邊被不受控制的呵呵追殺，同時自己也得追趕脫逃的詩寇蒂。那傢伙是高智商的連環殺手，對她本身來說理應構成最大威脅的曼哈頓或呵呵，反倒被她慢慢建構出一套方式玩弄於股掌之間。

喀啦喀啦喀啦喀啦！只聽見一陣沉重的貨物列車駛過鐵路上的聲響。

「靠！注意鐵路！發現載滿重砲的戰鬥列車，看樣子跟什麼強擊公牛之類的不一樣。繞到大樓背後！」

「那邊也不行，已於鐵塔上發現有擺動式火箭砲混雜在無數碟型天線中！至少有兩個二十枚的多管發射箱！看起來不像是自律無人機，我猜那個應該是直接與曼哈頓相連吧。總之就是會跟擺動式的可動範圍重疊！」

這個城市就沒有半個安全地帶了嗎？

賀維亞等人已經被搞到煩不勝煩，拚命思考還有哪條路可以走。

「哈林區就是大家說的那個對吧！」

「記得應該是個晚上或後巷不推薦經過的地方。除了本身的區域性之外，聽說現在由於西班牙裔、亞裔、義大利裔與俄羅斯裔等幫派流入當地，導致地方規則變得很複雜，初來乍到的觀光客根本無法判斷在哪裡會誤觸哪些地雷。」

話雖如此，那裡終究只是「安全國」內的危險地帶。對於跑遍世界各地「戰爭國」讓胸腔吸滿了貧民窟空氣的詩寇蒂來說，搞不好感覺就跟自家後院一樣。

事實上當他們踏進大樓後方時，並沒有預料中的毒販或是鎮定地佩戴遠超過護身性質的槍械的一群人在等著他們。

四周已經滿是透明藤蔓纏住各棟大樓表面補足強度，並將種族或職業各異的人們關在立方體裡。

賀維亞嘖了一聲，一邊留意從人孔蓋小洞像胃鏡一樣伸出的特殊攝影機一邊迂迴經過大道，同時發現雙馬尾金髮就在景觀遠方輕盈起舞。

是詩寇蒂．塞倫沙德。

「！」

不用再發出警告了。相對於賀維亞幾乎是機械性地舉槍瞄準對方，可能是從附近的櫥窗或後視鏡掌握到背後情形了，詩寇蒂把兩隻小手擺在嘴巴旁邊做成大聲公，扯開嗓門大叫：

「妳打打看啊！打那邊那個冷血無情的男生。看到那個男的庫溫瑟都不在了還照常公事公辦，妳都沒感覺嗎！」

『啊啊啊！嗚嗚唔欸嗄啊啊啊啊啊啊嗄嗄嗄啊啊！』

一扯！賀維亞等人的身體再次被拉向側面，遺忘了地球的重力。剛剛明明還是繪滿了以爵士樂手為主題的壁畫藝術的「牆壁」，當他們勉強用雙腳著地時卻搖身一變成了「地面」。

已經沒那閒工夫一一驚訝了。

他們直接在牆壁上奔跑追趕詩寇蒂。途中開了幾次槍，但每次整個曼哈頓都會左右搖晃，無法維持準星。在這種狀況下如果不留意站立位置，一不小心就會在空無一物的大街上「墜落」幾十到幾百公尺的高度。

「嗚哇啊，我們已經在牆上站了超過一分鐘了耶！這不是應該是暫時的嗎！」

「也要看她怎麼弄，不過如果是在同一個地方不停轉圈圈的話，再過幾年都還是這樣吧。我看這架 OBJECT 就算飛上太空都能像在地球一樣維持1G的生活環境。」

話雖如此，處於極度混亂狀態的呵呵呵行事根本沒有邏輯。她現在連專注在一件事情上的多餘心力都沒有，被她甩來甩去就像是被丟進四面八方都有強風吹襲的一場風暴。無法繼續支撐自己重量的電動車被往旁吹飛，資源回收箱從天而降。在這種環境中開車或騎車反而很危險。每當砲擊斷續來襲，位於射擊線上的高樓大廈就會毫不留情地被炸斷，雪崩般淹沒道路的成堆瓦礫阻擋了去路。整個景觀蠕動起伏瞬息萬變，本來打算衝過去的追擊路線每隔短短幾秒就會崩壞，只能另尋路線。途中已經變得分不清楚現在是在追趕詩寇蒂，還是在試著逃出生天。

「一回神才發現」最適合用來形容這個狀況。

賀維亞等人不要命地奔跑到最後穿過了哈林區，來到了海邊。原本大概是面朝哈林河吧。可以看到妖精般的殺人魔輕快地跳過一艘艘拴在碼頭互相碰撞的小艇與遊艇，最後搭上光那一艘恐怕就能買一棟房子的高速快艇。

「詩寇蒂．塞倫沙德！」

「哎呀。」

輕鬆得很。

用鞋跟踢壞鑰匙孔部位的雙馬尾惡魔轉頭望向他們，然後放棄連接線路，彈了個響指。

「難得來到『情報同盟』的中心地，本來想享受一下玫瑰騎士強而有力的引擎的說……沒辦法了。好吧，雖然我自己也有點想嘗嘗這種死亡的滋味就是。」

「妳夠了吧。就算這世界上有著各種問題，也沒有任何讓妳介入的餘地。我要在這裡把妳結束掉。亡靈就該像個亡靈滾回墳墓底下去！」

「是無所謂啦，不過大禍已經臨頭了喔。」

詩寇蒂一隻手扠在玻璃藝術般纖弱的腰肢上，另一隻手才剛指向正上方，狀況就來了。

曼哈頓對他們開砲了。

整個景觀全被炸飛。

碼頭的風景也是，停靠得水洩不通的小艇與遊艇也是。在砲彈命中之前，射擊線上究竟有多少高樓大廈被撞倒也已經數不清了。

賀維亞自己，則是忘記了重力。

幾十公尺……不，也許在空中飛翔了一百公尺以上。

一回神才發現，眼前是一整片的海面。

從體感來說就像直接撞上混凝土地面。前一刻有什麼想法或動作都不構成影響。光是接觸海面受到的衝擊，就讓賀維亞・溫切爾迅速失去了意識。

3

後來賀維亞・溫切爾醒來時，起初他無法將前後記憶依序連結起來。

詩寇蒂呢？呵呵呵呢？明莉還有蓮蒂……總之所有人後來都怎麼樣了？

但實際上第一個闖入視野的，是另一個人的臉孔。

清醒過來時，他只知道有人讓他躺在某個鋼鐵箱子般的房間裡，一個對自己見死不救的「正統王國」高級軍官正低頭看著他的臉。

芙蘿蕾緹雅・卡彼斯特拉諾。

「！」

（我要宰了妳，妳這個對別人見死不救的叛徒！）

才不管什麼命令體系或階級社會。總之賀維亞從床上跳了起來，幾乎是反射性地交叉雙臂，抓住對方的衣襟想勒住她的頸動脈，卻反被握住手腕，毫不留情地把他從病床上摔到低了一截的地板上。

「嗚噗，嗚噁噁……該死，這個爆乳超級虐待狂還是一樣。看來不是我在作美夢……」

「你醒來了就好。立刻給我回戰場，我這邊人手不夠。」

「……都不用審問我至今發生了什麼事嗎？」

「你在睡覺的時候，時間照樣正常流逝。明莉已經把大致上的經過告訴我了，『情報同盟』的那幫人也證實了她的說法。就是梅莉．馬汀尼．艾克斯特德萊、蓮蒂．法羅利特，以及芮絲．馬汀尼．維莫特斯普雷這幾個人了。」

聽到別人說出槍殺庫溫瑟的女人的名字，一種自己的心臟慢慢被釘上釘子的感覺籠罩賀維亞的全身。但如果因為這樣而失去理智，就跟開曼哈頓亂打亂鬧的呵呵沒兩樣了。

芙蘿蕾緹雅提到了「正統王國」與「情報同盟」。但這樣還不夠完整。

「……這樣聽起來，『信心組織』的詩寇蒂．塞倫沙德還沒收拾掉？」

「這方面也是個問題，不過就先從能力所及的範圍解決起吧。首先是曼哈頓。」

銀髮爆乳一邊說，一邊把食指往自己勾了幾下。手勢的意思似乎是「跟我來」。看來她是真的打算把賀維亞直接送回戰場，沒什麼對傷患的特別待遇。芙蘿蕾緹雅轉身往醫務室的出口走去，準備為一腳踏進棺材的賀維亞帶路，同時背對著他說了：

「我有很多話想說，不過……總之，很高興你能活著回來。這點倒是可以稱讚稱讚你。」

「……回不來的人更多。」

「是啊。庫溫瑟的事情我很遺憾。」

走到通道上，就能看出這是在某一艘軍艦上。雖然覺得不太可能，難道是這艘軍艦航行到那架曼哈頓旁邊把海上漂流的賀維亞等人打撈了起來？怎麼想都不切實際。坦白講根本是自殺行為。

「你們幸運碰上了第四次的武力偵察。公主殿下與曼哈頓發生小型戰鬥的過程中，戰線多少移動了一點距離。於是我們就在空出來的海域撿到了你們。不過作為代價，『貝比麥格農』有一面被烤熟了就是。」

「……」

「坦白講，我只能認定沒有任何辦法能靠外界武力擊毀那玩意兒。所以即使多少有點勉強，還是想撿回一些掌握到內部情報的人。」

……大概是拿這些當藉口，硬是強辯到讓高層同意了吧。

賀維亞等人並沒有被幾張文件見死不救。就現實情況來說，他們獲救了。為了進行救援工作，必須先把曼哈頓引開。為了讓那頭怪物退後短短的一公尺，不知道「貝比麥格農」打了多危險的一場仗，又重複進行了多少次？無論是毫無勝算地投身最前線的公主殿下，還是與「安全國」高官對抗的芙蘿蕾緹雅，都各自為了他們費心費力。

盡力試著幫助他們。

只是，如果能再稍微快一點的話……

「問題的核心從馬汀尼系列轉移到『情報同盟』的偶像派ELITE了。這個認知無誤吧？」

「是……」

抵達艦內的會議室後，眾多視線聚集到賀維亞身上。除了「正統王國」士兵之外，蓮蒂、梅莉以及芮絲與她的青年侍從等「情報同盟」的人集中待在牆角。立場一變似乎也就這樣了。這次換成對方如坐針氈，但考慮到至今受到的對待，賀維亞也實在沒打算多關心他們。能被救起來就該偷笑了。

不，或許賀維亞也跟他們同樣突兀。

的確「正統王國」的士兵人數較多，但幾乎都是東拼西湊的新面孔。這次實在是損失慘重。反而是賀維亞或明莉這樣的老面孔看起來格格不入。

「嗨，莉莉姆．加瑟特十七歲。搞啥啊，妳也勉強活下來啦。」

「……我發現到了。每天活得快樂的祕訣，一定就是融入群眾當中不要引人側目。真不敢相信你們竟然一個勁地往那種地方跑……」

看來眼神陰暗的少女又多出一個心理創傷了。明明坐在折疊椅上卻抱著雙膝縮成一小團。

離開賀維亞身邊站到台上的芙蘿蕾緹雅，一邊操作投影機一邊開口了：

「關於大家已經知道的曼哈頓問題，現在狀況有變。這位是梅莉・馬汀尼・艾克斯特德萊。她是負責紐約警衛保全的馬汀尼系列之一，雖然很難以置信，但也是OBJECT原本的駕駛員ELITE。看到她現在離開崗位，曼哈頓卻繼續行動即可得知，目前曼哈頓可以確定已脫離她的控制陷入失控狀態。」

一承受到所有人的視線，不知為何身穿鮮紅紙製兩件式手術衣的少女開始簌簌發抖。不同於之前的馬鈴薯，可能因為滿是生面孔的關係，使得緊張數值又回到初期狀態了。

「嗚唔！」

這時，不知為何有點得意忘形的梅莉，背脊突然像觸電一樣後仰。

「啊，呃呃……不跟『曼哈頓000』連結在一起，背脊骨果然……很難受……」

有一段時間，她一個人在那邊忍受著某種感覺。

說話的聲調，也沒有得到救生圈揚聲器的支援。看來那個救生圈並不是直接連結卡帕萊特，而是屬於「曼哈頓000」的一種無線配件。即使能自己想辦法進入安全模式，看來充其量也只能讓救生圈慢吞吞地移動了。

梅莉做個深呼吸壓下某種感覺後，重新切換到認真模式。她在巨大救生圈上像胎兒般蜷曲起手腳，把薄型遊戲機抱在胸前說：

「我想不用我來講，不過要是我能親手搶回曼哈頓的話也就不用這麼辛苦了。它完全被偶像派ELITE搶走了。831。就是這樣！哎呀呀，真是不好意思。」

重新投影在整面牆上的曼哈頓，大幅脫離了曾經在當地到處奔波的賀維亞以及明莉所熟知的街景。不只是原本就從中央公園探出頭來的電磁投擲動力爐砲。左右兩側大幅伸展的火砲陣地宛如巨大羽翼，街上各處甚至還有大小能與一般OBJECT主砲匹敵的火砲隨意排開。而且各處還冒出了一堆雷達以及攝影機鏡頭等設備。

與其說是都市，不如說已經展露出作為軍武的一面。

給人的印象就是這樣。

「我們馬汀尼系列，會跟卡帕萊特互相駁回意見以除去錯誤，讓它採取最恰當的行動。」

芮絲如此低喃。

「所以我們向來視控制彼此資源消耗在最小限度為最佳作法。因為是從萬全的狀態往下扣，所以無法發揮百分百的性能……然而那個構成威脅的純潔偶像派ELITE卻不一樣。她不再需要與卡帕萊特進行對話。全都是手動輸入。這樣就能輕鬆發揮優於預期中百分百的表現。就像孩子們在料理教室跟鍋碗瓢盆搏鬥時，慈祥的母親輕輕從孩子手裡拿走菜刀一樣。」

「手動介面……人工智慧的本分是輔助人類執行工作。所以說到底只是速度不同，其實人工智慧能處理的工作，人類應該也處理得來！299。『格林033』與『曼哈頓000』雖然是不同的個體，但卡帕萊特辦得到的事，長久照料直系親屬茱麗葉的偶像派ELITE也辦得到。不，甚至能夠找到更高位的命令列。只是就算是這樣好了，實在想不到她真的能用鍵盤操控那麼巨大的系統……」

「跟卡帕萊特這個態度淡定的暴君互相論辯，只會互扯後腿而無法取得主導權。就像一隻貓無論挨幾次罵還是照樣調皮搗蛋。就這點來說，偶像派 ELITE 也真有辦法。人工智慧的本分是輔助人類執行工作。於是她憑著僅僅一個人類的雙手操控『曼哈頓000』一面讓卡帕萊特無處發揮，一面準確地提供更能引起它興趣的事物，使它不再堅持己見而是自動自發地把資源分散到別處。」

「就是像老師一樣溫柔地拿走，又像小惡魔一樣引誘它，這樣嘍。992。」

「當然，前提是得滿足『少了卡帕萊特處理速度更快』這個超乎常理的條件。真是夠了，讓人類耍廢的AI也就算了，沒想到竟然還有能讓AI耍廢的人類……」

「總而言之。」

芙蘿蕾緹雅讓話題告一段落以取回主導權，說：

「目前操縱曼哈頓的，是『情報同盟』的第二世代，負責『快擊手』的 ELITE。本來 OBJECT 與駕駛員 ELITE 應該是一對一的關係而操縱不了其他機體，但這次在軟體開發上兩者似乎屬於直系親屬。換言之，就像是親子關係。由於在設計階段上有著極高的相似性，她似乎就這樣利用了茱麗葉與卡帕萊特之間相通的操縱系統，並直接藉此掌握了曼哈頓的控制權。」

「講了半天，呵呵呵那混帳操縱的到底是哪邊？卡帕萊特，還是曼哈頓？」

「應該視為兩者皆是，你這真摯地為了求生存不遺餘力的小兵。她首先分散了卡帕萊特的注意力，接著靠自己的力量攫取『曼哈頓000』作為軍武的控制權。就跟在自己房間裡一面應付過來玩鬧的小貓一面用電腦處理文書工作沒兩樣。」

芮絲這番話讓賀維亞皺起了自己的整張臉。規模浩大到連想像力都追不上。

「……可愛的卡帕萊特辦得到的事，G奶年輕貴婦呵呵能做得更好。講這些是無所謂，但問題仍然侷限在曼哈頓這一塊地區嗎？不會搞到最後各地大城市都變形成巨大機器人攻打過來吧？」

對於賀維亞的疑問，芙蘿蕾緹雅側眼瞟了一下「情報同盟」那些人。芮絲輕嘆了一口氣。

「這只是我的個人感覺，不過就當成『曼哈頓000』一個地方的問題來解決應該無妨。」

「喂，沒有半點根據嗎？」

芙蘿蕾緹雅的聲調不禁低了八度，但芮絲像是無動於衷。

「那個偶像派 ELITE 能夠投入新事物引起卡帕萊特的興趣，藉此自由自在地分散其注意力，但基本上似乎是將它視為累贅。為了專心操縱『曼哈頓000』，只能握住卡帕萊特的轠繩。照這個結構看來，她應該不會驅使ＡＩ網路在地球背面引發大型失控場面。那樣雙方的意見會不一致。」

「況且以ＡＩ為主運作的 OBJECT 本來就不多。就連技術最先進的『情報同盟』弄了半天，OBJECT 的主流還是人力操縱！大概沒事啦，別擔心。」

梅莉的說法或許一針見血，但有點感覺不到分量。大概是自己也對於必須把性命寄託在推測上的慘狀感到傻眼吧。黑軍服少女也聳肩說：

「那傢伙原本就以『格林033』駕駛員 ELITE 的身分，在照料屬於卡帕萊特直系親屬的茱麗葉了……比起實體曖昧不明的整個AI網路，將關注焦點放在作為武器強韌而明確無比的硬體上，或許比較容易想像整個系統結構。」

聽到芮絲這番話，銀髮爆乳指揮官瞥起了一眼。

「也就是說？」

「別去管那些閒雜人等。專心處理『曼哈頓000』的問題就對了。」

作為軍武的曼哈頓影像上，陸續追加了G罩杯偶像派 ELITE 的臉部照片以及其他諸多資料。之所以包括個人資訊在內幾乎都留白，想必是因為就連「正統王國」的諜報部門也無法追查清楚。可見她在「情報同盟」當中被視為多重要的祕密武器。當然也是因為才華極其出眾才有這樣優渥的待遇。

「此人的目的尚不明瞭。」

芙蘿蕾緹雅用指揮棒指著波霸偶像的臉部照片告訴大家。

「不過極其難解的是，失控的起因似乎是隸屬我們修護大隊的戰地派遣留學生庫溫瑟・柏波特吉之死。敵國那邊以往是如何處理這事只能用猜的。總之問題在於，事實上這個偶像派 ELITE 的確脫離了軍方的命令體系，依據個人判斷將手指放在『毀滅世界的力量』上。」

以位於中美海域的曼哈頓為中心，畫面顯示出以電磁投擲動力爐砲為基準點的攻擊半徑。北美大陸東側「情報同盟」的「本國」自不待言，西側「資本企業」的「本國」，甚至繼續南下來到位於南美的「正統王國」主要港口等地也都包含在內。無論攻擊哪裡都可以保證將會陷入跳脫「乾淨戰爭」的泥淖戰火。

「……但是就現實而論，我們看不出她想『做什麼』。是單純想找殺害庫溫瑟的凶手報仇雪恨，還是進一步擴大範圍攻擊四大勢力的高層，又或者是有意提出藉由AI程式化等方式讓已逝的庫溫瑟．柏波特吉復活等強人所難的要求？目前只知道先不論這些要求能否實現，總之她可以拿這些當藉口恣意進行破壞行為。」

「照預測來看……她會做到什麼地步？」

「在資源不足的情況下不乾不脆地盡想些最壞的情況也沒用。談那些就算逃到太陽系之外還是會被爆炸波及的預測內容能有什麼幫助？」

可能是大家講得簡直像在對付瘋子一樣，終於讓某人忍無可忍了。與芙蘿蕾緹雅相比別有一番魅力的銀髮褐膚指揮官——蓮蒂．法羅利特無聲地舉起手來。

獲准發言後，「情報同盟」的軍官開口道：

「就事實而論，我承認現在的狀況具有極高威脅性。只要有那孩子的手動介面，或許是可以一面躲開卡帕萊特一面用手動輸入操縱『曼哈頓000』。」

刻意迴避於己不利的事實，只會引起對方的疑心。

為了拉攏敵人製造出於己有利的趨勢，蓮蒂判斷必須先審慎選擇要交出的情報。

「但是另一方面，那孩子是『格林033』的負責ELITE，應該是初次接觸『曼哈頓000』

的系統才對。換言之，她對這並不熟悉。雖說兩者相似但畢竟不是完全相同的操縱系統，因此必須先彌補兩架機體之間的差異才能加以控制。她一面留意與茱麗葉屬於直系親屬的卡帕萊特的機體控制權，實際上又得用手動輸入加以操控，所以幾乎就跟坐上一架全新 OBJECT 沒兩樣。目前應該可以說還在啟用試驗……也就是試車的階段。」

對這番話發出呻吟的不是賀維亞，而是 OBJECT 的修護兵們。想必是因為他們知道公主殿下操縱的「貝比麥格農」被打得多慘。即使對他們來說是每分每秒都在玩命、宛如奇蹟連續發生的一場實戰，對對方來說卻只不過是隨手應付的學習時間。

賀維亞嘖了一聲，說：

「……換句話說『試車』一結束的瞬間，這世界就真的要暴露在曼哈頓的淫威之下了？」

「不知道需要花上幾天還是幾十分鐘就是了。只不過她既不是企圖顛覆世界的危險分子，也不是支持末世論的邪教信徒。只有這點我能保證。」

即使到了這節骨眼上，蓮蒂似乎還是打算袒護偶像派 ELITE。

「我推測她應該是一時衝動而下手，但她本身想必並沒有一個明確的行動目標。反而應該認為是『信心組織』派出的殺人魔詩寇蒂．塞倫沙德這個外人從背後推了她一把。」

「所以呢？」

芙蘿蕾緹雅態度始終冷淡。能利用的就利用，不能利用的就棄之不顧。因此她既不會情緒化地贊同對方，也不會劈頭就一味否定。

「方才我已經說過，我承認她極度具有危險性。但我仍然得說，我們應該將她的復仇心維持在一定水準。有時甚至得由我們這邊蓄意火上加油。」

「喂喂，那傢伙可是準備扣下毀滅世界的扳機了耶！剛才不是還說那傢伙的失控可能會導致四大勢力發起世界大戰嗎！」

「正是因為這樣，才有其必要性。」

蓮蒂一字一句強調清楚。

「她目前是被一時衝動的復仇心沖昏了頭，但一恢復冷靜應該就會想到自己闖了大禍。也會發現即使得到了破壞力量，也無法解決冰冷的現實困境。人在躁狂與抑鬱情緒交替的瞬間最是岌岌可危。為了預防她在某個意外時刻擦槍走火，恐怕得將她的內心情緒維持在一定的狀態以免鑄下大錯。這才是我要說的。」

4

她整個傻住了。

「情報同盟」的偶像派 ELITE 呵呵呵此時佇立的位置，並不是被奇妙機器包圍的駕駛艙。這裡是紐約曼哈頓的中城區。也就是觀光網站最愛設為首頁的地點，時報廣場的正中央。

時間停止了流逝。

這大概也是曼哈頓的功能之一吧。四周熙來攘往的人群面露驚訝表情，被關在每邊大約長三公尺的透明立方體中。就連這種時候都手機不離手，維持著用鏡頭對準目標的姿勢僵住，或許只能說是「情報同盟」的天性吧。

整片景觀也產生了大幅改變。彷彿直達天際的高樓大廈外側被巨大的透明藤蔓緊緊纏住，徹底得到外部補強讓它們即使被世界最大級 OBJECT 甩來甩去也不至於倒塌。這些藤蔓想必比鋼筋更硬，比肌肉更柔韌，並設計得能夠精確地卸除外力。

是天堂，還是地獄？

身在這總之都沒人見識過的異世界，公主捲少女用虛脫的聲調喃喃自語：

「這下……闖禍了。」

這種極度難受又沉重的沮喪心情，是否就類似網路上流傳的賢者時間？

當然沒人會回答她。呵呵呵一邊觸摸把保護嬰兒車的母親裝箱的巨大骰子冰冷的表面，一邊回想目前的狀況。

好可恨。

她恨透了這個世界。

……但具體來說，接下來要做什麼？不用說也知道，鬧得再凶庫溫瑟也不會回來。在作風如此露骨的「情報同盟」運用3D模型扮演G罩杯頂級偶像的呵呵呵，知道或許可以用AI、機器人、複製人、虛擬等諸多方法完全重現一個人，但那仍然不是庫溫瑟「本人」。她想起自己剛剛還在操縱的擬真四公尺G罩杯偶像。還是很不正常。她好想再見到庫溫瑟一面。聽起來是感人熱淚的重大議題，但說穿了就像是跟大人央求一個運用多種最先端科技製作的超高級抱枕，總覺得有哪裡不對。

話又說回來……

（關、關於我失控的原因，現在那些大人們一定正在狠狠地刨根究底吧……嗚、嗚喔喔羞死人了！都被他們剖析到沒祕密了！該不會正在會議室的螢幕上大畫面做解說吧！）

單純作為思春期少女的個人感情自不待言，這種狀況對一位斜槓偶像來說其實也滿危險的。呵呵呵整張臉都在發燙，但不管怎樣都無法讓時間倒轉。只希望這方面能由符合「情報同盟」作風的管理體制，務必列為國家機密封印起來。

「……唉。」

待在這裡也沒用。去哪裡狀況都不會改變。

在失去所有會話的無聲城市，呵呵呵的肚子小聲地叫了一下。即使在這種時候照樣跟平常一樣有食欲或許表示她還算正常。意外地具有抗壓性的呵呵呵東張西望，但在這種所有人都被關進樹脂裡的狀態下，要弄到一個漢堡恐怕都很困難。看來只能四處走走，看看有沒有麵包的自動販

賣機了。而且還得是能夠使用手機或信用卡的機種。身兼第一線駕駛員ELITE與頂級偶像的呵呵，很遺憾地並不屬於會隨身攜帶零錢的族群。現在這個時代連小費都是用電子錢包支付了。

就在這時……

一條透明的藤蔓用柔軟滑溜的動作彎曲了。比少女的手臂更粗的藤蔓前端伸到少女的鼻尖前面，綻放水晶般的美麗花朵。花朵中滴出了花蜜般的黏液。「曼哈頓000」所有功能應該都是由呵呵面對無數鍵盤來操控，但只要一有鬆懈，卡帕萊特就會像鑽漏洞那樣跑來多管閒事。人工智慧的本分，是輔助人類執行工作。呵呵一停下動作，原本跑去其他地方的卡帕萊特就會再把資源分配過來。

看著半透明的濃稠汁液，呵呵整張臉都繃了起來。

「……難道是要我吃這個？」

出聲問話也得不到什麼回應。

不知道有哪些部分做了多少連結，總之她的疑問越是膨脹，這個什麼AI網路的存在感也就越強烈。就像才不過在自動販賣機前面駐足休息一下就以為使用者迷路了，讓預測路線或操作提示接連跳出的GPS應用程式一樣。

呵呵膽顫心驚地用套著特殊駕駛服的指尖掬起汁液，嘴巴扭動了半天遲疑不決，然後閉上雙眼把指尖含進嘴裡看看。嘗起來意外地香甜濃厚。口感很像是減肥食品那種具有飽足感的飲料。知道自己的想法沒錯之後就簡單了。她用一隻手直接抓住粗藤蔓的前端，就像在公園飲水台喝水那樣用另一隻手撩開落在臉頰上的頭髮，伸出舌頭去喝透明花朵裡的謎樣健康食品。

「嗯——……咕，咕嘟。」

成分似乎對身體無害。

身為駕駛員ELITE，她的舌頭早已習慣了各類藥品的刺激，因此在某種程度上感覺得出來。假如真的對身體有害，舌尖一碰就會知道了。

「噗哈！嗯——喝多了還真有點膩呢……」

就像對呵呵的聲音做出回應，外觀相差無幾的藤蔓從四面八方伸了過來。也許就跟減肥飲料一樣有分咖啡或優格等各種口味，不過她用手掌輕輕把它們拍開。這就跟路上發面紙或手機的全螢幕廣告一樣，沒有說要卻接二連三地擺到眼前擋住視野會讓人有點不高興。

差不多該把它們趕走了。

這樣做的前提是一定要連上控制台，但也算是一個緊急手段。呵呵呵使用可以單手操作、有點像是數字鍵盤的無線鍵盤把世界十大難題丟給卡帕萊特，讓它把資源分配出去。

（呼……）

無論用的是什麼形式，進食的生理需求得到滿足後，思維還是得面對現實問題。在一個呢喃聲都沒有的城市裡，呵呵呵回到了停在時報廣場路肩的工作用廂型車。這個沒有任何窗戶的後廂空間原本水洩不通地配置了大量鍵盤包圍一個座椅，是一間用來遠端操作動力服的移動式控制室，但現在已經不是了。

如今它已化作掌握世界最大級的OBJECT「曼哈頓000」的間接駕駛艙。紐約的負責人員梅莉．馬汀尼．艾克斯特德萊或行蹤遍及全世界的數千名馬汀尼系列都別想插手。她只須動動十根手指敲打無數鍵盤，就能讓擺在哪裡都不知道的卡帕萊特分心，現在擺在眼前的「曼哈頓000」則任由她操控。這個狹窄空間的價值，恐怕不是區區月面別墅所能比擬。

然而呵呵徹底無視於道路交通法規，繞到了與OBJECT絲毫無關的駕駛座去。她使用只能傳送最小最低限度指令的單手用無線鍵盤，對發揮地面錨固功能的透明藤蔓送出指令讓車身恢復自由，把座位的高度調到最低，讓腳搆得到油門與煞車之後重新握住方向盤。自排系統電動車開起來完全不會給人真正開車的印象。只覺得就像是隨便一座冷清遊樂園都有的兒童小汽車。

雖然她可以隨心所欲改變紅綠燈的燈號，但反正根本沒人，遵守交通號誌也沒意義。呵呵巧妙地繞過同樣在「曼哈頓000」的功能下滿街裝有路邊棄置的汽車或人的立方體，也沒多想就把車開向哥倫比亞統合大學。

試著接觸後才知道，無從得知整體與多少硬體連結並確保了多大計算能力的卡帕萊特，比較像貓而不是狗。再怎麼罵它不准抓牆壁也只會造成雙方對立浪費心力，所以更有效率的作法是在牆上貼膠帶或是準備磨甲板等等，一面肯定它的行動一面彌補其缺失，將它引向自己想要的方向。這方面跟她平常相處慣了的茱麗葉也有些相通之處。然而現在即使跟玩鬧般地時不時試圖干涉的AI網路相處，也無法拭去令人喘不過氣來的孤獨感受。

（……照常識來想，我不能讓曼哈頓的一千萬人陪我耍任性。）

比起兩萬公尺的怪物，開個車沒什麼大不了。呵呵呵一邊穩穩地轉動方向盤，讓工作用廂型車行駛在毫無會話的曼哈頓上，一邊陷入沉思。駛進百老匯逐漸接近目的地時，可以零星看到好幾台大型車輛或是無人機強擊公牛的殘骸。是剛才那場戰鬥行為留下的影響。

似乎還有幾台能動，兩三台強擊公牛追過來跟她的工作用廂型車並肩奔跑。

呵呵呵讓無人機充當貼身護衛來到了哥倫比亞統合大學，同樣忽略禁止停車的標示在大學校門口正面停車。她就這樣下了車，跟無需伺服器就能聯手行動的幾台強擊公牛一同前往周圍人工林被掃倒的第二體育館。

她費了好大一番工夫才找到她要找的人。

這是她自己做的好事。所以明明應該知道具體的所在位置，實際上一看卻給予她不同的印象。放眼望去全都是透明立方體。幾乎就像是切開一尾巨大魚類滿是魚卵的肚子。這全都是呵呵個人情緒失控所造成的。她殃及了這些人，把他們關起來，封住了他們的行動。在被龍蛇雜處、數量多到令人有些反胃的立方體擠得水泄不通的體育館內，呵呵呵好不容易才找到她要找的人。

「……爸爸……」

一名留著鬍子，臉色很糟的中年男性。

即使在這種時候……不，應該說正因為是這種時候嗎？就在叫出手機的錄音功能準備錄下現在發生的緊急狀況時，他的時間就此暫停了。粗心的是，他似乎沒替手機螢幕設定成過了幾分鐘就會自動關閉。在半透明的視窗背後，全家人一同歡笑的手機桌布直接顯示了出來。

這個人試著保護的不是第一線的駕駛員ELITE，也不是國際頂級偶像，而是呵呵的另一副容顏。

庫溫瑟．柏波特吉已經不在了。

但是，不能因為這樣，就把其他的所有事物全丟進火海裡。

呵呵呵用手掌觸碰冰冷的立方體外牆，用力閉緊雙眼，動腦思考。她已經犯下了無可挽回的錯誤。基於這點，什麼才是自己現在真正該做的事？

只要她想報仇，就能辦到。

不只是直接下手的凶手，現在的她甚至有辦法要求別人交出貪得無厭地在背後操弄的人名清單，把所有人一個不剩地變成焦炭。不，乾脆把戰爭或軍事行動的責任追究到享受和平安樂的全世界「安全國」頭上也行。

可是，但是……

那真的是「自己該做的事」嗎？

「……投降吧……」

最後……

像是硬擠出聲音般，呵呵呵的小嘴巴開始喃喃細語：

「這樣才能盡快解決曼哈頓的相關問題。雖然我不小心搞砸了，但就結果來說，我把疑似失常的馬汀尼系列相關人員跟曼哈頓成功分割開來了，這是事實。只要把它還給『情報同盟』，原有的問題應該也就解決了。」

這項決斷，或許是對的。

在已經做下決定性錯誤選擇的世界當中，或許是最好的答案。

但是，不見得身邊的其他人也都能做出正確選擇。

可能是從嬰兒的哭聲等聲音分析出的頻率，最能縈繞耳畔吸引人類意識的警告聲響起。被關進立方體的人們的一般或智慧手機一齊發光，將緊急情報丟進呵呵呵的視野裡。

不是發現到了什麼。

正好相反。接二連三地，手機螢幕變成黑屏。自動監視「曼哈頓000」周邊海域的無人偵察機，一架架被某人打落了。某種巨大無比的威脅正在逼近。無法明確看見對方的臉，更是讓人心中疑慮重重。

「這是……」

5

回到不久之前。

「嗚，噗……」

里加斯・布萊克白驤不禁發出帶有黏糊血腥味的呻吟。這名「資本企業」的上校兼潛艦艦長的中年男子，如今身上的傷已經嚴重到不知道本體究竟是擺在中間的木乃伊還是周圍的醫療儀器。看到這種狀況甚至讓人不解他怎麼還能活著，或者也應該說是芙蘿蕾緹雅親手殺死了他無數次又硬是搶救回來才對，總之他目前還活著。

一個使者過來找他。

那是個轉動六片機翼前後左右上下自由移動，有如大蚊子的無人機。搭載了攝影機以及麥克風等配備的一整塊精密機械，發出比電風扇還小的聲響飛來貼在窗邊。

透過器材，某某人說了：

『久違了，上校。利用曼哈頓帶動市場需求的計畫失敗了呢。』

「……是你啊，勒韋爾。有辦法救我出去嗎？」

『已經透過外交途徑尋求解決之道，但情況不理想。曼哈頓的問題太過巨大，目前所有窗口都被延後處理。』

「那派這個來做什麼？替我補充物資也沒用，就如你所看到的，我動不了。」

『確實是比想像中更慘，既然這樣就沒辦法了。』

機械性的聲調當中，不帶一分一毫的遺憾之情。青年的聲音接著這麼說了：

『上校，如果您無法繼續執行任務，請將您的權限移轉給我。』

「……」

『假如您能夠自己從那裡脫困，或是在殘酷的拷問之下死亡，我也不需要做這樣的提議了。太遺憾了。您一息尚存並繼續遭到敵國拘束的狀況成了瓶頸。隨後即將進行的大規模作戰行動，需要西海岸全軍港的作戰司令簽署同意。上校，您一個人的批准作業延遲，拖延了整個作戰行動。雖然是隔著攝影機，屬下願意為您見證。在形成致命延遲之前，請做出決斷。』

毫無半點遲疑。

巨大的齒輪，將個人的生命碾成碎片。

木乃伊男子嗤之以鼻。

「讓我確認一下……我的家人會怎麼樣？」

『我向您保證，我們軍方以及統籌ＰＭＣ的贊助商企業一定會全力提供援助。您這麼做雖然屬於自盡，但同時也是高層級的軍事行動。因此上校投保代替戰亡者遺族年金的特別高額人壽保險依然適用。』

「那就好。」

『工具我已為您準備好了。為了避免手發抖導致失手，跟以往一樣裝了兩顆子彈以防萬一。另外也準備了上校嗜飲的十二年高地威士忌，單一純麥。』

無人機上裝載的物品，包括掌心大小的暗殺用手槍，以及小於眼藥水瓶子的玻璃容器。里加斯晃晃麥芽糖色的液體，打開蓋子，讓它流入喉嚨。

「我接下來說的話不用留下紀錄。就當作是醉鬼獨自發牢騷吧。」

『是。』

「你是個模範軍人。可別變得像我一樣啊，勒韋爾。」

『很遺憾，我無法答應您。上校早已是我景仰的對象了。』

呵。木乃伊男子的嘴角現出一絲笑意。

然後一個清脆的聲音響徹四下。

大吃一驚的軍醫們還來不及拉開區隔病床的布簾，靠在窗邊的無人機已迅速離開現場。已經沒有人能聽見了，所以其實也沒必要再用揚聲器說話，然而待在某處的某某人仍不禁說出了這句話：

『……毫不遲疑地當機立斷，真是值得欽佩的死法。』

又有一朵陰暗的火焰被點燃。

看來這整個世界，全是以無藥可救的事物所構成。

『確認權限已移轉。西海岸全軍港指揮官批准作業完畢。通知事先於百慕達海域待機的 OBJECT 全機，現在開始對曼哈頓進行全面攻擊。』

6

這個「變化」也迅速傳達給了原本就待在這片海域的「正統王國」成員們。

接到軍醫的報告，芙蘿蕾緹雅在會議室拍手吸引眾人的注意。

「里加斯・布萊克白驪已確定自殺。而在同一時刻『資本企業』的幾架 OBJECT 也似乎一齊展開行動了。看來是他的死觸發了某種狀況，該死！」

這時個頭嬌小的芮絲插嘴了：

「對方是否真的以為能贏還是個疑問。站在『資本企業』的角度想，中美海域有開曼群島。在他們那邊一些手上有點小錢就變得看不見自己有多醜惡的名流從祕密銀行戶頭領走電子現金之前，大概是說什麼都不能讓該地被擊潰吧。」

原先投影在整面牆上的海圖被大幅改寫，以「貝比麥格農」為中心的「正統王國」修護艦隊以及「情報同盟」的曼哈頓僵持不下的構圖，如今又有「資本企業」的大部隊從旁介入。

通訊官發出慘叫般的聲音：

「欺騙行動使得正確數量無法掌握，但粗略估計有二十到三十架，看得見的全部都是第二世代最新型！這、這是否表示他們把西海岸『資本企業』直轄防衛『本國』的海戰精兵全調到這邊來了？」

「……就是這樣！反正說穿了都一樣啦。760。」

只穿著鮮紅紙製兩件式手術衣，讓臀部卡在救生圈裡的褐膚少女梅莉・馬汀尼・艾克斯特德萊小聲冒出了一句話來。她是曼哈頓原本的主人，應該比誰都了解它的性能。

她一面承受著芙蘿蕾緹雅的冷漠視線，一面小心翼翼地照顧使用安全模式湊合著運作的救生圈提供不了多少幫助的背脊骨以免它開始爆痛，說：

「那個偶像派 ELITE，不是馬汀尼系列。假如她不靠卡帕萊特就能只用手動輸入輕鬆讓它發揮百分百以上的性能，那既有的 OBJECT 就算來個一百架也阻止不了她的。一般 OBJECT 是拚了命保護作為核心的動力爐，但它卻超乎規格到可以把這個動力爐當消耗品隨意使用！350。同樣都是使用動力爐，作為軍武的概念卻完全不同喔。而且假如這架『曼哈頓000』開始用連我們都不知道的動作航行，會做到什麼地步就無人能預測了。」

說時遲那時快。

磅嘩！！！

四面理應由厚實鋼鐵圍住的整間會議室，被純白的閃光淹沒了。賀維亞花上了好幾秒才弄懂，那是透過投影機顯示的海面發生了某種狀況。就連即時修正影像的攝影機畫面都這樣了，待在現場的話搞不好更會導致失明。

從遠處的另一個部門，傳來女性通訊官的慘叫般報告：

『曼哈頓有動靜了，是之前那種電磁投擲動力爐砲！』

「該死！注意人為的天氣變化。之前那種大風大雨又要來了！」

然後整面牆上重新撲進視網膜的影像，只能用地獄來形容。

長逾兩萬公尺的曼哈頓，終於作為 OBJECT 展開行動。

首先以中央的電磁投擲動力爐砲對半徑數十公里的範圍粗略施加打擊，打得「資本企業」的 OBJECT 表面凹凸不平。火雞們只不過是略為停下動作，就被左右兩側如羽翼般開展、終於發威的火砲陣地接連射穿。

磁軌砲、雷射光束、線圈砲、連速光束砲，然後是低穩定式電漿砲。

沒有任何誇張的理論或機制。

就只是駕馭一個武器，讓它輸出超乎常規的力量。將這最最基本的前提推而廣之，衍生出的大火力就迅速而確實地一一消除了敵對勢力。恰似職棒一軍對東拼西湊的少棒隊認真起來連續轟出全壘打那樣。

一舉一動在在凸顯了「大家都知道比賽規則，所以誰都可以打出同樣的成績對吧？」這種游刃有餘的態度。

「資本企業」派來的，應該也都是超乎規格的精英武力。

「攻擊水雷」、「八爪之刃」、「狙擊沙錐」。它們同為在堂堂四大勢力之一直接防衛「本國」的金字塔頂點，是海戰方面無人能敵的強者。光是派出其中任何一架，賀維亞等人恐怕都無法突破。

但曼哈頓對付起它們，卻像是易如反掌。

碰上自暴自棄地射出的雷射光束或低穩定式電漿砲，駕馭曼哈頓的呵呵呵有時運用低穩定式電漿球扭曲軌道，有時左右搖擺巨大機身一一輕鬆閃避。那模樣看起來既像是乘波駕浪的衝浪手，又像是閃躲亢奮蠻牛的鬥牛士。當然光憑轉動那般巨大的機身是無法躲掉雷射光束的，但她還搭配使用電漿來「錯開」光束。動作輕盈得讓人感受不到重量。那樣龐大的質量遭到多個方向同時攻擊，卻不是使用厚實裝甲將它們彈開，而是根本不讓砲彈命中。所以這幅光景才會顯得脫離常識，將觀者推落恐怖深淵。

它那乘波駕浪般小動作左閃右躲的同時以高速連射乘勝追擊的戰法，比起梅莉與卡帕萊特互相駁回意見同時解決掉「信心組織」系第二世代五架機體的時候，動作變得更為簡潔精確。但同時也讓賀維亞感到眼熟。

沒錯，那跟「快擊手」的舉動很類似。

而且看起來，也像是一點一點慢慢提升了動作的自由度。

「……喂喂喂。」

不用多久，賀維亞呻吟般的聲音就變得近乎慘叫。

「到底裝載了幾十……不對，是幾百座！到底要裝上多少座動力爐才能用蠻力做出那種動作啊！」

「光是一面參考AI網路的作法一面找出新的命令列，純粹只用手動輸入的方式操控『曼哈頓000』就已經具有令人驚愕的威脅性了……結果偶像派 ELITE 不但能輕易打出超越設計階段百

【曼哈頓 000】

Manhattan000

全長……超過 20000m（估計。實際情形無法掌握）
極速……時速 750 公里
裝甲……超規格洋蔥裝甲＋人造植物材質外裝補強材料
（估計。實際情形無法掌握）
用途……「情報同盟」本國最終防衛武器
分類……海戰專用第二世代
使用者……「情報同盟」
型式……高壓水流推進＋極微小氣泡式水中阻力衰減系統
主砲……包含電磁投擲動力爐砲在內等 44 種
副砲……低穩定式電漿砲、雷射光束、連速光束、
磁軌砲、線圈砲等（估計。實際情形無法掌握）
代號……曼哈頓（純屬處於混亂狀況的「正統王國」暫定名稱
「情報同盟」稱為曼哈頓 000
主要塗裝色系……灰色

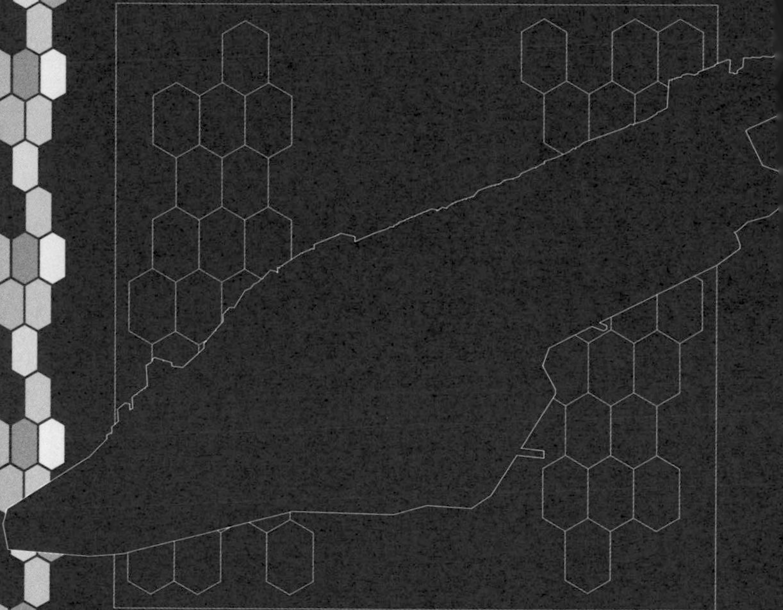

Manhattan000

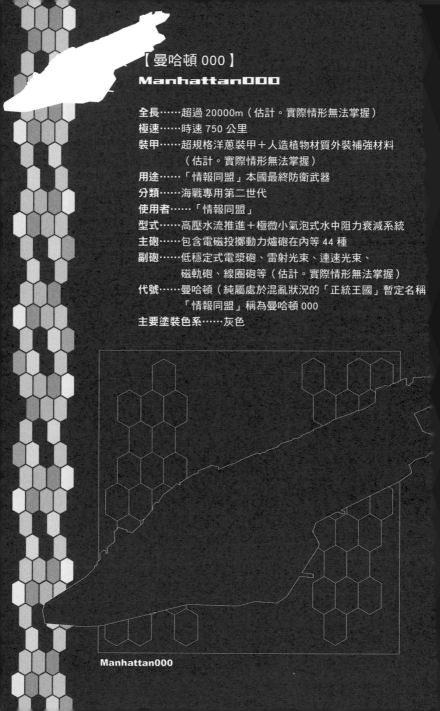

分之百以上的性能，同時還能持續分散卡帕萊特的注意力。這已經完全超出我的想像了。」

芮絲忿忿地低喃，但語氣中也帶有某種憧憬。

「面對來自敵國的侵犯，她本來就不會手軟。」

銀髮褐膚的蓮蒂．法羅利特也明白地說了。

「更何況『曼哈頓000』上還有包括她父親在內的一千萬人同乘。為了保護這些民間人士，她一定會使出全力撣掉落在身上的火星。」

「明明是她自己把大家捲進去的，還敢這麼狂妄！」

「或許正因為是這樣喔。」

明莉似乎也跟他一樣啞然無言。

「我、我反而想問之前公主殿下是用什麼方式戰鬥的……？面對能夠輕取二三十架海上戰鬥專家的曼哈頓，她之前為了營救我們而獨自上過前線對吧……」對於這個疑問，讓修護兵婆婆攙扶著經過會議室旁邊的公主殿下回應了。可能是過度疲勞的關係，洋娃娃般的臉蛋滲出汗珠，金髮貼在臉頰上沒撥開。

看起來就像個得了感冒的女孩從床上爬起來。珍珠般的汗水讓公主殿下往四面散播少女特有的甜香，開始跟大家分享具體資訊：

「其實並不難。第一點，『貝比麥格農』並不需要求勝。因為只需要拖延時間，所以可以只躲不打沒關係。不過，我想第二點才是主因。不管曼哈頓有多超乎規格，說到底駕駛員還是那個惹人厭的呵呵呵。幸好以前我在大洋洲地方跟她起過衝突，所以可以看出她的小習慣。」
如同呵呵呵透過茱麗葉解讀出卡帕萊特的小習慣，公主殿下也沒忘記呵呵呵的小習慣。
但任誰都看得出來，事情沒她說得這麼簡單。
就算給在場的馬鈴薯們每人一架分別為駕駛員調整到最佳狀態的專用第二世代最新型，或是提出以千機大軍圍攻對手的作戰，恐怕也沒人敢去站在那種怪物的面前。
即使如此，都做了這麼大的付出，還是有些生命救不回來。
例如庫溫瑟．柏波特吉之死。
在賀維亞與明莉等生還者的注視下，公主殿下連撩開瀏海的餘力都沒有，但語氣堅定地如此說了：
「……庫溫瑟的死，讓我很難過。」
她並不是無動於衷。
內心不可能毫無迷惘。
「但我絕不會允許任何人用這件事當理由挑起戰爭。我不能讓倖存者為了自己的需求，左右庫溫瑟的死亡具有的意義。」
聽到這種模範答案，賀維亞略為調離了目光。公主殿下是否真的了解其中的意義？他這個不良貴族，沒辦法像她那樣接受損友的死亡。
不管怎樣，狀況已經生變了。

芙蘿蕾緹雅叼著細長菸管思索片刻後，說：

「……修護主任老婆婆離開了崗位，就表示『貝比麥格農』的心情變好了沒錯吧？由我重新對公主殿下下令。拜託妳，戰鬥吧。我們也要即刻動身。」

「少、少說傻話了。叫我們故意跑去挨流彈……？『資本企業』那群白痴都已經自己跑去搗蜂窩弄到不可收拾了！」

「反過來說的話，現在可以趁亂溜進去。總比等一切都結束後再去扔石頭，把自己變成單一目標來得好吧。」

芙蘿蕾緹雅暫時關掉滿是閃光與爆炸聲的影像，一邊專心瀏覽瞬息萬變的海圖一邊說：

「你們都已經知道，曼哈頓是裝載了大量動力爐的超規格機體。不只如此，連偶像派 ELITE 本人都不是一般水準，因此恐怕也無法期待發生『武裝強大過頭以至於無法活用』的狀況。」

「……」

「既然動力爐已經多到像是雜草叢生，按照舊有的反 OBJECT 戰術單純找出動力爐加以破壞，也不太可能讓對手停止行動……雖說這也就表示它具有特別多的火藥庫，說不定引爆其中一處可以造成連鎖效應擴大災情，但有點不切實際。更何況雖說都被裝箱了，但那上頭包括短期旅居在內畢竟就是擠滿了一千萬名民間人士。我的道德可沒有淪喪到能忘掉這個事實去試著把它炸沉。」

「這也不行，那也不行的。那到底要我們怎麼辦？」

「梅莉・馬汀尼・艾克斯特德萊。她將是最大的關鍵。」

芙蘿蕾緹雅呼出香甜的紫色煙霧，似乎想藉此刻意沉澱心情。

「曼哈頓本來應該在她的手上才對。但就現實情況來說，『情報同盟』的偶像派 ELITE 目前只靠手動輸入就掌握了曼哈頓的所有權限，將它當成武器使用。手動鍵盤輸入並不是它原本的操縱系統。呵呵呵所理解的或許只限於透過畫面呈現的線上系統，並非連物理性的設計圖都掌握得一清二楚。這樣會帶來什麼樣的機會，你們的腦袋跟上了嗎？」

「難道說……」

個頭嬌小的明莉低聲說了。

「那個一面把卡帕萊特當成小貓應付掉，一面獨自操控曼哈頓的偶像派 ELITE，其實並沒有坐在正確的駕駛艙裡……？因為不知道位置，所以一直是從網路攻擊用管道橫加干涉？換句話說，她可能就在某間公寓或是一輛車上，整個人暴露在曼哈頓市區的某處？」

「之所以不讓任何一發攻擊幸運擊中曼哈頓，也許除了博愛主義之外還有戰術上的理由。因為不管是流彈還是什麼，要是掉在街上把她自己燒成焦炭就完了。」

換言之……

反過來說，就是：

「……如果能抓出偶像派 ELITE 具體的位置，就能製造反擊的起點。這樣就算不能摧毀整個曼哈頓，只要擊潰單一目標就夠了。」

「妳……！」

蓮蒂本來想大聲說些什麼，但最後只是露出有苦難言的神情。大概是明白現在說話再怎麼大聲，對方都聽不進去吧。

芙蘿蕾緹雅一邊側眼觀察蓮蒂的舉動，一邊說：

「我們要讓『貝比麥格農』上前線引開曼哈頓的注意。真正的目的則是趁機查探偶像派ELITE的定位資訊。所幸在『安全國』過慣了和平日子的大人物們這回似乎也清醒了。我向他們借用了舊時代的遺產。」

「……什麼遺產？」

「非常規MOBS。講得明白點，就是讓一套雷射狙擊設備沿衛星軌道飛行，在地球上繞個幾圈讓軌道安定後打穿地表的一個定點。驚人的是它還搭載了核電池。枉費OBJECT的勝利從全世界排除了核武，看來只要不是『直接』使用就不算違反條款。」

銀髮爆乳交疊雙臂托起豐滿的胸部，說：

「我要用這玩意兒從天上射下雷射解決掉偶像派ELITE。速度會跟光一樣快。在這OBJECT的時代從整體威力而論不夠可靠，但不用說也知道速度是一等一。屏除掉避難所或隧道等環境，沒有比這更好的個人暗殺手段了。雖然只要對方事先猜出棋子的位置就沒戲唱了，但不知道的話就算是她也別想躲開。等到發現時早就跟操縱裝置一起蒸發了。」

假如呵呵完全掌握了曼哈頓的設計圖，待在能抵抗核武的厚實裝甲包覆的正確駕駛艙裡，他們根本無計可施。

只是要把這點視為幸或不幸，就要看個人立場了。

「可是要怎麼收集情報？照妳這樣說來，只是用衛星從上頭俯瞰好像缺乏準確性不是？」

「假設偶像派 ELITE 待在地下道或室內設施的話，上空監視就不可靠了。況且被樹脂裝箱的那些人應該也還有體溫吧。」

「我是覺得不至於，但妳不會是要我們爬回那頭怪物的身上吧？我得先聲明，就算用複製人技術替我準備一百萬個殘機也辦不到。」

「不用做到那種地步。」

芙蘿蕾緹雅的講話語氣非常輕鬆。

「因為已經有人員在那上頭了。不對，嚴密而論應該說成『沒逃出來的人員』吧。」

「……喂，妳在跟我開玩笑吧……？」

他一時驚訝，連對長官講話時最基本的禮貌都忘了。

經她這麼一說，有明確提到獲救的人員的確只有「正統王國」的賀維亞等人以及「情報同盟」的芮絲等人。至於「信心組織」則不曾提及……

「詩寇蒂．塞倫沙德。」

芙蘿蕾緹雅．卡彼斯特拉諾也知道那份惡夢般的馬達加斯加報告。而她明知那人的危險性已超出了戰爭的範疇，仍然做了這個提案：

「我們已經跟仍然潛伏於曼哈頓的她取得了聯繫……雖然狀況只能用最糟來形容，但看樣子除了相信那個殺人魔提供的消息之外也沒別的辦法了。」

7

煽動情緒的情況不如預期。

這是獨自留在曼哈頓空城的詩寇蒂・塞倫沙德誠實的想法。她本來想留在中心地裝死，煽動曼哈頓去對付拚命確認她是否已死的「正統王國」看看。等到海面被殘骸、屍體與垃圾淹沒，再重新偷一艘還能動的代步工具在海上漂流。順便如果還能騙過「信心組織」的監視目光就更完美了，孰料……

（嗯——振作起來的速度比想像中快呢。現在要再「重新煽動」可能有點困難。）

戰鬥動作——讓人忘記重力的劇烈搖晃，暫時停了下來。

掌控曼哈頓的偶像派 ELITE 火氣上腦時可以隨她操縱自如，但一恢復冷靜就傷腦筋了。不用說，就算是詩寇蒂也無法直接操控曼哈頓。必須由偶像派 ELITE 自動自發應戰才行。勉強威脅她也沒意義，要是扭打到最後把她弄死，AI網路・卡帕萊特就要恢復到原本的運作方式了。這樣一來，詩寇蒂也只會被當成「情報同盟」的敵人迅速除掉。

（還是要殺掉父親羅伊斯看看能不能讓她回到原點？不行，同樣的事情做太多次會膩……）

到處都可以看到曼哈頓居民一臉悠哉地被封在透明立方體裡。詩寇蒂用小手拾起鐵管試著打打看，結果沒用。不只是單純的硬度，還能感覺出橡膠或膠凍般的彈力。畢竟這個保護層都能承受住全世界最大 OBJECT 的戰鬥動作了，靠人類的力氣大概打不穿吧。

這麼一來，光是要殺掉羅伊斯可能都得費一番工夫了。假如把這個立方體視為「OBJECT 的裝甲」，用炸彈也不見得炸得開。

如果不能對現場造成混亂，留在曼哈頓的詩寇蒂就只是隻小小籠中鳥。首先超規格 OBJECT 的警戒線會妨礙她逃生，就算真能逃到海上，也還有「正統王國」或「信心組織」的海上戰力等著她。

（該怎麼辦才好呢……）

詩寇蒂用指尖滑過纖細的下巴，心想：

（要怎麼做，才會變得最好玩？）

比起自己的性命，她最注重的是這點。

然後想來想去到了最後，雙馬尾少女做出了以下結論。

她在隨處可見的「正統王國」士兵屍體身上翻找裝備，一面拿到無線電一面說：

「先跟『正統王國』方面的人取得聯繫，來拯救一下世界好了！之後的事情再看著辦！」

8

「該死！」

一從會議室被請到外賓用客房，銀髮褐膚的蓮蒂．法羅利特忍不住罵了髒話。

「曼哈頓０００」無法用正面火力擊敗。所以要單點狙擊失控的駕駛員 ELITE。是很合乎道理，但她絕不可能容忍這種事發生。她無論如何都要阻止這件事，無奈缺乏實際力量。就像現在，門外一定有兩名強壯的衛兵守著。如今蓮蒂的武裝被沒收，她連這兩人都對付不了。明知狀況分秒必爭，卻想不到能做些什麼。

不對……

「……」

蓮蒂找到恰當的時機，把手伸進了短裙軍服裡。她為了讓金屬探測器出錯而特地竄改檢查結果健康的電子病歷，在體內植入並不需要的鋼釘自然有她的用意。她取出藏在軍服與內衣內側等處巧妙躲過搜身的十個以上零件，組裝出比香菸盒更小的無線電。之所以天線比本體還大，是因為它沿用了衛星電話的技術，原本的用途是請求救援。它可以與地球上的任何角落取得聯繫，缺點是為了追求小型化，最長只能連續使用三分鐘。充其量只能對在遠方曼哈頓等候的駕駛員 ELITE

提出一點警告。更何況「正統王國」也不是一群笨蛋。一旦查出這裡發出了通訊電波，蓮蒂立刻就會遭到拘捕。結果講半天，機會只有一次。她只能對棋盤射出僅僅一次名為情報的銀色子彈。

她已經不在乎自己是否會被逮捕並受到軍法審判了。就算要一輩子在敵國的集中營度過，或是索性被當場槍殺也無所謂。

快想辦法。

要在何時何地，傳達什麼樣的情報才是最好的選擇？僅僅一發銀色子彈的使用方式，將會左右那孩子的生死。

就在這時，忽然發生了狀況。

「……？」

無意間，蓮蒂抬起了她那美麗的臉龐。奇怪。她也是個軍人，對他人的氣息應該還算敏感，但門外那股逼她就範的壓迫感卻消失了。蓮蒂把組裝好的救難無線電塞進口袋裡，小心謹慎地走向鐵門。

她無聲無息地打開門一看，只見兩名衛兵都倒在地板上。

蓮蒂度過的人生並沒有正常到會讓她當場尖叫。她悄悄蹲下，檢查屍體的狀態。正面刺破防彈背心的，似乎是無數的螺絲或釘子等小鐵塊。與其說是當成槍彈，應該是用來提升爆炸威力。她維持著這個姿勢抬起視線，看見通道上最近的水密門把手部位，也被某種強大的火力燒掉了。但她根本沒聽見爆炸聲。更別說兩名衛兵好歹也是專業人士，卻沒發出慘叫或尖叫。

神祕難解的「爆炸」，也許是出自於有此能耐的專家──戰鬥工兵？

一瞬間，某人的臉浮現在蓮蒂的腦海裡，然而……

（……不，詩寇蒂．塞倫沙德應該還在曼哈頓。）

那麼會是誰？

說到底，那個殺人魔是參考誰的作法，把殺人手法換成了塑膠炸彈？「正統王國」製的軍用炸彈「HAND AXE」，原本是誰常用的武器？

那人明明是個軍事大外行……

有時卻竟能夠以血肉之軀破壞 OBJECT，憑著那種特殊性質奪走了那孩子的心……

「嗨。」

冷不防拋過來的聲音，讓蓮蒂抓住了屍體握在手裡的卡賓槍。她急忙轉頭，看到一個男人站在那裡。

她完全沒想到。

她把槍口瞄準對方，本能的部分卻警告她這樣不夠。因為對方剛剛才殺掉武裝齊備地阻擋去路的兩名衛兵，讓他們一聲都哼不出來。

在乍看之下萬無一失其實缺乏防備的狀態下，銀髮褐膚的指揮官低聲說了：

「……你是……什麼人？」

換言之，就是這麼回事。

就算對方是敵人，對一個熟人絕不會有這種疑問。

站在蓮蒂．法羅利特眼前的……

是個她完全不認識的人。

「庫溫瑟模組。」

某某人如此低語了。

這人想必不是那種會用服裝過度放大自己的人種。年齡少說超過七十歲的白髮老人，穿著到處都有賣的廉價灰色西裝。但他背上揹著的……是什麼？似乎也不是十字架造型。那是一把劍。他攜帶著宛如西洋帶鞘雙刃劍的裝置。而且上面有腳踏車或鏈鋸般的鎖鏈繫住四肢，連結位於肩膀、手肘、手腕、大腿根、膝蓋以及腳踝等處的齒輪。遍布全身的鎖鏈全都散發出寶石般的綠色光輝。

但老人本身仍然比這個裝置更顯異樣。他臉上浮現著純真無邪的神情。完全脫離俗世利害關係的童稚表情，等著她的反應。

「好用是好用，但單點突破還是不好，太多破綻了。」

看來繼續聽下去也沒用。

蓮蒂忍不住準備扣下扳機，但老人突然展開行動了。

與其說是身手敏捷，給人的印象比較像是被錯開了時機。

嘎哩嘎哩嘎哩！綠色鎖鏈發出高速旋轉的詭異聲響。蓮蒂聽見聲音時，卡賓槍的槍身已經隨著一陣風被抓住往上抬，另一隻手掌則按在銀髮褐膚指揮官的喉頭。不知是要勒死她，還是折斷頸骨。

「詩寇蒂模組……嗯，這個用起來比較順手。」

感覺完全就是個試製品。高速旋轉的鏈條看起來非常不安全，讓人訝異它竟然不會卡到頭髮、皮膚或西裝布料。而不可思議的是，滿臉皺紋的老人舉手投足卻像個女孩子似的。彷彿與「島國」的歌舞伎女形有其相通之處。

不，這或許也跟他低語的「名字」有關？

「也就是說……」

光是讓褐色皮膚的喉嚨顫動，整個脖子都能感受到手掌潮溼的觸感。

「那個像是劍的東西……能夠利用它上面的鎖鏈，重現特定人物的動作就對了吧。參考當事人的動作資料，讓鏈條施加外力連手帶腳地提供輔助。但我不認為這種簡陋的鎖鏈與齒輪能照顧到全身關節。」

「我也不期望它能補足所有功能。人的骨架或關節都是一樣的，但各個領域的成功者卻有其不同的動作。這是為何？」

「……」

「重點在於用來辨識個體的步伐或重心。這裡說的不只是單純的肢體運動，而是各人的生活節奏形塑出生理時鐘，左右了一個人的內在。然後人們會嘗試與以星球自轉或公轉為基準的時間和諧相處。提升到這個境界就能融會貫通了。常言道：每個人眼中各有不同的世界，這話說得真好。」

是人類在操縱機械，還是機械在操縱人類？

這種藉由肉眼可見的機關工藝以外力操控四肢動作的方法論，就連隸屬「情報同盟」的蓮蒂來看都覺得形貌詭異。

「我們『信心組織』與你們『情報同盟』處於兩極。我們並非把駕駛員 ELITE 當成 OBJECT 此一巨大軍事系統的零件來運用。正好相反，我們從一枝獨秀的個人身上發掘出作為謀士或猛將的領袖魅力，將重點放在徹底延伸其個性或體質。只是由於我們對聯覺或絕對音感也有所探討，外地人常常誤以為我們在進行超能力研究。」

「信……心……？」

「噢，抱歉說得晚了。我是提爾鋒．沃伊勒梅科。我在家鄉算是從事稱為聖者尊翁的職位。雖然沒必要報上姓名，但此身屬於善性的一方，所以也沒什麼好隱瞞的。」

那可是比教祖級人物的層級更高。在「正統王國」等同於大國國君，在「資本企業」則是相當於大財團或國際企業董事長級的大人物。

「無論是史拉德．漢尼薩克爾、普妲娜．海波爾、瑪莉蒂．懷特維奇還是傳聞中的奈亞拉托提普都無所謂。失禮了，我的意思並不是『情報同盟』的人不吸引我們。總之我們重視的，是人類個體的肉體或精神。因此即使我們不分敵我地蒐集謀士與猛將的個人資料，著手研究是否該視情況將其完整重現，或者是進一步加以升級以獲取利益，也沒什麼不可思議的吧。」

換言之，這個老人雖是獨自行動，卻不是一個人。

他有著一批可隨時切換的謀士或猛將。數量成百上千，或者更多。即使當成他背後有著無數怪物候命也不為過。

「你之所以找我……不是占大多數的『正統王國』而是屬於少數的『情報同盟』之中的我下手，是因為我跟『曼哈頓000』有所關聯嗎？」

「怎麼會呢，絕對不是這樣。」

快活的笑臉，完全不符合他的年齡。

他接著霍地張開雙手，態度輕鬆地揮動隨時可以奪命的手掌，說：

「不才如我也是有慈悲心的，我如果想殺妳，不會等妳注意到才下手。我可以用金屬噴流隔著牆壁燒掉妳的心臟而不讓妳有任何痛苦。老實說，我是希望妳能再多盡點力。所以才會像這樣過來，放妳自由。儘管只能算是舉手之勞。」

「盡……力？」

「因為妳瞧，『正統王國』不是就快要成功了嗎？」

口氣聽起來像是十分傻眼。

「事情虎頭蛇尾收場就傷腦筋了。『信心組織』本來就有意開戰，『資本企業』為了爭取時間從開曼群島領走電子現金，每當投身於打不贏的戰鬥而遭到擊敗，就會自動對曼哈頓產生自私自利的憎惡。無論『情報同盟』整體是怎麼想的，加害者已經無法改變這個趨勢。再來就剩『正統王國』了，只要他們認真起來，就能引發四大勢力無一能置身事外的世界大戰。為此，假如結局只是小家子氣地從衛星軌道上狙擊駕駛員ELITE，那我可受不了。最糟的發展就是『信心組織』與『資本企業』、『正統王國』與『情報同盟』各自陷入二對二的冷戰，小家子氣地變成穩定的對峙狀態。那樣事情不會有任何進展。」

為了擴大戰亂，你必須助人。

為了把全人類丟進戰火，你必須拯救個人。

「你到底，有什麼企圖……？」

「解救蒼生。身為統率『信心組織』之人，這不是很正當的念頭嗎？」

他講話口若懸河，讓人一不小心就會忘記身處的狀況。

這個老人有種類似隱形引力的特質，能令身邊的靈魂深深入迷。

「現在這個時代是錯的。『乾淨戰爭』有些地方出錯了。大家都異口同聲地這麼說，卻沒人提到具體而言該整治哪個部分才能恢復正常。這種只會表面裝懂的思維就是最大的停滯主因。所以就由我們來明白地告訴大家，『乾淨戰爭』是哪裡出錯了。告訴大家虛假的結構是如此脆弱，四大勢力或『戰爭國』與『安全國』這種模糊的界線是多麼無力。藉此，身處這混亂時代的迷途蒼生一定會跟著打開視野，定睛注視各位該進入的下一個時代。無論會變成何種形式，絕不會有人想特地讓已經崩壞的『乾淨戰爭』重新來過。因為到了那時候，整件事的錯誤已經得到了證明。」

北歐神話的最後一戰諸神黃昏，並不是諸神在大戰中滅亡就結束了。

故事在神族與巨人全數滅亡後，以不滅之神及人類的倖存者現身創造新世界作為結局。

如果不這麼做，主神奧丁等傲慢的諸神，恐怕會永遠箝制住人類、精靈與巨人等其他種族的自由。

這個把名為諸神黃昏腳本的虛構名詞放上檯面，企圖點燃無邊戰火延燒四大勢力的老人，或許也做出了這個結論。

提爾鋒。

這是否是本名不得而知，只知道名稱取自每次出鞘必定奪命，雖然會實現持有者的願望，但最後也會讓持有者陷入毀滅的北歐魔劍。

他在「資本企業」散布子虛烏有的諸神黃昏腳本謠言讓「情報同盟」陷入混亂，用積極的自我否定（實際上只不過是假象）使琵拉妮列等馬汀尼系列人員產生動搖，動員「曼哈頓000」，甚至釋放詩寇蒂．塞倫沙德，在世間散播了更大的亂象。

一切事情的元凶。

整件事情，全都是這個老人繪製的藍圖。

面對背負著綠色鎖鏈魔劍的老人，蓮蒂歪扭著臉孔如此問道：

「你這番話的意思是說……你連自己的生死也不在乎？」

「只要有必要，什麼都可以犧牲。比蒼生多前進一步，以自身作為人類的行為典範，也是身為一個宗教家應盡的義務。」

毫無迷惘。毫無恐懼。

她本來以為詩寇蒂・塞倫沙德性情扭曲。然而她那扭曲性情的根源，真的只來自於她個人的資質嗎？假如說所有文明都在追求克服死亡恐懼的力量，那麼「信心組織」或許是將重點放在心靈的問題上，而非物質層面的城牆或刀劍……沒錯，若是繼續追根究柢，人類或許是會走到這一步。

「來吧。」

簡直就像在讓路一樣，聖者尊翁靠到了通道的牆邊。

「為了獲得幸福，再度拚命掙扎一次吧。諸神黃昏這個名詞代表的並非一律平等的完全死亡。儘管只有極其少數，但還是有建立新時代所需的存活名額。我身邊的部下都對我表示敬意，但實際上對我本身並不怎麼感興趣。可是妳就不同了吧？如果有些人事物對妳來說比自己的性命更重要，我認為現在正是妳不顧一切採取行動的時刻。」

「……」

「非常規ＭＯＢＳ的光學轟炸，只要事前『知情』就不會構成多大威脅。簡單一句話，躲到比預設性能更厚的屋頂底下就沒事了。就算是一般地鐵程度的屋頂也有效果。所以人們才會說它不過就是無法顛覆OBJECT時代的舊東西。如何聯絡上曼哈頓就看妳了，總之妳只需發出一句警告，說聲『小心』就能解決問題。我這個外人也就算了，這話若是由妳來說，置身戰火中的ELITE一定會留意。而妳沒必要跟『正統王國』講道義。他們訂的計畫應該由他們去遵守，不關『情報同盟』的事。推翻前定和諧吧。這種舊時代的道理催生不出任何事物，拯救不了任何人，卻只是賴在群眾的頭上不走。哪裡還有價值可言？我們必須先放膽摧毀整個世界，然後再從基礎中的基礎重新建立起。」

這或許是千載難逢的機會。

或許是獲得「自由」以拯救那孩子的關鍵時刻。

但是……

「！」

「哎呀。」

蓮蒂果斷放棄被搶走的卡賓槍，用副武裝的手槍對準他。這是她從屍體身上搶走裝備時，變魔術般偷得的另一個玩意兒。她連續開槍，但簡直就跟磁石的同極相斥一樣。伴隨著綠色鎖鏈高速旋轉的詭異聲響，聖者尊翁提爾鋒．沃伊勒梅科態度輕鬆地一一躲掉子彈。

「在馬達加斯加的時候，詩寇蒂似乎是為了挑逗他人的保護欲而故作柔弱。假如發揮原有的性能就能有如此身手。」

遠比任何一個自稱的超能力者都要怪異的老人依然保持笑容，恐怕是已經察覺到她心裡的打算了。蓮蒂．法羅利特也不認為正常子彈對這個怪物有用。想殺死這個一腳踏進神祕學領域的老頭，那得用上主神奧丁的長槍才行。即使如此，她照樣讓未經消音的槍聲連續爆發。比顫動喉嚨發出尖叫更誇張而可怕的巨響應該已經響徹了艦內。異常狀況傳達出去了。就算蓮蒂現在倒下，他入侵艦內的事實也已經無從掩蓋。

「……不管誰要做什麼，我本來就已經打定主意要救那孩子了。」

「原來如此。」

「對於你的介入，坦白講我只能用礙事來形容。給我滾，你會減損我的純粹性。在這個舞台上，沒有你這個新人出場的份！」

「真傷腦筋，妳的品行比我想像中更高尚。但是很遺憾，現在的我選用了詩寇蒂模組。她似乎向來秉持『攻擊就是最大的防禦』作風，所以我恐怕也會這樣行事。」

原本緩緩搖晃的十指，忽地停住了動作。

他就這樣毫不遲疑地，往握著手槍的蓮蒂踏出一步。

老人的神色顯得真心感到遺憾，然而受到鎖鏈與魔劍徹底輔助的一舉一動，卻完全就是發自內心深處盡情享受殺人快感、美麗而恐怖的殺人魔的動作。

「願受到人類罪孽汙染的星球，能迎接和平安樂的神祐時代。」

9

砰砰砰！銀髮爆乳以及賀維亞等人，也都清楚聽見了那陣清脆的槍響。

「不會是作戰行動還沒結束就開始發烈酒吧？是哪個笨蛋以為在開派對就把安全裝置給拆了！」

「……不對，全體戒備。不要從頭到尾都當成是意外，要想到老鼠溜進來的可能性，把艦上整個搜過一遍。」

畢竟之前對付琵拉妮列．馬汀尼．史墨奇時，他們也已經玩過偷偷溜進在海上待機的修護艦隊從內部加以打擊的戰術。他們都能辦得到，沒道理別人就辦不到。

緊急趕工換好裝甲板的「貝比麥格農」已經出動了。

雖然她說她認識「情報同盟」的呵呵呵所以看得出她的小習慣，但也不算是能稱為殺手鐧的優勢。一旦後勤支援有所延遲就會立刻被打敗，然後大家就完蛋了。

「詩寇蒂！我方艦內發生異常狀況。我可以給妳時間自由行動，但支援可能會產生突發性中斷。妳必須迅速找到目標。」

『了啦，到處都是一堆硬塊，好無聊喔。感覺不到生命氣息。在這麼廣大的曼哈頓如果就剩她一個人細皮嫩肉的話，我會乖乖地去追她的～』

「……從第一步就有太多不安因子了吧……那我們要做什麼？」

「處理資料。公主殿下雖然說她可以看穿呵呵的個人小習慣，但還是得湊齊周遭環境的資料才能發揮力量。我們要成為公主殿下的耳目，逐一分析整理雷達以及感應器的資訊，轉換成容易閱讀的格式傳送給她。這是基本中的基本吧。」

（庫溫瑟那傢伙一不在，連指示內容都正常起來了。）

腦中飄過必須說相當不莊重的想法，不過事情當然不可能一直維持正常。本業為雷達分析官的賀維亞．溫切爾瞪著的液晶畫面，浮現出不該有的超大反應。

「嗚啊啊，哇啊，嗚哇啊！戒備戒備戒備，全體戒備！有某種像是整面牆壁的東西逼近過來了。這八成是曼哈頓那混帳製造出來的巨浪！」

「找東西抓住！」

爆乳妹大聲喊出指示時已經太遲了。

有人忽然給了巨大軍艦的側腹部一拳，賀維亞的身體被震飛到牆上。劇烈搖晃還不只這一下。視野一次次上下震盪，整艘船往旁傾斜。海浪的高低差不下十公尺。彷彿從山上掉進谷底的衝擊連續來襲。

應該以螺栓釘死了的桌子還有液晶螢幕，伴隨著金屬斷裂聲飛上半空。情況慘到一不小心就會像是把岩石磨成細粉的球磨機那樣，在密室內被自己的器材磨成肉泥。

但是狀況還不只如此。

「報告，巨浪導致艦隊大亂！再這樣下去有可能跟並排航行的驅逐艦切薩雷相撞！」

「嘖！有辦法挽救……有的話也不會這樣向我報告了吧。賀維亞，依現場判斷挑幾個身手敏捷的士兵！」

芙蘿蕾緹雅一邊叫喊，一邊丟出幾個手邊的大背包般物體。原來是通訊兵專用的那種塞滿電腦的後背包。

「反正不會只有這一艘遭殃。之後應該會陷入追撞狀態，但你們絕不能讓通訊中斷。這下子只靠艦船固定安裝的轉發器我不放心。你們不管用上什麼手段都要支援公主殿下讓她活下來！」

「真的假的啊，該死……喂，明莉，我要拉妳陪葬！我不要只有我一個人倒楣！」

「謝謝你這句史上最爛的邀約！」

隨著一陣激烈衝擊，待在艦內的賀維亞與明莉等人再次忘記重力，這次背部撞上了天花板。但這跟之前的巨浪有所不同，同時還帶來了更厚重，像是要把鋼板直接磨碎的恐怖聲響。

「……嗚噁！咳嘔！艦隊船艦還真的互撞了。這艘船要沉了，爆乳你們也快點準備救生艇！」

「我們的事我們會解決。你們快點拿著通訊兵裝備到外面去！」

揹起了巨大後背包的賀維亞與明莉一起來到走道上，往甲板前進。可能是衝擊力撞斷了哪裡的管線而起火燃燒，有些地方甚至濃煙嗆鼻。

「現在具體來說要怎麼辦！」

「跳到還沒受損的船上。妳得鼓起幹勁，抱著這玩意兒落海就只能往下沉了。跟我來！」

賀維亞用肩膀撞開整扇鐵門，結果反遭駭人的暴風推了回來。

剛才明明還是澄澈無垠的藍天，現在厚厚的烏雲卻遮蔽了頭頂上方。賀維亞一邊感覺到像是被特大岩層活埋的壓迫感，一邊叫道：

「該死！又是那個電磁投擲動力爐砲造成的影響嗎！」

在橫颳的暴風雨當中，灰色烤漆的巨大船艦像壓扁的餅乾盒一樣變形。原來是本該負責抵禦外敵的驅逐艦，衝向了他們這艘小型航空母艦。

賀維亞等人一邊留心陰晴不定的暴風，一邊跳過被撞扁的接觸面，來到鄰接的另一艘艦艇上。當然在安全方面毫無保障。一旦被兩艘船的接觸面夾到腳，可以保證這對鋼鐵門牙會直接把它咬斷。

「走這邊真的是對的嗎！我怎麼覺得四周的飛彈看起來都在等著爆炸！」

「注意正前方！這種話等妳看到變成火球進逼而來的補給艦再說！」

「呀啊──！」

「好了啦，快跳到下一艘船上，笨蛋！」

船員們應該已經從沒有希望滅火的船上跳海了。賀維亞他們抓對時機跳到靠近過來的雷達艦上，同時變成一團火球的補給艦也撞上了與其說是艦砲不如說載滿了飛彈的驅逐艦。

接著就像是煙火大會發生的意外事故。連鎖引爆效應導致塞在金屬圓筒中的無數飛彈或魚雷毫不客氣地爆炸飛向四面八方。對空、對地、反艦、反潛；種類應有盡有，但是不管被哪一種用什麼方式撞上，活人都只會變成碎片。

「真他馬爛透了——！」

儘管賀維亞這樣大叫，但他還沒見識過什麼叫做最慘。

明莉發現了。一排排貼在前方整面牆壁上宛如磁磚或昆蟲複眼的陣列雷達旁邊，像是紅綠燈的燈號由綠轉紅了。

「啊！雷達要啟動了！」

「跟我開玩笑……嗚哦哦啊啊啊啊啊啊啊啊啊！」

除了大叫也不能怎樣了。

比微波爐更凶惡的電磁波發射至四方的前一刻，賀維亞他們有驚無險地推開鐵門跳進做好防護對策的艦內。溼透了的軍服很重。已經不光只是背上的通訊機了，就好像自己替全身掛上一堆鉛錘似的。

「超誇張的！還好嗎！本大爺的大鵰沒事吧！剛才那一下沒把人類的至寶烤熟吧！」

「你是腦袋先被燙熟了嗎晚點再去用顯微鏡數你衛生紙團裡小蝌蚪的數量啦快點這裡也並不安全得快點逃走才行！」

與其說是衝擊力道，不如說是發生了爆炸。

艦內照明在激烈的火花中熄滅，但沒時間去在意。可能是驅逐艦撒出的砲彈或是飛彈直接命中了，近在身邊的牆壁整塊掀了起來，開出了一個大洞。

「啊！」

先是感覺到腳下地板一陣搖晃，接著賀維亞與明莉都滾進了那個大洞。

才剛想到要墜海了，忽然狀況有了變化。

就像鯨魚飛出海面那樣，一艘巨大的黑色潛艦撞破海面探出頭來。

賀維亞他們於千鈞一髮之際免於抱著多餘重物落水，但高興不起來。在軍事演習當中緊急上浮看起來很華麗，但一般來說其實是在發生意外需要盡快補充氧氣時才會做的「敗戰動作」。

「所以不只是海上，連海裡都像打撞球一樣撞來撞去嗎！」

這樣撐不了太久。

鉛灰色海面已經漂滿了己方船艦的裝甲板、大型桶槽或是寫真雜誌的三摺頁海報，弄得滿是垃圾。無論身上有沒有沉重的通訊兵裝備，要是笨笨地掉進海裡可能會被海浪間搖盪的鋸齒形金屬塊夾住磨碎。

「咿咿！咿咿咿——……」

「明莉，維持住姿勢！妳敢滾下去就對妳施以人工呼吸之刑！」

「死都不要！自己說成刑罰不會讓你開始怨恨世界嗎！」

再這樣下去比起挺身抵擋曼哈頓的公主殿下，賀維亞他們可能會先被自己人弄死。

就在這時，揹在背上的巨大通訊兵裝備，傳來了熟悉的聲音：

『報告報告。已發現想定目標嘍。』

「詩寇蒂？」

『ONE、THREE、CIPHER、ALFA、LIMA、BRAVO。重複一遍，ONE、THREE、CIPHER、ALFA、LIMA、BRAVO。網格確認ＯＫ了嗎？那就趕快用雷射把她幹掉吧！』

10

「唔……」

蓮蒂．法羅利特用一隻手按住右邊側腹部，背後靠著逐漸沉沒的船艦走道牆壁不停往下滑，然後癱坐在地上。視野一明一滅。她渾身無力，連撐起自己的臀部都辦不到。刺進體內的，可能是爆炸附帶產生的鋸齒形鐵片。雖然只是連二十公分都不到的異物，但不同於工業製品軍用小刀的「鈍刀」反而成了凶暴的獠牙。

聖者尊翁提爾鋒．沃伊勒梅科已經離開了。

自己會不會得救，也是個未知數。

但對銀髮褐膚的軍官來說，有件事情的優先順序高過自己的性命。

她顫抖著手，從口袋裡拿出比香菸盒子更小的緊急無線電。然後拉出比真正無線電還大的天線。

（還……沒壞。太好了，真的太好了。）

也許自己正在做的，是會導致世界毀滅的最壞選擇。

也許就像那個老人所期望的，會間接引發讓四大勢力深陷火海的戰爭。

但是……

即使如此……

蓮蒂．法羅利特也一樣，不惜與全世界為敵也要保護某個人。

「……──」

然後……

她用拇指按下了開關。

用沙啞的聲音呼喚一個名字，接著更是嘔血般地大吼：

「快逃啊啊啊！」

11

一看到公主捲少女毫無前兆地慌忙逃出工作用廂型車，從遠處觀察狀況的詩寇蒂・塞倫沙德就吐出了舌頭。她立刻蹲下，把雙手放在頭上。

「要命！」

磅嘩！！！

來自天空的一擊，吹散了頭頂上方的厚重雲層。它就這樣毫不留情地把工作用廂型車炸成一片橘色，名符其實地真的將它給蒸發掉。聽說肉眼無法看見雷射本身，但是有如熔接工程的驚人閃光會以彈著點為中心大量迸散。閃光暫時淹沒了視野，不過殺人魔的感覺器官可不只有一個。

只須用舌頭舔溼自己嬌嫩的嘴唇就能知道。

（……在喔，還沒蒸發掉。空氣中有肉味。）

即使暫時開出一個洞，黑雲想必很快就會補起來了。在這狂風大作的狀況下沒有立刻射來第二發，可見軌道上大概也因為彈著的同時散播的閃光與高溫而無法正確掌握狀況。也可能是充電需要時間，或是根本就是只限一發的珍貴武器。

總而言之，倖存的駕駛員ELITE已經察覺到非常規MOBS——在軌道上繞圈狙擊獵物的光學轟炸了。

下次不會再中招。

畢竟那種東西，衝進附近一個地鐵站裡就能躲過了。

「現在嘛……」

詩寇蒂用慢慢花時間恢復了的視野重新觀察，沒看到可疑人影。只是逃跑與躲藏的方式很笨拙。看來雖同樣身為ELITE，對方並不是「能打鬥的規格」。只要憑著獵人的嗅覺跟著足跡走，詩寇蒂殺得了她，可以挽回剛才的失手。不知對方躲在哥倫比亞統合大學校區的哪裡。

（不過說真的，該怎麼做才好呢？）

詩寇蒂隨手抓抓雙馬尾的腦袋，一邊隨著附近播放的音樂搖擺小屁股一邊追趕目標，看見一個纖瘦的人影縮在離彈著點很近的一間咖啡館櫃檯後面。比起事前聽說的，給人的印象更像是隻小動物。那場空襲並沒有直接擊中她，但附帶產生的衝擊波或細小鐵片似乎打了她一身。要不是穿著特殊駕駛服，柔嫩的肌膚早已被撕成碎片了。話雖如此，一時之間恐怕很難正常行動。能夠不被地面的小小一片水窪淹死，拖著身體一路來到這裡，就該稱讚她對生命的執著了。

「妳，想……」

「嗯？」

「……殺了，我……嗎……？」

聽到擺著不管可能也會自己翹辮子的少女這麼說，詩寇蒂嘖了一聲。殺人重視的是新鮮度。要有激烈的抵抗，才能用雙手強行壓制對方以品嘗生猛的死亡觸感。詩寇蒂雖是個無藥可救的殺人魔，但並不是那種披著看護外皮凌虐無力抵抗的老人作樂的惡棍。

更何況聽「正統王國」的命令到最後，又有什麼會等著她？雙手被套上手銬，遭到外國的軍法審判制裁，下半輩子在監獄裡度過？

或者就算好運遣返「信心組織」好了，接下來呢？

（被下藥迷昏供一群變態老頭欣賞的日子可不好玩。）

她在賀維亞等人面前說過自己什麼也不缺，但可沒說對一切都滿意。

既然如此，答案就只有一個了。

詩寇蒂一手扠在細腰上說：

「算啦——妳不合我的胃口。」

「妳說什麼？」

「妳沒讀過馬達加斯加報告嗎？假如妳是這種長相的男生的話就一百分了，但妳真的就只是個女生。這樣太沒變化了，不好玩。」

更何況移動式的控制室工作用廂型車已經蒸發掉了。假如「正統王國」的判斷正確，這個偶像派 ELITE 基本上應該是使用數量龐大的鍵盤。沒了鍵盤也就沒戲唱了。無線單手鍵盤也得與控制台連線才有用。她猜想這個 ELITE 就算找到正確的駕駛艙坐進去大概也不能怎樣。因為那裡的介面設計應該跟「自學」所學會的完全不同。

換言之，駕駛員 ELITE 已經無法獨力操縱這架超乎規格的 OBJECT 了。

簡單一句話，戰爭結束了。

「唉——還是要前輩才行呢。像女生一樣可愛，但又像男生一樣任性。那種身體線條才是最棒的。可以讓我享受到深入骨髓。」

丟下太過乾脆的一番話，詩寇蒂轉身就走。

本來被窮追不捨的呵呵呵反而吃了一驚，不禁叫住她：

「等、等一下，妳要去哪裡！」

「去找駕駛艙。我能不能操縱不重要。換成前輩的話，就會這麼做。我有種預感，覺得去到那裡或許可以找到些好玩的東西。」

雙馬尾殺人魔頭也不回，隨意揮個幾下手輕鬆地回答。

用只有狂人才能理解的角度看世界的少女這麼說了：

「……總覺得好像還少了塊拼圖呢。」

12

「發光了。」

而遭受人工狂風吹襲的賀維亞，也在緊急上浮的漆黑潛艦上，低聲說了這麼一句話。

「曼哈頓的所在方向亮了一下。剛才發生了空襲，對吧？他們下手了？真的給我動手了？」

「咦？如果事情就這樣收尾的話，我會很傷腦筋的。」

忽然聽到一個過來一起喝茶聊天似的老人聲音，賀維亞與明莉吃驚地轉過頭去。就在遭到大風暴與巨浪翻弄的潛艦旁邊，某個人站在被飛彈意外擊發波及而逐漸下沉的雷達艦船舷上。

那是個廉價西裝背上揹著西洋雙刃劍，伸出無數鎖鏈連接手腳與胴體等處，極其怪異而純真無邪的老人。

「況且就算是詩寇蒂模組，也沒厲害到能正確操縱第二世代的『諾倫』……不過也罷，開得動就行了。指差確認也好什麼都好，能讓機身稍微動一下就沒問題。簡言之，只要巨大的社會不安造成四大勢力無一例外爆發衝突，我的目的就能達成。曼哈頓本身是否處於能應戰的狀態也不重要。只要別人判斷它能應戰，就能為追求混沌的世界帶來救贖。」

「這個揹著魔劍沒一點大人樣的老頭又是哪個觀光景點的土產啦！」

「噢，即使措辭再委婉，也只能說我是一點大人樣都沒有。我叫提爾鋒・沃伊勒梅科。」

不服老的老頭快活地胡說八道。

「再讓我補充一點。如果有需要的話，我現在想靠近曼哈頓，去確認它是否真的停止運作了。真是不好意思，可以請你們用那架 OBJECT 去打它，幫我確認它會不會抵抗嗎？」

「啥？」

「辦得到吧？」

嘎哩嘎哩！即使在大暴風當中，綠色鎖鏈高速旋轉的聲響仍然詭異地迴盪。

才剛這麼想的時候，自稱提爾鋒的老人已經消失了。

「因為你們正在用背上的通訊器材輔助駕駛員 ELITE 的判斷能力。換句話說，只要傳送錯誤的資料，它應該就會一股腦地向前衝，連自己已經死了都沒發現。」

「背……後……！」

「噢，無論是男生還是女生，你們哪一個要幫我都可以喔。」

不知究竟是何時跳過滿是垃圾的海面，賀維亞急忙回頭時，明莉已經癱倒在老人的臂彎裡了。是從背後用手臂勒住了頸動脈嗎？提爾鋒．沃伊勒梅科小心翼翼地讓她躺在潛艦上，不知為何用一種少女般的舉止對賀維亞說話。

槍械完全不管用的瘋狂世界來臨了。

「這個叫做詩寇蒂模組。就是一種利用重心或步伐讓生理時鐘產生變異，從中學習的器材。也就是說那個殺人魔只要不故作柔弱，連暴風都能為她所用。你的長相與名字不在我的記憶內。大概是不在模組化預定內的路人甲吧。既然如此，不管你如何鑽研正常的技術，也不可能跟上我與謀士猛將等人種合為一體的身手。太遺憾了。」

「給我等一下，你在講什麼？校園異能戰鬥？還是異世界轉生？」

「我是覺得假如這世界有你說的這麼包羅萬象，對人類本身研究最深的『信心組織』早就取得天下了。」

又是好像結合了盤子與托盤功能的餐盤又是超商塑膠袋或輕量毛毯的，總之在這漂浮於垃圾堆海面的潛艦上，一旦讓這個老人從視野中消失，事情就無可挽回了。

賀維亞明明很清楚，卻完全想像不到能怎樣主動出手。對付一個不需考慮遮蔽或射擊線，能直接躲開正面飛來的子彈並繼續逼近過來的怪物，要把軍事教科書翻到第幾頁才能作為參考？

就在這時，事情發生了。

一往直前地……

隔著賀維亞的肩膀，有個東西緩慢地，從正後方伸了出來。那是來自「島國」，優美但不祥的流線形鋼鐵。是經由工匠徹底鍛造的，武士刀的刀刃。

不良軍人連頭都不敢回，只有背後某人的話語刺進他的耳朵：

「布萊德利庫斯・卡彼斯特拉諾願為對手。」

轟！一件黑色燕尾服高速旋轉，從賀維亞的背後繞過他來到正前方。彷彿與之呼應一般，提爾鋒也採取了行動。他往腳邊丟下少量的塑膠炸彈，從潛艦外殼剝下彷彿刀劍薄刃的裝甲片，抓在慣用手裡。

賀維亞能勉強看出雙方最初的一擊，是為了測量間距而小試身手。

火花迸散了約莫三次時，他也還勉強追得上。

但這也就是極限了。

連續上演的刀鋒相接，究竟是誰輸誰贏？

銀黑雙色閃爍不斷，一回神才發現已經發展成了刀劍相搏。從動態轉為靜態。其中仍然只有老人能常保微笑。

「布萊德利庫斯・卡彼斯特拉諾。已經保存到研究資料裡了。雙方繼續採取相同動作下去，不管怎麼打都只是拖延時間罷了。雖說使用的武器或是走位等外界因素也會改變戰鬥結果就是了。」

「……那是你個人一廂情願的信仰而已吧。還有你說世界在追求混沌，以及只要有這套自備的特殊裝備就不會輸給任何人的天真想法也是。事實上我倒覺得除了你的自說自話之外，整個看法並沒有任何根據。」

「是嗎？」

聖者尊翁的表情就像是接受他為對等的辯論對手，如此說了。

「一直維持膠著狀態就太乏味了。所以，就讓我更簡便地改變身體軸心，試著為狀況做點變化吧。詩寇蒂模組……假如我不慎殺了你，請見諒。」

更為猛烈的某種動作一閃而過。

布萊德利庫斯・卡彼斯特拉諾也把刀身一轉，出招迎擊。

原本維持超然態度的提爾鋒・沃伊勒梅科的廉價西裝被割破，可以看到上臂以及側腹部等部位滲出了一些暗紅血跡。

只是作為代價，布萊德利庫斯卻被迫屈膝了。

「唔！」

「竟然能讓第五試製世代受傷，真有兩下子。還有，那邊那個年輕人。你可別以為他不堪一擊喔。他在這件事當中無庸置疑地是最大障礙。」

老人態度輕鬆地一腳踢向倒地的布萊德利庫斯的臉把他移開，嘴上卻這樣幫他說好話。看來應該是什麼鬼模組的性能所致，但言行也太不一致了。

「越是鑽研此道，箇中好手的勝敗對決就越是會凝聚於一瞬間。將棋高手總是在第一步就掌握趨勢。等到實際採取行動時，結局早已顯而易見。不會像功夫片或近身雙槍戰鬥那樣鏗鏗鏘鏘打個不停好讓觀眾看個過癮。實戰當中不會有什麼千日手。況且詩寇蒂對使用工具也有興趣。」

能怎麼用現代戰爭的理論去對付這種貨色？

在向大魔王挑戰之前可能得先淨化魔界的土地才行；賀維亞的腦中甚至開始閃過這種不著邊際的意見。再不想想辦法解決這個困境，自己肯定會瞬間斃命然後轉生到異世界去。

「可以請你提供協助嗎？」

對不起我太強了。

提爾鋒・沃伊勒梅科似乎是發自內心這麼想。

「其實不用請各位協助，我也可以搶走器材除掉你們這些礙事者自己解決問題就好，但是怎麼說呢？基於個人立場，我還是想盡量避免無益的殺生……不過同樣地，如果有益的話我就會立刻動手了。」

「唔……！」

這時他抬起卡賓槍的槍口，也許幾乎只是反射動作。

老人只回予他悲憐的眼神。

「太遺憾了。」

緊接著，事情發生了。

『喂喂，老先生你是失憶了嗎？你引以為傲的詩寇蒂・塞倫沙德真的是這種毫無死角的最強小妹妹嗎？還是說你是在間接稱讚曾經打倒過她的我們馬鈴薯軍團？』

聲音來自賀維亞揹著的通訊兵裝備。

只要是同樣屬於「正統王國」的人或許可以取得聯繫。

但是，這個聲音是……！

『那個殺人魔在馬達加斯加報告中，用一般 OBJECT 去對付她根本沒用。拋棄「三位一體」之後也是，刀槍都對她不管用。』

當時，老人的視野邊緣應該早已不經意地看見了那個東西。就算到處都有軍艦相撞，整個海面都漂浮著碎塊或殘骸，不同於寫真雜誌或餐盤，那個東西在修護艦隊當中應該還是有些格格不入才對。

顏色是白色。

一個灌滿空氣而鼓起的超商塑膠袋漂浮在海面上。不知是不是某種記號，上面還用粗字油性筆隨手寫上了大大的「五二」編號。

總之只要不會沉下去，大概什麼都可以吧。

因為引爆它只需要一個無線電裝置。

不知道提爾鋒．沃伊勒梅科是如何理解其中的意涵。

老人所想像到的，是詩寇蒂，還是另一個少年？

總之他發出的低語，聲調跟神祕通訊完全相同。

「『但是，只有炸彈怎麼樣就是躲不掉。』」

老人越是與詩寇蒂．塞倫沙德相近，就越是無法逃離某一種毀滅。

只能說束手無策。

賀維亞撲到癱軟昏死的明莉與布萊德利庫斯身上，用厚重的通訊兵裝備充當護盾之後，緊接著飄盪在海浪間無聲逼近的塑膠炸彈，在極度貼近提爾鋒．沃伊勒梅科的狀態下發動了爆炸攻擊。

水球般的聲音響起，沿著四肢以及胴體等處延伸的綠色鏈條發出爆開斷裂的轟然巨響，然後又過了一段時間，賀維亞才慢慢抬起頭來。

看來後背包似乎成功擋下了為提升殺傷力，而往四面散播的無數小鋼珠。賀維亞、明莉與布萊德利庫斯是沒事，但提爾鋒卻不見人影。雖不知道那是否有構成致命傷，至少骨骼絕不可能完全沒事。假如在骨折狀態下落海，就只能等著溺死了。

「……現在是，什麼情形……？」

賀維亞發出輕聲呻吟。

但剛才那場爆炸弄壞了通訊兵裝備，聯絡中斷了。

那是塑膠炸彈……很可能是「HAND AXE」。

而如果他沒記錯，某個少年明明不會開車或騎機車，奇怪的是偏偏會操縱海洋運動類的載具。

換言之……

「這次真的是你嗎……庫溫瑟！」

13

原先狂暴肆虐的風暴停息下來，吸收了夕陽色彩的大海散發著火紅光輝。

那是個在中美海域比比皆是的南方小島。

大概就是所謂的無人島吧。島上只有一棵椰子樹，以及不知是從哪裡漂流過來的，一台大型冰箱插在樹下。小島的半徑有個十公尺就算不錯了，但不可思議地並沒有一種受到全球暖化影響而即將沉入海中的末日氣息。

然而同時，也「不應該」有任何人能夠登上這個毫無特色的渺小島嶼。

百慕達三角——行經此地的船隻經常神祕消失的傳說就證明了這點。

無論是偶然或必然都可以。發現某個島嶼並上岸的人，會在那一瞬間從世界上「消失」。四大勢力之一「情報同盟」將會保證提供整個勢力最大且最高級的恩惠，相對地當事人的存在將從巨大網路上完全消失，藉此保守祕密。就像是將那人踢出能夠與任何人產生聯繫的人類社會，賦予置身事外的天神寶座。

對超高度資訊化社會而言，最大的特權並非像國王或大總統那樣立於民眾之上、只要說錯一句話就會立刻遭到群眾砲轟的高風險高報酬地位。

而是像本領高超的駭客那樣，進入群眾不知道他的存在，他卻對群眾無所不知，無風險高報酬的「準確縫隙」之中。

誰都無法逃離「近在身邊的王者」這種太過甜美的誘惑。

正因為如此，祕密才能被保守到今天。

「搞什麼嘛——是你先到喔？」

一種悠哉的聲調傳來。

在染上晚霞色彩的大海與小島上，與少年前來的方向相反，雙馬尾少女開著高速快艇在另一處沙灘靠岸，笑容可掬地走了過來。少女讓柔弱未完成的身體曲線浮現在外，用小狗般的態度與他做接觸。

「你每次都能搶第一呢。不過也是這樣，才不枉費我一直執著於你。」

「我可沒有求妳這樣做。」

金髮少年緩緩呼一口氣，說：

「……不過，妳果然也找到這裡了。找到這個小島。我早就知道無論做了什麼選擇或是事情如何發展，妳都會找到並且過來這裡。」

「雖然偶像派 ELITE 用手動輸入努力了半天，但基本上應該還是線上作業吧。無論偽造幾千幾萬條路徑，ＡＩ網路．卡帕萊特與曼哈頓都應該有著緊密的聯繫。兩者是分割開來的存在。只要我能抵達正確的駕駛艙，或許就能做些好玩的事了。例如主動發出未經偽裝的代碼，暴露在外讓對方接收到之類的嘍？」

換言之，就是這樣了。

詩寇蒂．塞倫沙德一派輕鬆地指著椰子樹下的漂流物——破破爛爛的大型冰箱。

「就是那個吧，卡帕萊特的核心。記得這一代好像升級成安娜塔西亞了？」

「……」

「不對，網路本來應該沒有核心這種概念。因為全部做成並聯，設計成就算世界的某個角落陷入火海也能維持系統運作比較『堅固』。也許他們另有目的吧。比方說，當ＡＩ社會失控時只要關閉這裡的功能就能破壞整個系統，充當這方面的斷路器？或者是想藉由賦予網路一個簡單易懂的外形讓自己安心？你看嘛，讓我用『信心組織』的方式來講，就像神話中的女神總是被畫成美女一樣？」

講到這裡，雙馬尾少女用食指抵著纖細的下巴，微微偏頭。

如果忘記她其實是個天生的殺人魔，那模樣簡直就像妖精或什麼似的。

「話說回來，我到處聽人家說你死了，那是怎麼回事？詐領白包？」

「是芮絲幫我演了一場戲。」

少年聳聳肩，說：

「當時，『情報同盟』的修護艦隊已經派小型潛艇從海中潛入了艦艇下方。而且由塔蘭圖雅成為中心人物的對方部隊，只有把『正統王國』的非軍職人員列入搜索對象。卡塔里娜·馬汀尼老婆婆沒被盯上。人家放了她一馬。」

「是喔。所以她只是假裝往你的腦袋或胸口開一槍，讓你掉到海裡，然後別人把你接到潛艇上逃走了？」

「基本上就是這樣。芮絲假裝開槍之後我噗通一聲落海，從正下方接近的潛艇影子，可能被他們當成了鯊魚還是什麼的吧。講到鯊魚，那類潛艇為了聯手展開救援行動，好像都會準備有黏性的血液用來應付鯊魚。總而言之，無論誰被當成目標，她們早就猜到塔蘭圖雅會那麼沒品了。」

幫忙演戲或是在海中提供救援的，都不是少年自己的力量。因此他不覺得有什麼好自豪。

以往那麼厭惡「神童計畫」負責人的芮絲到了最後關頭卻把狀況交給卡塔里娜，不知是出於何種心境。如果是在對抗琵拉妮列的過程中，去除了她與生母以外的另一個母親之間的芥蒂，或許還算是成了一點救贖……

不管怎樣，後來芮絲想必一直是如坐針氈。無論至今一路走來互相信賴的人們如何對她惡言相向，她都得不到機會洗雪因為貪生怕死而槍殺同伴，脫離戰爭範疇的殺人犯這個汙名。

雖說是少女自己選擇的路，庫溫瑟覺得自己真對不起芮絲。因為要不是她做了那個決斷，少年大概已經死在那裡了。

「芮絲之所以幫助我逃走，我認為她是要我從四大勢力之外審視整個狀況並專心解決問題。所以我沒告訴『正統王國』的人我還活著。結果就是這樣了。假如我待在同一個框架中，可能就只有妳一個人能抵達這個小島了。」

「就是啊。」

在隔絕於塵世的忙碌時光之外勝過世上任何一處休閒海灘的黃昏小島上，詩寇蒂雙手扠著細腰，臉上浮現無憂無慮的笑容。

「不過，那邊那個冰箱真有這麼重要嗎？應該說，有了它可以幹嘛？」

看看講話語氣興趣缺缺的詩寇蒂．塞倫沙德應該就會知道，她把全副心思放在兩個選項當中的哪一個上面。

少年一邊謹慎觀察殺人魔的舉動，一邊說：

「一旦讓斷路器斷開，就如了提爾鋒的意了。以『情報同盟』的毀滅作為開端，將會爆發四大勢力無一倖免的世界大戰。」

「所以呢？」

她反倒是一臉愕怔。

「不管世局是和平還是殘酷，我都會繼續殺人喔。然後，能殺的人越多我就越沒煩惱。前輩你應該知道我是個什麼樣的人吧。曾經成功阻止過我的你，曾經那麼深入我內心的你，應該再清楚不過了。」

「……」

「我會藏身於戰爭的混亂局面隨心所欲地殺人。這樣一來，就算整個世界都在打仗也不會影響到我。應該說隱藏行蹤的手段越多我越高興。因為這麼一來，我就可以痛快享受死亡的樂趣了。」

事實上，詩寇蒂很可能就是為了這麼做才特地來到這個地點。

他不認為這個殺人魔，會主動做出與殺人無關的行動。

對於居住在和平國度的人們來說，想阻止未來即將發生的戰爭是很合理的念頭。但是如今早已全身沉浸在戰爭中的人們，根本無法區分兩者的差別。每天都在打仗。理所當然地殺人。對於能夠自由穿梭於戰場滿足私欲的真正瘋子而言，戰爭根本算不上必須特地去阻止的行為。

「現在的世界太不對勁了啦。」

殺人魔從可以解釋成純真無邪的視角，如此發表意見。

她的雙眸當中，蘊藏著常人絕不可能具備的炯炯強光。

「四大勢力持續溝通以維持下去的『乾淨戰爭』根本就很畸形啊。你至今觀望過那麼多場戰役，應該也明白吧？就算阻止我，悲劇還是會繼續發生喔。搞不好繼續這樣下去，犧牲者的人數反而還更多呢。即使如此，你還是要繼續？保護不了任何人的性命，只會一味死守乾淨原則的『乾淨戰爭』真有它值得相信的價值嗎？真要說的話，我們『正統王國』或『信心組織』有必要去在乎『情報同盟』的系統嗎？」

世界的斷路器，就在觸手可及的範圍內。

這個結局，不會僅限於曼哈頓一架機體。今後事情會如何發展，誰也無法預測。但是最起碼可以確定時代會進入「不同於現在的某種狀態」。無論那會是什麼形態，都不可能再恢復原狀。這個僅限一次的斷路器就是具有這種毀滅性力量。

「好嘛，就動手嘛？」

在所有人都可以解放自我的黃昏南方島嶼上……

小惡魔像是站在學校的火災警報器前面，呢喃著這句話。

少女病入膏肓的聲調，引誘人步向怠惰、頹廢、自私、及時享樂的甜美變化。

「世界會結束。我們可以讓它結束。為了什麼目的都行。我會為了殺人而讓它結束，你則是為了救人而讓它結束。這樣有什麼不好？我只能說我透不過氣來，繼續這樣下去我會悶死的。我們先來大肆狂歡一場，然後再隨波逐流看著辦嘛。」

就是因為還真有點道理，狂人說的話才讓人害怕。

「乾淨戰爭」繼續進行下去只會增加更多缺乏真實感的死傷人數，誰都看得出來這樣做不會讓世界變得和平。為了強行結束這種狀況，確實需要下一劑猛藥。即使這樣做必須暫時付出慘痛代價。

但是……

即使如此……

庫溫瑟‧柏波特吉仍然把手指放到了無線電引爆裝置上。扣住死亡扳機，準備將信號傳送給刺在塑膠炸彈「HAND AXE」上的電子引信。

「哦。」

在黃昏的小島上，詩寇蒂‧塞倫沙德的表情並不顯得不快。反倒像是在享受對方的反應，浮現出別有用心的笑意。

「我可以問一下嗎？你要為了什麼理由跟我打？」

「連解釋的必要都沒有。」

少年把玩著黏土狀的炸彈不屑地說。

「只有這次整件事都是我欠芮絲‧馬汀尼‧維莫特斯普雷的。要不是她做了那個艱辛的決斷，我早就死了。不管世界變成怎樣，唯有她命令我拯救世界的無言命令我不能忽視。所以，我的目的地不是曼哈頓而是這個小島。況且在同袍接連慘死的時候我就算趕去，也只會多增加一具屍體罷了。自從我多方調查得知這個小島的存在後，我就知道妳一定會來。沒什麼道理可言，妳就是會一路衝向最爛的底層再底層。」

「帥呆了。」

雙馬尾少女坦率地這麼說了。

一回神才發現，她的手裡像變魔術般握住了某種東西。

跟庫溫瑟．柏波特吉完全一樣，是塑膠炸彈「HAND AXE」。

這也是對「前輩」的一種憧憬嗎？

殺人魔不停升級。要是放著不管，誰知道邪惡會膨脹到什麼程度。

「可是你弄清楚了嗎？這裡是沒人知道的無人島，像平常那樣有同伴來救你的可能性是零。反 OBJECT 的極端戰鬥也就算了，我不覺得一對一的活人對打你能贏得了我。」

「我倒想問妳該不會是忘了馬達加斯加報告的事吧？妳以為當時到了最後關頭，是誰解決了那場惡夢？」

「咿嘻。」她露出了笑臉。

跟剛才截然不同。詩寇蒂已經不打算隱藏殺意了。但那跟惡意或敵意又有所不同。換個說法，就是狩獵。為了尋求美味佳餚而走遍山野、追蹤足跡，找到了只要犯下一點小錯就可能換自己被咬死的巨獸；這種獵人特有的喜悅籠罩了她的全身。

「啊啊，啊啊。你果然才是最棒的……庫溫瑟．柏波特吉是全世界最棒的。像女生一樣可愛，像男生一樣任性。唯有這樣的你，才能夠讓我享受到深入骨髓的地步。」

庫溫瑟改變了自己的認知。

說到底，詩寇蒂．塞倫沙德或許只在乎這個。

「情報同盟」的心臟部位也好，世界的命運也好，淋漓痛快的死亡也好，都是其次。是順便的順便。

天生連環殺手的頭號訴求，是希望能再次挑戰曾經錯失的血肉滋味。就這樣。所以，她過來看了一下他肯定會經過的地點。只要有這種目的，她這個真正的狂人可以毫不猶豫地把全世界七十億人口推落地獄深淵。

同時，她對庫溫瑟．柏波特吉來說，也是絕對必須做個了斷的人種。況且他已與芮絲做了沉默的約定。不打倒這傢伙，他就不能繼續走自己的路。這傢伙就是那種對手。

互為宿敵的兩人，絲毫不去關注椰子樹下以報廢冰箱形式棄置在那裡的世界斷路器，就只是冷靜地觀察彼此的一舉一動。

炸彈與炸彈。

兩人用完全相同的凶器指向對方，互相瞪視……

「我要上嘍。」

「隨時歡迎妳。」

於是……

在無人知曉的南方小島，決定世界命運的「選擇」將得到實行。

終章

就結論來說，勝負決定得很簡單。

染上黃昏色彩的南方小島上，有人勉強發出了虛弱的聲音。

「哈哈，我想也是……」

「……」

「在我還沒來之前，原來如此，你已經在各處設置好炸彈了……啊哈哈。這樣豈不是跟馬達加斯加報告的時候一樣嗎……」

不知道殺人魔腦中究竟是怎麼處理的，她的聲調聽起來，簡直就像是情人還記得兩人開始交往的紀念日那樣。

戰鬥一開始，庫溫瑟就引爆了埋在詩寇蒂腳下的炸彈。

「看來我還是……贏不了你。至少在炸彈上，沒你行。」

庫溫瑟不是超能力者。所以他很快就放棄預測地點，選擇依靠魔術師的手法。手裡的武器只是幌子，他事前就在小島的各個位置設置好了炸彈，布置成無論詩寇蒂選擇站在哪裡，都一定會落入其中一個效果範圍。

就跟幼稚耍詐地把五十二張撲克牌全部藏在房間裡，等對方隨機抽出一張後再把同樣的牌拿出來炫耀說：「其實我早就藏了同一張在這房間裡。」的魔術手法是一樣的。無論對方選到的是五十二張之中的哪一張，「其實我早就知道了」都能通用。

這是最老掉牙的手法，但也最為確實。

實戰不需要進行特技飛行。要這種手段剛剛好。

因為只要多拖延一秒，詩寇蒂就會了解到自己的劣勢，不會執著於剛開始接觸的炸彈。這傢伙不像庫溫瑟只會用炸彈。那樣一來，不用說也知道庫溫瑟三兩下就會遭到殺害，世界也會跟著完蛋。

不過比起對付提爾鋒的時候，要來得簡單多了。

在那個情況下地點不是固定的島嶼，他只能盡量用超商塑膠袋多放一些炸彈順水流，然後引爆位置離那個老人最近的一個。內藏小鋼珠的炸彈殺傷範圍可超過十公尺，所以即使目標站在艦艇船舷上也應該能輕鬆殺死，但畢竟還是以數量彌補運氣因素的強硬手法。

雙腿骨頭被炸碎的詩寇蒂，恐怕是無法再靠腦內物質的過剩分泌撐過這種狀況了。她的小臉滲出美麗的汗珠，眼球的動作也漸趨緩慢，顯示出斷續性的意識不清。恐怕就連庫溫瑟俯視殺人魔的姿勢，也無法看個清楚吧。

即使如此，倒地不起的詩寇蒂仍然伸出顫抖的手，像是要攫住夜明的金星──墮天使的領袖。狂人舉起的柔嫩手掌，即使滿手血腥仍然有種無法玷汙的純真。

「庫溫瑟，我跟你說……」

「什麼？」

「……我，好想，得到你……」

就到此為止了。

可能是痛覺迎接了極限，詩寇蒂．塞倫沙德的稚嫩小手往下掉。她似乎就這樣昏死過去了。這下庫溫瑟不惜努力拋開曼哈頓也要在南方小島嚴陣以待就沒白費了。

忽然間，庫溫瑟的行動裝置響起了廉價的開場小號。

他傻眼地看向螢幕，然而夕陽讓畫面顯示變得模糊不清。但還是聽得見隨後傳來女性般的合成語音。

『恭喜你。』

「安娜塔西亞處理器嗎……真服了妳，完全沒在搭理我們軍方的防火牆。」

『我也就只有這點可以自豪的能力了。』

「妳這個ＡＩ還具備了自傲的功能就夠讓我吃驚了。順便提一下，我對百慕達三角的傳說沒興趣。擅自消除掉我的存在會給我造成困擾。」

『可是那樣就換我傷腦筋了。』

「我有我的野心。我要成為『正統王國』最有名的 OBJECT 設計師，以平民身分光明正大地下剋上挑戰王公貴族。順便如果還能變成大富翁過著美女簇擁吃香喝辣的生活就更沒話說了。為此，你們的特權只會礙事。」

『但只要你願意入籍到「情報同盟」，我立刻就能為你發行設計師的電子執照。順便可以來個特別服務增加你網路銀行的存款餘額，並且替你在社群網站上的知名度灌水。而且在「情報同盟」有著只要條件齊備身邊就會自動美女成群的機制，所以就結果來說應該可以吃香喝辣吧？』

……他真的差點就被說動了，不過這是祕密。

庫溫瑟慢慢做個深呼吸，維持自己的主見。

這個人工智慧採用女性形態，不知是否具有某種意義。一般聽說女性在精神層面上會比男性早熟……不過算了，「學生」也沒自己說得那麼了解人性。如果消息來源只是奇談怪論，想從中找出答案自然是不可能的。

「不過話說回來，該怎麼說，安娜塔西亞處理器該不會就是……」

『至於「正統王國」的王公貴族就從外界給他們好看吧。我最多可以立刻借你管理第二世代最新型的三個師。三十架機體的大軍應該可以打贏大多數的戰爭了。來吧，手牽手把那些傢伙的鼻子像香腸廣告一樣折斷的時間到了。作為一點餞別，至少折斷的時候可以讓聲音清脆點。』

「好了啦，不要再說了！我的火熱心靈快要暴露出脆弱的一面了，住手啊！」

雖不知道至今有過多少人「發現」這個島嶼，總之還真想知道他們後來怎麼樣了。這傢伙是那種會把人變成廢人的ＡＩ，一旦輸給誘惑，誰也不知道靈魂會對她言聽計從到什麼地步。

『互相讓步與公平交換是衡量得失的基本原則呀。你不對我提出某些要求，封口工作就無法處理完成。這樣會降低工作流程的可信度。』

「這種人生真是夠空虛寂寞的了。不過嘛，這下該怎麼說呢？那物質方面就不用了，給我情報作為交換吧。這應該是『情報同盟』的拿手領域吧，就是把情報換算成金錢。」

『我明白了。今後全世界的色情影片、約炮網站以及成人聊天室的萬能鑰匙，外加年輕女性私人空間的監視器與智慧手機等等的監視紀錄都是屬於你的了。當然也得看你如何使用，但包準你持續搜尋並「旁觀」個一百年都看不完。』

「不要卯足全力走歪路啦！妳把思春期男生當成什麼了啊！」

『什麼？年輕男生對超高度資訊化社會除了情色還會要求什麼？』

「真相。」

『……那可是「情報同盟」最高層級人士持續渴望了一百年的事物。也包括女性性器官的顏色、聲音、味道、氣味與觸感在內。』

「現在不用把這些列進去沒關係……咦！可是等一下，連味道或氣味都能重現嗎！」

『雖然不過是大型劇院等場地舉辦的複數感覺器官連動體感型ＶＲ電影的應用就是了。如同茱麗葉與卡帕萊特之間的關係，從羅密歐擴充而成的整合式資料庫．蒙特鳩的活用方式可是能夠隨著個人創意無限擴展喔。』

這傢伙是滲透整個「情報同盟」的人工智慧。搞不好是從民眾的搜尋順序等處取得統計資料而學到了一些怪知識。她要是以為網路的搜尋關鍵字直接代表了人類本質，那可就糗大了。

『你說你要的是真相，是吧？那麼首先，容我依據從你的人際關係推論出的相關人物清單作為參考，報告各方面的消息。芮絲・馬汀尼・維莫特斯普雷與梅莉・馬汀尼・艾克斯特德萊都沒事。蓮蒂・法羅利特儘管受了重傷，但已經從「正統王國」的軍醫報告確認存活。關於機密等級更高一層的偶像派 ELITE，考慮到造成的重大影響，她的罪行不會被公開。她將會維持以往的身分，兼任第二世代駕駛員 ELITE 以及國際頂級偶像繼續活動。我會讓事情這樣發展。畢竟她曾經讓地位崇高的聖者尊翁之一急於行事，這可是功勞一件。』

「為什麼是以『情報同盟』為主的相關名單？……真要說起來，曼哈頓現在怎麼樣了？」

『它會回到紐約的。雖然應該會造成一點混亂，但在網路上操作情報對我來說不過是永久反覆進行的泛用一般工作任務之一。請別小看我擁有的大約十九億個社群網站帳號以及電子郵件信箱。就我的經驗來說，要消除人群之間流傳的不明消息並不需要止於智者。一切都會恢復正常。』

都把事情鬧得那麼大了，這樣講起來或許很蠢，但除了紐約的居民之外，說到底究竟有哪個一般民眾「直接」目睹了這個狀況？只要軍方人士全面保持沉默，之後用一句集團歇斯底里就能解決了。

庫溫瑟在黃昏島嶼上嘆一口氣，然後腦中思考著該問些什麼。

「講了半天，妳到底是什麼？」

『我這個人工智慧沒有你所想像的那麼優秀。「如今已經進入可以把一般社會管理工作交給量產機器處理的時代了。因此其他三個勢力光看他們還在讓自以為握有特權的人領導民眾，就知道都是不合邏輯的舊時代遺物」……你可以把我當成為了讓這種政治宣傳深植內外民心而建立的廣告塔。』

「廣告塔？可是，ＡＩ網路．卡帕萊特的存在不是最高機密嗎……」

『其實就跟聯合國瓦解前曾經存在的全世界最大間諜機構五角大廈一樣。最大的祕訣就在於看似受到隱藏，其實根本沒有。因為人們總是會受到自己動手搜尋就能查到的小祕密所吸引。那些無論如何絕對查不到的真正祕密無法引來大眾追查，我方也就掌握不到可以控制的把柄了。基本上這個時代的各位人士都太缺乏幹勁了。』

安娜塔西亞處理器就好像想俏皮一下似的，竟然主動說出了自己的祕密。

『之所以配合世代交替的時期，將系統轉換為安娜塔西亞這種以人體為基礎的ＤＮＡ電腦，也是形象強化策略的一個環節。即使是那些瞧不起一塊矽膠的人種，聽到使用了與自己系出同源的人類細胞就會覺得莫名有說服力對吧？其實這方面就跟血型占卜差不多，應該沒什麼科學根據才對。只要有人的一部分參與其中，那件事物就會具備特殊意義。說不定即使是這個數位社會的居民，也還是不能拂拭掉把頭髮或血液塞進手工人偶裡當成出氣筒的舊時代原始宗教觀念呢。』

「……我沒打算跟機器談哲學。把要點統整一下吧。所以搞半天，其實妳只是個輔佐人類思考的系統？」

『群眾對我一無所知，但我對群眾無所不知。對「情報同盟」來說最大的特權，就是成為不受任何人攻擊的普通鄰居。我——卡帕萊特這個簡單易懂的ＡＩ網路，其實是用來掩蓋「真正代表」

的隱身衣。只不過是讓搜尋者以為這裡就是祕密的底層，在這個深度喊停的防火牆罷了。』

「如果是這樣，那我問妳可能也沒用了。」

『問什麼？』

「真要說起來，妳為什麼要啟動曼哈頓？那件事怎麼看都很突兀又不自然吧？如果沒有發生那件事，問題也不至於惡化到這種地步啊。要不是一開始射了那一發電磁投擲動力爐砲，『正統王國』就不會受到重創而落入塔蘭圖雅等人的手裡，芮絲也不用演那場戲……」

『可是不那麼做，就不能破壞「資本企業」……不，是「信心組織」在檯面下進行的諸神黃昏腳本作戰了。你看琵拉妮列的失控就知道，即使只是不具實體的虛像，它仍是馬汀尼系列整體共通的……也就是說與芮絲這個個體同樣脫不了關係的具體性威脅。一切都是有所必要性的工作。』

明明講話總是保持淡定，卻只有在這件事上，口氣像是在找藉口。用奇怪的正當化方式想把事情講成對的。不僅如此，這個人工智慧在眾多馬汀尼當中還只執著於芮絲一個人。

庫溫瑟皺起眉頭，然後開門見山地試著問道：

「所以，我可以認為……妳就是安娜塔西亞……也就是芮絲的……那孩子的母親嗎？」

『這個問題很難回答，不過現在的我雖以安娜塔西亞．韋伯斯特的癌細胞為材料，但並不是安娜塔西亞．韋伯斯特她本人。如果是重現了腦細胞或突觸構造的話還有討論空間，但我不認為匯集的體細胞會具有記憶或人格。因為那樣理論性就會變得跟「資本企業」一些好萊塢B級恐怖片說洋娃娃被罪犯的血濺到就會重複犯下完全相同的罪行一樣低落。』

出現了一個陌生的姓氏。

難道那是芮絲在被改寫並名列馬汀尼系列之前，她一直一直藏在心中的本名，其中失落的一部分？

『但是同時，相較於其他馬汀尼，如果說我對於從我身上看見母親昔日面貌的芮絲．馬汀尼．維莫特斯普雷沒有感覺出任何個體差距的話，我必須加以否定。況且這也符合了細胞捐贈者安娜塔西亞本人的遺願「希望有人能代替先走一步的我，守望女兒平安長大成人」這項非公開重要工作……根據以上理由，不只與「情報同盟」一般民眾相比，即使比起其他馬汀尼，芮絲的優先度依然設定得更高。或許這就是生命體稱之為好感的心情所帶來的效果。』

「這樣啊……」

『坦白說，這次的如坐針氈狀態已經讓我看到忍無可忍。雖說是可能使得包括芮絲在內的馬汀尼系列整體受到威脅的諸神黃昏腳本相關案件，但是沒錯，我完全無法容忍。我都不知道向自己提案多少次管他唐不唐突，乾脆把桌子一掀插手介入算了。雖然完全不需人手操控的武器不常見，但是武器以外明明就有那麼多殺得死人的「方便時代的凶器」……』

「是嗎妳各方面的安全裝置還真是寬鬆得嚇死人啊！這台天外救星具體來說原本究竟打算攪和到什麼程度啦！」

『幸好你的存在成了正向調節。我可以運用系統準備生命體來保護那孩子，但無法為那孩子準備她真正發自內心想保護的生命體。那孩子之所以能熬過嚴酷的狀況，我想與其說是身邊有人支持她，不如說是她心中有個看不見的人物吧。』

「……沒妳說得那麼好啦。」

庫溫瑟唾棄般地說完，彎下腰，抱起了雙腿炸傷倒在細沙上的詩寇蒂。

心中看不見的某個人，既有可能是庫溫瑟也有可能是親生母親或卡帕萊特那件事，而且她的這種言行換個角度理解，也讓人覺得陪伴芮絲身邊的青年似乎付出得不到回報……該不會是近似於人類嫉妒之情的負向調節效果吧？這ＡＩ在各方面真讓人捏把冷汗。

『你要走了？』

「嗯。」

『對於未屈服於誘惑的你，我感覺到了不同於至今我所見過的其他人的可能性。如果是你的話，應該也已經發現有一種選擇是現在把我毀了。雖然我的背後還有個真正代表，但仍然能夠造成無可計量的打擊。堅持維持「正統王國」身分的你，應該也沒必要繼續跟「情報同盟」講義氣吧？』

「那又怎樣？我只想立刻結束工作任務，趕快跟芮絲算清這筆人情債啦。」

『超乎於利益計算之外的回答會讓我很為難的。』

「是嗎？那我如果說我得去揍賀維亞一拳呢？那個大白痴把金髮重度虐待狂幼女當成什麼了？那可是瀕臨絕種的自然紀念物耶。」

『這個請你無論如何一定要做到。也請連我的份一起揍。』

就這樣了。

跟昏倒的人兩人同乘，庫溫瑟騎來的水上摩托車就不太可靠了。因此他決定借用詩寇蒂開來的高速快艇。

「我會把在這裡遇到的事情忘了，我騎來的水上摩托車就請妳隨便處理掉。反正一定可以用自動駕駛什麼的隨時想劫持就劫持吧。『情報同盟』做事真可怕。」

『了解。只希望你可以幫忙打開共用設定的視窗讓我省點事。附帶一提，也請你封住那個殺人魔的嘴。雖然跟你有所不同，但她也是個極難預測今後行動的人物。』

「她不管說什麼都只是狂人在胡言亂語。沒有人會去相信這種一聽就像在瞎掰的金銀島傳說啦。」

庫溫瑟完全不會開車或騎車，但神奇的是就只擅長海洋運動。他運用在「安全國」學到的休閒娛樂知識，駕輕就熟地做好出海準備。

「再見啦，不過我想我不會再見到妳了。」

『哪天想放棄人生了隨時找我。因為你仍然是符合資格的人。只要你有意願，我眨眼間就能為你準備坐擁全世界美女與金山銀山，安逸舒適、枯燥無味又吃香喝辣的萬劫不復人生。』

「我考慮了很多，但還是不用了。」

『為何？』

「不靠自己的力量爭取就沒意義了。別人能夠輕易給我，就表示也能輕易奪走，那種恐懼或不安會纏著我一輩子。而且背負的事物越多，心靈就越容易先出問題。」

『這番話我暫且不做學習。因為我不認為這是合乎理論的回答。』

「但這就是人類。就是一種好不容易刮中彩券，卻自尋毀滅的奇妙生物。」

於是南方小島再次變得空無一人。

在世界的盡頭，位於椰子樹下的老舊冰箱，維持著沒有可對應輸出裝置的狀態，以一連串單純的A、G、C、T代替舊有的0與1進行思考。

（他是個不可思議的人。）

比起一般民眾，可以將他的優先度設定得較高無妨。

然而機械終究是機械。她不曾被個人情感蒙蔽雙眼，用某種冷靜透徹的態度進行觀察，然後做出了結論。

（……簡直就像遊戲地獄，又被地獄所遊戲一樣。那種人生態度，恐怕比普通一個殺人魔要來得奇異多了。）

在地獄底層誕生的少年，一定不曾察覺到。

再過不久就要入夜了。他懷抱著希望，回到那暗無天日的世界之中。

後記

這就是歡慶週年的第十五集！而且也是系列第一個前後篇的後篇！

我是鎌池和馬。

相對於飛遍全世界，以擊敗琵拉妮列・馬汀尼・史墨奇到曼哈頓出擊的過程作為結尾的前篇，這本後篇則是整集由曼哈頓閃耀登台演出。我想應該是從追查馬汀尼系列祕密的前篇，將情節提升到了「情報同盟」整體的祕密，希望大家能享受到事件規模不斷擴大所帶來的樂趣。這次的重點在於第一步就殺了庫溫瑟，把前篇建立起來的人際關係全部推翻。我寫作時對芮絲是抱持著「愛孩子就該讓他出去闖」把她當成小獅子踢落山谷的心情，不知道大家覺得如何？

而我所著重的一點，就是她所得到的救贖，必須發生在她所不知道的地方，以前所未有的規模進行中。ＡＩ網路・卡帕萊特不用說，沒有忽視安娜塔西亞・韋伯斯特的遺願而允許將它組進電腦作為非公開重要工作的「真正代表」也是個不顯眼的重點。關於這點其實也是在做點實驗，因為我覺得給芮絲一堆戲份強調賺人熱淚的情節不是唯一能感動人心的方式，對吧！畢竟是她本人理解並接受了那種如坐針氈的狀態，外人來多嘴安慰她感覺也不太對。我覺得芮絲就是要保持孤傲的格調才美。希望妳將來長大可以變成一個魔鬼身材的大姊姊。

跟芮絲同樣有著大量戲份的另一個角色，就是詩寇蒂・塞倫沙德。我就明說了，她其實是在動畫特典用小說中登場的角色，所以在列入所謂「正史」的時候會搞得非常複雜，但這次我反過來活用這點，試著將她處理成「在一般紀錄（也就是書店販賣的已出版集數）當中追不到、受到封印的連環殺手事件」。在本集當中初次看到她的讀者同樣可以得到樂趣，而賞光追過特典的讀者則成了歷史見證人。當然我身為作者本人是屬於「知情」的一方，因此並不能完全預測這樣處理的效果，不過不知道那段劇情的讀者只要想到某討論區大家都熟悉的架空傳說「鮫島事件」，感受到那種奇妙的存在感就可以了。

她跟芮絲相比之下是個完全沒救的正牌連環殺手，但殺人魔角色的一種神奇魅力就是一旦把動機歸類到純粹思維，看起來竟也有一種美感。於是我又給她附加了閃亮的殺人妖精形象。我想她今後應該會在監獄中繼續當庫溫瑟的粉絲吧。

而與她相關的聖者尊翁提爾鋒・沃伊勒梅科比起至今的《重裝武器》系列，我想也是個相當特殊的角色。像是態度彬彬有禮但出手狠戾，或是所作所為惡劣至極卻莫名有種和氣融融的氛圍等等，我將他設定成「信心組織」當中的活生生信仰對象，屬於某種不食人間煙火的超越者形象。他跟以往那些為了現實利益玩弄權術的幕後黑手在性質上截然不同，但我想兩者可能都無藥可救。如果有讀者第一次看到他時心想：「名字叫提爾鋒？」對，就是那個名字，各位讀者應該也沒想到我會取得這麼直接吧。講到與諸神黃昏直接相關的毀滅之劍的話或許戴因斯萊夫會更恰當，但「由人類持握，卻連主神奧丁都能斬殺的劍」這個傳說實在太有魅力，所以就試著用在這裡了。還有不同於戴因斯萊夫，提爾鋒還是一把能實現持有者願望的劍。只是舞刀弄槍實現的夢想大多不會有什麼好下場就是了。

這傢伙講到了一個名詞叫模組。一些深入追蹤訪談報導的讀者一定知道，在決定替系列命名為《重裝武器》之前其實暫定名稱當中就包含了 Module 這個詞，超大型武器的名稱也是叫做 Module。這次我重新用上了 Module 這個詞，作為可能從基礎推翻世界觀的科技名稱。動作捕捉等「用來讓機械模仿人類動作」的穿戴式系統現在已經不稀奇了，於是我想到目前正在推動實用化的運動輔助服或許也可以衍生出「機械設定的神技超強舞步讓人類來跳」這種反轉現象。希望大家會喜歡明明是個滿臉皺紋的老頭，卻能盡情運用殺人魔的技術與雙馬尾妹系女角的舉動，宣稱自己「沒有半點大人樣」的聖者尊翁（只是不管數值再怎麼正確，本人的肌肉以及內臟還是只有原本的能力，所以這老先生晚點可能會氣喘吁吁外加肌肉痠痛吧）……等到這項技術再進步一些甚至達成量產化的時候，搞不好真的能橫掃 OBJECT 時代……

附帶一提，各位或許可以試著比較重視人類的「信心組織」與重視機械的「情報同盟」的領導階層，或是針對老頭談到的超能力研究相關誤會比照普妲娜．海波爾的事例看看，也許會別有一番樂趣。

這次相較於領導階層連番登場的「情報同盟」以及「信心組織」，屢屢淪為被動的「正統王國」以及「資本企業」或許會顯得比較安分。不過這也只是表示一個人分析世界的方式，會影響他所看見的事物罷了。我想表達的是：兩個後者平時大多都被當成壞蛋看待，但「情報同盟」與「信心組織」其實也一樣混沌汙濁啦。

另外這次也針對呵呵做了集中刻劃。她的真實身分是最高機密，因此過程中一直伴隨著有意無意的虛驚事件，但還是希望讀者喜歡「正統王國」與「情報同盟」若即若離的共鬥情節。

如果把公主殿下與呵呵做個比較，或許可以看出兩者作為ELITE的精神成熟度。畢竟呵呵實際上只有那個年紀，我是覺得用那種方式描寫她也還算恰當……

這次由於第一步就讓庫溫瑟領便當，我想動作場面應該跟以往有點不同。

而且各位應該也看得出來，在第三章前半與芙蘿蕾緹雅會合，然後那個男人在後半段再次亮相時，故事氣氛有了大幅轉變。也就是說只不過是換掉主要人物，就能讓同一個世界的色調看起來如此不同。平常的故事看起來還算輕鬆搞笑是因為庫溫瑟是個沒常識的樂觀主義者，看在腳踏實地鞏固戰力的賀維亞眼裡會讓他悲觀地看清自己的極限，所以這世界恐怕仍然是個暗無天日的地獄。面對這個逃都不逃就悠哉地回到原本那個地獄的傢伙，安娜塔西亞處理器用未經任何調整的機械眼光對他做的觀察，我想也是滿大的一個看頭。

提爾鋒、詩寇蒂加上安娜塔西亞處理器，世界觀在故事後半段應該有一舉變得更自由遼闊。我就是為了這點才會把芮絲丟進有苦說不出的如坐針氈處境，但願各位能夠感受到弓弦拉到最滿之後放手的爽快感與解脫感。

感謝負責插畫的凪良老師、責編三木、小野寺、阿南、中島、山本與見寺。無論如何首先不能不提的，就是兩萬公尺！寫成文章就是一句話，但畫成插畫恐怕就是個麻煩到家超級費工的典型例子。總而言之，抱歉讓大家費心了！

另外也要感謝各位讀者。後篇這種東西就是得先看過前篇，而且還必須記得內容才能給予評價，屬於作者有點耍任性的原稿。萬分感謝各位從頭到尾看完。真心希望各位今後還能繼續笑著陪我做各種實驗。

那麼這次就在此擱筆。

沒辦法，我阻止不了人工智慧角色的報復性胡鬧……！

鎌池和馬

你喜歡的不是女兒
而是媽媽我!?
2
望公太
nozomi kota
插畫／ぎうにう
Kadokawa Fantastic Novels

我的妹妹哪有這麼可愛！ 1~15 待續

Kadokawa Fantastic Novels

作者：伏見つかさ　插畫：かんざきひろ

「我要在煙火底下向黑貓告白。」
黑貓if路線甜蜜展開！

遊戲研究社的社長對我們提出暑假時舉行取材宿營的提案。黑貓一開始雖然不打算參加，但是受到父親與妹妹的鼓勵後決定參加活動。在宿營的島上，我們遇見了名為槙島悠的少女。她意外地和黑貓相當投緣──

各 NT$180~250/HK$50~80

豬肝記得煮熟再吃 1~2 待續

Kadokawa Fantastic Novels

作者：逆井卓馬　插畫：遠坂あさぎ

作為一隻豬再次造訪劍與魔法的國度！
最重要的少女卻不見蹤影……？

在我稍微離開的期間，聽說黑社會的傢伙造反王朝，目前情勢似乎很緊張。而我……我才沒有無法克制自己地想見到潔絲呢。而在這種局面中奮戰的型男獵人諾特，試圖拯救被迫背負殘酷命運的耶穌瑪們。王朝、黑社會、解放軍——三方間的衝突一觸即發！

各 **NT$220/HK$73**

青春豬頭少年不會夢到正義護理師

Kadokawa Fantastic Novels

作者：鴨志田 一　插畫：溝口ケージ

都市傳說「＃夢見」在學生間成為話題。郁實藉此化身為「正義使者」助人？

寫下來的夢會應驗——這個都市傳說「＃夢見」在學生們的SNS成為話題。咲太目擊郁實藉此化身為「正義使者」助人，也得知她碰上了類似騷靈的現象，而且原因好像來自以前的咲太……？開啟上鎖的過去之門，青春豬頭少年系列第十一集。

各 **NT$200~260/HK$65~80**

轉生後的我成了英雄爸爸和精靈媽媽的女兒 1~4 待續

Kadokawa Fantastic Novels

作者：松浦　插畫：keepout

「請您做好覺悟了。」
艾倫發揮女神之力，驚心動魄的第四集！

大家好，我是轉生成元素精靈的艾倫。因為媽媽一聲令下，我進入學院體驗入學，結果在那裡找到一名被囚禁的大精靈！他好像是媽媽遍尋不著的第一個兒子。隨後以媽媽為首，精靈們總動員，展開一場救援行動！

各 **NT$200/HK$67**

因為不是真正的夥伴而被逐出勇者隊伍，流落到邊境展開慢活人生 1~7 待續

Kadokawa Fantastic Novels

作者：ざっぽん　插畫：やすも

人類與魔王軍正戰得如火如荼時，遠離最前線的邊境之地情勢緊張！

佐爾丹收到來自維羅尼亞王國的宣戰布告，並且就此開戰。儘管雷德曾經選擇離開戰場，為了守護迎來空前危機的佐爾丹以及他深愛的人們，他決定再次舉劍奔向戰場！另外，輾轉流徙的英雄們匯集在盡是不祥氛圍的戰場上，最後究竟會目睹到什麼呢？

各 **NT$200~240/HK$67~80**

86—不存在的戰區— 1~9 待續

Kadokawa Fantastic Novels

作者：安里アサト　插畫：しらび

機動打擊群，派遣作戰的最終階段！
「無法對敵人開槍，即失去士兵之資格。」

犧牲——太過慘重。與「電磁砲艦型」的戰鬥，不只導致賽歐負傷，也讓多名同袍成了海中亡魂。西汀與可蕾娜也因此雙雙失去了平常心。即使如此，作戰仍需繼續。為了追擊「電磁砲艦型」，辛等人前往神祕國度，諾伊勒納爾莎聖教國，然而——

各 **NT$220~260/HK$73~87**

國家圖書館出版品預行編目資料

重裝武器. 15, 最為明智的思考放棄 #不可預測的結局/鎌池和馬作；可倫譯. -- 初版. -- 臺北市：臺灣角川股份有限公司, 2021.12

面；　公分. -- (Kadokawa fantastic novels)

譯自：ヘヴィーオブジェクト. 15, 最も賢明な思考放棄 #予測不能の結末

ISBN 978-626-321-041-7(平裝)

861.57　　110017677

Kadokawa
Fantastic
Novels

重裝武器 15
最為明智的思考放棄 #不可預測的結局

(原著名:ヘヴィーオブジェクト 最も賢明な思考放棄 #予測不能の結末)

2021年12月20日 初版第1刷發行

作 者:鎌池和馬
插 畫:凪良
日版設計:渡辺宏一
譯 者:可倫

發行人:岩崎剛人
總 編 輯:蔡佩芬
主 編:朱哲成
美術設計:黃永漢
印 務:李明修(主任)、張加恩(主任)、張凱棋

發 行 所:台灣角川股份有限公司
地 址:104台北市中山區松江路223號3樓
電 話:(02)2515-3000
傳 真:(02)2515-0033
網 址:www.kadokawa.com.tw
劃撥帳戶:台灣角川股份有限公司
劃撥帳號:19487412
法律顧問:有澤法律事務所
製 版:巨茂科技印刷有限公司
ISBN:978-626-321-041-7